Les fiancés de la couronne

JULIET LANDON

Les fiancés de la couronne

Les Historiques

éditions HARLEQUIN

Collection : LES HISTORIQUES

Titre original : THE BOUGHT BRIDE

Traduction française de MARIE-JOSE LAMORLETTE

Ce roman a déjà été publié en août 2006

HARLEQUIN®
est une marque déposée par le Groupe Harlequin
LES HISTORIQUES®
est une marque déposée par Harlequin S.A.

Photo de couverture
Sceau : © ROYALTY FREE / FOTOLIA
Réalisation graphique couverture : T. SAUVAGE

83-85, boulevard Vincent-Auriol, 75646 PARIS CEDEX 13.
Service Lectrices — Tél. : 01 45 82 47 47
www.harlequin.fr
ISBN 978-2-2802-8539-1 — ISSN 1159-5981

Chapitre 1

Saint-Michel, 29 septembre 1088 — York

Un vent froid souleva le léger voile de laine de Rhoese, révélant des cheveux dorés. Elle arracha le theristrium de sa tête et l'enroula autour de ses épaules, ce qui eut pour effet d'emprisonner le long de son dos les deux lourdes nattes qui lui tombaient jusqu'à la taille. Un halo de boucles claires voleta autour de son visage.

— Un chariot de bois de construction, de la part de Gilbert de Newthorpe, dit-elle au clerc qui inscrivait près d'elle les donations de ses fermiers et métayers. Notez encore ceci, frère Alaric : deux vaches valant vingt pence chacune, de la part de Robert, frère de Thorkil.

— Oui, oui, dit le moine. Pas si vite, ma dame, s'il vous plaît.

Poussées par leur ancien propriétaire, les vaches ne faisaient pas mine de vouloir attendre en ordre.

Des bottes de paille, des paniers de poisson salé, des poules vivantes, des œufs frais, des rayons de miel, des roues de fromage, des sacs d'orge grillée et de grains étaient transportés dans la cour du manoir de Toft Green et comptés par dame Rhoese, son intendant et son clerc.

C'était Michaelmas, la Saint-Michel, la période du paiement des dîmes. Pour Rhoese, c'était la première fois qu'elle percevait son dû depuis qu'elle était propriétaire terrienne de son plein droit. Des hommes étaient arrivés de bonne heure pour lui remettre shillings et pence en paiement des loyers de terres labourables, d'enclos, de pâturages, de deux moulins et de deux maisons de ville, tout cela consigné sur les rouleaux de parchemin qui se gondolaient sous la plume du clerc. Au-dessus de sa tête, l'abri de toile commença à trembler et à résonner sous l'effet des premières gouttes de pluie.

— Que reste-t-il encore, ma dame ? s'enquit-il en posant sa plume usée et en en prenant une autre glissée sur son oreille.

Rhoese écarta d'une main les mèches qui lui caressaient les joues et fixa la grande arche de pierre, Micklegate, qui marquait l'entrée de la ville d'York. La lumière commençait à diminuer et la porte serait bientôt fermée pour la nuit, bien que des retardataires arrivassent encore après une journée de marche pour payer ce qu'ils devaient. Un chariot la franchit, lourdement tiré par des bœufs et chargé de peaux de moutons. Il était suivi par des cavaliers impatients, de toute évidence de fort belle humeur.

— Qui arrive, Bran ? demanda Rhoese à son intendant qui montait la garde près de la porte.

— Des Normands, ma dame, répondit-il en fronçant les sourcils.

— Fermez la porte après le chariot. Vite, ordonna-t-elle.

D'instinct, elle recula d'un pas sous l'abri de toile. Le flux continu de chariots et de bétail qui se dirigeait vers son domaine avait attiré des curieux et plusieurs des cavaliers s'étaient arrêtés pour contempler ce chaos organisé, leur attention retenue par les bouvillons qui beuglaient et les brebis qui bêlaient. Rhoese devina que ces Normands étaient des chasseurs qui rentraient d'une journée dans la forêt et qui avaient envie de s'amuser. Maudits soient ces fauteurs de trouble, pensa-t-elle.

Elle en éprouva un malaise qui la mit sur ses gardes, compte tenu d'expériences passées. Elle surveilla plus étroitement les barrières qui entouraient son vaste terrain, et lorsque deux des cavaliers s'approchèrent plus près pour regarder, elle recula davantage encore sous la tente.

Depuis la grande enquête nationale effectuée par l'ancien roi deux ans plus tôt, les terres qu'elle avait héritées de sa mère avaient considérablement accru sa fortune. A l'époque, elle vivait encore chez son père et les revenus de ses biens ne faisaient que s'ajouter à ceux de ce dernier, un riche marchand d'York accrédité par le roi. Mais à présent elle était seule et vulnérable, une bonne proie pour des Normands en quête de propriétés. L'un des nombreux risques qu'il y avait à devenir indépendante.

Baissant la voix, elle continua à dicter les entrées à son clerc tout en s'efforçant d'ignorer les deux cavaliers, jusqu'à ce qu'une force mystérieuse la poussât à se tourner pour les regarder. L'un d'eux observait ce qui se passait dans la cour, mais l'autre la contemplait, elle, et ne contemplait qu'elle. Il était très grand dans sa selle et puissamment bâti, elle le vit d'un seul coup d'œil. Ce n'était pas un homme qu'elle avait vu auparavant à York, ni quelqu'un qu'elle aurait pu aisément oublier. Ses cheveux noirs se soulevaient tels de la soie dans la forte brise d'automne, et ses yeux restaient rivés sur elle, pareils à deux dagues sous d'épais sourcils sombres.

Il la vit sursauter et lui fit un signe impérieux qu'aucun serviteur n'aurait songé à ignorer, pensa la jeune femme. Elle décida d'entrer dans le jeu.

— Messire ? questionna-t-elle en se dirigeant vers lui à pas lents.

Un mouton lui barra le passage, l'obligeant à s'arrêter.

— Où est votre maître ? demanda le cavalier.

Sa voix était abrupte et grave, habituée à commander et à être obéie. Il parut prendre pour acquis qu'elle comprenait et parlait le français.

Rhoese haussa les épaules.

— Il est parti, répondit-elle.

— Et votre maîtresse ?

— Partie aussi.

— Qui a la charge de cet inventaire, alors ?

Elle haussa de nouveau les épaules.

— Nous tous. Nous sommes assermentés.

— Quel est votre nom, jeune fille ?

Elle prit une profonde inspiration, prête à mentir. Mais l'intendant n'était pas satisfait d'une cargaison de peaux et s'adressa directement à elle.

— Lady Rhoese ! cria-t-il. Il manque deux peaux.

Un grognement monta du chariot.

— Ce n'est pas vrai, ma dame. Elles sont toutes là, je vous le jure.

Le cavalier démonta et jeta sa bride à son compagnon. Rhoese se rendit compte qu'il allait quêter des explications. Il était trop tard pour le duper, à présent, et elle n'avait pas eu le temps de profiter à son gré de ce petit intermède.

Tandis qu'il franchissait la grille, elle l'affronta d'un air de défi.

— Mon nom est lady Rhoese d'York, fille de feu lord Gamal d'York et petite-fille d'un ancien bailli. Cela vous suffit-il, ou dois-je vous citer toutes mes ascendances ? Je le pourrais, si vous le souhaitez, mais comme vous le voyez je suis assez occupée.

Il s'approcha d'un pas nonchalant, comme si cette attitude défiante ne signifiait rien pour lui. Ses cheveux se soulevaient de son front comme du chaume sous un coup de vent.

— Je n'en doute point. Dans ce cas, pourquoi avoir cherché à me tromper ? Est-ce votre façon d'être ?

— Oh, avec les Normands, messire, j'utilise tous les tours que j'ai à ma disposition pour les empêcher de mettre leur nez dans mes affaires.

— Vous semblez avoir de fortes opinions sur nous, ma dame. Qu'avons-nous fait pour mériter cela ?

Pour une raison inexplicable, Rhoese sentit son cœur s'emballer et comprimer ses poumons, ce qui l'irrita grandement.

Elle s'était juré de ne plus se laisser affecter par un homme. Cet homme se tenait dans l'enceinte de sa demeure comme si celle-ci lui appartenait, ses grandes jambes plantées comme des arbres, ses mains appuyées sur ses hanches minces. Une ceinture à boucle d'or ceignait ses reins et tranchait sur une tunique cousue de bandes bleues et dorées. Une tenue fort chère. Malgré elle, la jeune femme nota son cou puissant, ses épaules et son torse de lutteur, et elle se retrouva en train de faire ce que les hommes faisaient lorsqu'ils la regardaient, elle le savait : elle le dévêtit des yeux. Elle s'aperçut alors qu'elle rougissait, et le sourire qui perça dans les prunelles sombres du Normand lui indiqua qu'il savait pourquoi.

— Pour ce qui est de cela, messire, répondit-elle en haussant le menton, si vous ne connaissez pas la réponse il est clair que vous ne devez pas être en Angleterre depuis longtemps. Il faudrait une semaine au moins pour vous décrire les dommages que les Normands ont causés à notre peuple depuis vingt-deux ans. Par chance, il nous reste notre dignité et notre langue. Deux choses que vous ne nous ôterez jamais, grâce au ciel.

Elle se tourna vers son intendant et lui cria en anglais :

— Bran ! Otez-moi ce mouton bêlant de mes jambes.

Elle revint au français pour s'adresser au Normand.

— Comme vous le voyez, messire, j'ai trop à faire pour perdre mon temps à bavarder. Un autre jour, peut-être. Veuillez m'excuser.

Tandis qu'elle parlait, cependant, même sa démonstration d'hostilité ne suffit pas à lui occulter les moindres détails du visage de son interlocuteur : l'ombre noire qui soulignait sa mâchoire carrée, la ligne ferme de sa bouche pleine, la fossette qui creusait son menton et son nez droit. Ses pommettes hautes luisaient de l'éclat de la pluie. Ses yeux, jusque-là réduits à deux fentes, s'étaient élargis devant la bravade de Rhoese. Ils étaient d'un brun profond, cernés d'épais cils noirs et fâcheusement téméraires.

Elle tressaillit, subitement et étrangement ébranlée dans son assurance, et détourna son regard à regret. Elle ne voulait pas tirer de conclusions sur la fière allure de cet homme, ni sur sa remarquable beauté. Une petite voix amère lui souffla à l'oreille qu'il ne serait pas différent des autres, qu'il fût Normand ou Anglais.

— Oui, dit-il, je vois que vous êtes fort occupée. Etes-vous la seule propriétaire de ce domaine, ou votre époux le possède-t-il avec vous ?

— Vous posez trop de questions, messire. Et votre ami vous attend.

Ses tentatives pour l'écarter le firent sourire.

— Mmm.

Son sourire s'élargit.

— A une autre fois, ma dame. Peut-être serez-vous à la cérémonie de demain ? En tant que vassale du roi, vous comparaîtrez sûrement avec vos donations ?

Ses questions irritèrent Rhoese.

— Qui sait quelle curiosité nous pouvons attirer, nous les derniers propriétaires terriens anglais ? Nous sommes une espèce en voie de disparition. Autant nous montrer tant que nous en sommes encore capables, est-ce ce que vous voulez dire ? Bonne journée, messire.

Le Normand ne trouva rien à répliquer à cela. Il fit un signe de tête et repassa le portail, adressant un mot à l'intendant qui le lui tenait ouvert. Sans un regard en arrière, il remonta en selle et partit au petit trot. Rhoese, elle, s'efforça de ramener son attention sur le chaos qui régnait dans sa cour et de dissiper la crainte inconfortable qui lui nouait la gorge.

Il n'y avait nul doute qu'elle avait exagéré son antagonisme pour la seule raison que cet homme était un Normand. Ou bien avait-elle d'autres motifs plus récents, qui n'étaient ni excusables ni explicables ? Quelque chose qui avait à voir avec les hommes en général, ces êtres égoïstes et sans foi qui n'avaient que leur seul intérêt à l'esprit ?

Durant les dix derniers mois, elle avait remis en cause le besoin qu'elle avait d'eux. A présent, les seuls sentiments qui lui restaient étaient le mépris et un désir de vengeance. Une vengeance froide et dure, qui lui serait si douce… Elle réservait la soumission et l'humilité à des occasions très spéciales, où rien d'autre ne pouvait être admis. Mais elle avait appris à ses dépens à quel point ces valeurs étaient sévèrement sous-estimées.

Le clerc avait cessé d'écrire et rangeait ses outils avant que la pluie n'abîme sa copie. Une liasse de manuscrits était ballottée par le vent.

— Qui était-ce, ma dame ? demanda-t-il en glissant ses plumes dans ses cheveux.

— Je n'en ai aucune idée, répondit Rhoese. Il ne reviendra pas.

Frère Alaric, chapelain et secrétaire particulier de Rhoese, n'était pas homme à prendre des paris. Pourtant, il eût été prêt à gager quelques pence sur le retour de cet admirateur avant le prochain coucher du soleil.

Les deux cavaliers avaient dépassé les enclos de Toft Green quand l'un d'eux sourit à son compagnon, qui offrait un visage de marbre.

— Vous devriez voir votre expression, lança-t-il d'un ton enjoué. C'est un spectacle.

— C'est bon. Dites-moi plutôt qui est cette femme.

— Elle est l'une des deux dernières femmes qui possèdent encore des terres à York, mon bon ami. Et je ne puis vous citer un seul homme qui ne brûle point de mettre la main dessus. Sur elle *et* sur ses propriétés. Elle vous a sèchement remis à votre place, pas vrai ? C'est bien d'elle. Elle occupe ce coin de la cité depuis dix mois, époque à laquelle son père est mort. Et elle ne laisse aucun homme l'approcher à moins d'un yard. A l'exception de son chapelain, bien sûr. Et de son frère.

— Il peut y avoir plusieurs raisons à cela. C'est la femme la plus ravissante que j'aie jamais vue, Ranulf. Ces grands yeux sombres qui lançaient du feu. Et ce corps…

Il inspira, se remémorant l'épaisse chevelure auburn de la jeune femme, sa bouche pulpeuse, sa peau humide de pluie qui aurait dû lui indiquer qu'il s'agissait d'une dame, même si elle n'avait pas la tête couverte. Elle avait tout pour faire rêver un homme.

— Elle m'a dit que son père se nommait Gamal. Qui était-il exactement ?

— Un thègne du roi. L'un des derniers marchands accrédités de la ville d'York, fort riche avec cela. Il a disparu en mer l'hiver dernier. Il faisait le commerce des fourrures et de l'ivoire de morse, surtout. Son quai se trouve le long de la rivière, près du pont. Il possédait de vastes entrepôts et plusieurs bateaux.

— Son affaire continue-t-elle ?

— Oui, elle a été reprise par son assistant, un jeune homme fort intelligent du nom de Warin. Et il n'a pas repris que l'affaire en question.

— Qu'a-t-il repris d'autre ?

— La veuve. Il s'est installé dans la maison de lord Gamal, en compagnie de sa seconde épouse. Une vraie mégère, une Danoise qui n'a pas mis longtemps à se faire consoler. Mais la fille de Gamal, lady Rhoese, est partie et s'est installée à son compte. Elle a été profondément affectée par la mort de son père, apparemment, et ne veut rien avoir à faire avec sa belle-mère.

— Ni avec l'amant de cette dernière, je suppose. Il n'a pas dû poser les mains que sur la veuve.

— En effet. Il se peut qu'il y ait eu quelque chose entre la fille et lui, mais nous n'en sommes pas sûrs.

— Nous ?

— La cour. Le plus drôle, Jude, est qu'elle croit qu'en restant tranquille dans son coin elle sera en sécurité.

— Qu'aurait-elle à craindre ?

— L'attention des Normands. Un mariage, et la prise de propriété qui va avec. C'est le seul moyen légal par lequel un homme peut acquérir ses propriétés, à moins qu'elle ne lui vende, bien sûr. Mais moult femmes ont été dépouillées illégalement de leurs biens, comme vous le savez. Et le fait qu'une femme possède un domaine est ridicule, quand on sait qu'elle doit rendre au roi des devoirs de chevalerie en échange de ce qu'elle possède. Elle finira par tout perdre, comme les autres.

Le jeune homme nommé Ranulf essuya les gouttes de pluie qui dégoulinaient de son nez et contempla tristement sa tunique de laine verte, gorgée d'eau. Toujours en quête de quelque chose, il aimait à faire de son mieux pour mériter son surnom de « Flambard ». Il avait toujours été flamboyant, et même en qualité de chapelain du roi il ne s'était jamais résigné à porter des tenues sombres, dans une cour connue pour ses extravagances de toilettes.

— Ainsi, le roi la connaît ?

— Très certainement. Depuis qu'il a vu cette enquête menée par son père il y a deux ans, il sait exactement qui possède quoi, où, quelle valeur ont ces possessions et quel revenu il peut en attendre. Il s'intéresse de près aux domaines de lady Rhoese et est prêt à les céder à qui lui en donnera la plus forte somme. Vous feriez bien de commencer à économiser, si vous voulez faire une offre.

— Il songe donc à la marier ?

— Oui, qu'elle le veuille ou non. Et elle ne le voudra point.

— Elle perdra tout ce qu'elle a.

— Tout, en effet. Ses biens reviendront à son époux.

Ranulf indiqua un grand fort de bois qui se dressait au-dessus des chaumines.

— Par ici, voyez-vous ? C'est l'un des châteaux du roi. Et par là, signala-t-il en pointant son index vers la gauche, c'est le palais. Le roi William le Bâtard a dû endiguer la rivière

Fosse pour le nantir de douves. Les gens de la ville n'en ont guère été satisfaits.

Il se mit à rire, songeant aux maisons et aux potagers inondés.

Mais Jude était plus intéressé par lady Rhoese que par les deux châteaux, qu'il avait vus à son arrivée en ville.

— Parlez-moi plus d'elle, dit-il.

Le sourire de Ranulf s'élargit.

— Je peux vous dire que nous avons fait des paris.

— A quel propos ?

— Sur le temps que vous mettrez à la conquérir.

Les sourcils de Jude se haussèrent.

— Je vois. Et de combien de temps disposerons-nous avant que le roi rentre à Londres, à votre avis ? Aurai-je des jours, ou des semaines ?

Ranulf tapota l'encolure mouillée de son cheval.

— Eh bien… Nous aurons demain la cérémonie de l'abbaye de St Mary. Ensuite, le roi voudra retourner à la chasse.

— Quand n'a-t-il point envie de chasser ? murmura Jude.

— Je m'attends à ce que nous regagnions Londres deux ou trois jours après, ce qui ne vous laisse guère de temps.

— Une hâte indécente, vu les circonstances.

— Pensez-vous être en état de remporter le pari ?

— J'ai l'intention d'essayer. Mais je veux en savoir davantage que ce que vous m'avez dit.

Ranulf jeta un coup d'œil derrière lui et baissa la voix.

— Alors, apprenez que le roi a déjà entamé des procédures pour confisquer les biens de son défunt père.

En tant que gardien du sceau royal, le jeune Ranulf Flambard était bien placé pour savoir cela. Il redevint sérieux.

— Voilà qui n'a rien de drôle, commenta Jude d'un ton grave.

— Non, pas le moins du monde.

— La veuve de lord Gamal est-elle au courant ?

— Pas encore, mais elle le sera bientôt. Il va y avoir

des étincelles quand elle découvrira ce qui l'attend avant la cérémonie de demain. On l'empêchera de faire une donation au nouvel abbé. Et, pire encore, elle sera jetée hors de sa demeure, parce que le terrain sur lequel elle est bâtie fera partie de la nouvelle abbaye.

Rhoese appela les hommes qui se hâtaient de décharger les chariots et d'enclore le bétail. Leurs cheveux étaient noircis par la pluie.

— Venez souper à l'intérieur, quand vous aurez fini.

Les entrepôts étaient pleins à craquer de nourriture et de toisons de laine.

— Et faites entrer aussi les conducteurs des chariots, Bran, ordonna-t-elle à son intendant. Ils devront passer la nuit ici.

La grand-salle de Toft Green était silencieuse, après le vent qui faisait rage dehors. Elle entourait Rhoese et son chapelain d'une sorte de couverture chaude et moelleuse, qui fleurait bon le feu de bois et la soupe nourrissante en train de chauffer dans un chaudron.

Une fumée bleue se répandait dans la salle et s'amassait sous les chevrons, avant de filtrer vers l'extérieur à travers le toit de chaume. La jeune femme balaya d'un regard possessif cet espace où ses gens vivaient, cuisinaient, mangeaient et dormaient. Sa propre petite chaumine était située à part, entre deux entrepôts pour lui offrir plus d'intimité, mais ici elle demeurait la maîtresse des lieux. Elle contempla les épais piliers qui divisaient les bas-côtés de la salle en petites cabines nanties de rideaux. Derrière, des palettes recouvertes de fourrure servaient de lit à ses serviteurs. A un bout se trouvaient les provisions de bouche pour la journée ; à l'autre bout, une porte donnait sur les enclos.

Une femme remuait la soupe dans le chaudron, posé sur un cercle de pierres au milieu de la vaste pièce. Elle leva les yeux quand sa maîtresse entra, et emplit aussitôt deux coupes de bois d'hydromel pour elle et le chapelain au nez rouge.

Une jeune servante chassa un chat d'un coffre recouvert de fourrure, pensant que Rhoese allait s'asseoir dessus, mais la jeune femme resta immobile, observant en silence son territoire bien-aimé comme si elle cherchait à se rappeler qu'il était son sanctuaire, le lieu qui l'avait protégée des premières atteintes de son chagrin.

Elle prit la coupe que lui tendait sa nourrice, la remercia d'un murmure et se mit à boire.

— Où est Eric ? demanda-t-elle entre deux gorgées.

— Il lutte avec Neal, dit la nourrice d'un ton réprobateur.

— Sous la pluie ?

A cet instant les deux jeunes gens entrèrent, à demi-nus, riant et dégoulinant d'eau de pluie. Ils avaient la peau rougie par leur exercice et par les solides prises qu'ils avaient échangées.

Le sourire d'Eric en direction de sa sœur n'aurait pas indiqué à un étranger qu'il décelait sa présence par tous ses sens hormis la vue. Il s'avança, une main posée légèrement sur l'épaule de son ami, et la salua d'un baiser humide et froid sur la joue.

— Je l'ai battu, annonça-t-il en riant.

— Ma dame, dit Neal en inclinant courtoisement la tête, il ne m'a battu que parce que je l'ai laissé faire.

— Sornettes, garçon !

Eric donna une tape à son ami dans la région de l'épaule.

— Je t'ai mis à terre par deux fois.

Malgré sa cécité, Eric se dirigea avec assurance vers le feu et se tint devant pour ôter le linge trempé qui lui ceignait les reins, sans se soucier d'Els et d'Hilda, la chambrière et la nourrice de Rhoese. Ni l'une ni l'autre ne purent ignorer le spectacle qu'il leur offrait, et l'un de leurs avantages dans cette situation était qu'elles pouvaient regarder tout leur soûl sans être vues. Comme sa sœur, Eric était fort bien fait. Il était mince et gracieux, avec de longs cheveux auburn très foncés qu'il portait noués en une queue-de-cheval. A vingt ans, il avait presque trois ans de moins que Rhoese et quatre de moins que Neal, l'Islandais qui était son compagnon permanent. Avec Neal pour lui servir de regard, Rhoese ne se faisait aucun souci pour son frère ; elle ne se souciait même pas des femmes qui le suivaient partout des yeux.

Ouvertement admirative, Els fut ramenée à ses devoirs par un coup de coude d'Hilda, qui lui rappela qu'elle devait débarrasser sa maîtresse de ses vêtements mouillés et lui en donner des secs. Rhoese coopéra avec un manque de conversation que tous notèrent, en particulier Eric qui s'attendait à un compte rendu animé des faits de la journée.

Se frottant les cheveux avec un linge, et toujours nu, il la rejoignit et s'assit près d'elle sur le coffre.

— Qu'y a-t-il, ma colombe ? N'es-tu pas contente ? Je pensais que tout s'était bien passé.

Tout s'était bien passé, mais en ce moment Rhoese était possédée par un sentiment étrange, proche de la menace, qui n'avait fait que croître et embellir depuis la brève visite du Normand. Il ne lui avait même pas donné son nom, alors que c'était la première chose que les hommes trop curieux faisaient de coutume. Elle se rappelait le frisson de crainte qui l'avait assaillie quand elle l'avait traité avec mépris, alors qu'elle aurait dû en éprouver du plaisir. Et la froide assurance de cet homme, alors qu'il venait vers elle avec toutes ses questions. Non, elle n'irait certainement pas à la cérémonie du lendemain, pas même pour voir le nouveau roi.

— Oui, répondit-elle enfin. Je suis assez contente. Tous ceux qui devaient venir étaient là.

— Père aurait été fier de toi.

Un an auparavant, lord Gamal vivait encore et elle était éprise de Warin, l'homme de confiance de son père. Un jeune homme pétri d'une ambition excessive qui incluait la fille de son maître. A l'époque où il lui avait montré de l'intérêt, Rhoese n'avait pas compris ses raisons et ne s'en était pas préoccupée : à vingt et un ans, elle était prête à céder à n'importe quel homme montrant assez d'insistance.

Les succès de Warin auprès des filles d'York et les récits de ses aventures en Norvège ou en Islande l'avaient excitée et avaient largement compensé son manque de finesse et de galanterie. Il s'était montré plein d'ardeur, plein d'impulsivité, et il l'avait emportée dans ses étreintes sans lui laisser le temps de savourer le plaisir de la chasse, pour ainsi dire. Son père avait approuvé leur inclination mutuelle, et ni lord Gamal ni Rhoese n'avaient vu dans Warin d'autres faiblesses que celles imputables à l'ignorance de la jeunesse.

Ketti, sa belle-mère danoise, avait également encouragé cette relation ; elle s'était prise d'une vive amitié pour le jeune marchand, qui la lui rendait bien. Après tout, elle n'avait que quelques années de plus que Warin, et jouer le rôle de future belle-mère pour un jeune homme de vingt-quatre ans lui seyait assez mal.

C'était quelques mois seulement avant que Warin ne persuade Rhoese d'avoir avec lui des relations intimes. Ils avaient l'intention de se fiancer dès qu'il reviendrait de son voyage en Islande. Rhoese avait vraiment cru que rien ne viendrait troubler ses plans ; elle était même allée jusqu'à vider Toft Green des marchandises qui l'encombraient, pour en faire leur habitation lorsqu'ils seraient mariés. Elle s'était donnée à Warin dans cette même grand-salle, juste avant qu'il ne parte avec son père pour leur expédition dans le Nord, où ils devaient acheter des fourrures.

N'ayant aucune expérience avec laquelle comparer ce qu'elle avait vécu, elle en avait conclu avec une sorte de contentement que Warin valait sûrement mieux que la plupart des jeunes gens de son âge, si elle en jugeait par les regards que lui jetaient les autres femmes. Mais même si le bateau était rentré trois mois plus tard chargé d'ivoire de morses, de cornes de licornes et de fourrures, son père était passé par-dessus bord dans les eaux glacées de la mer du Nord. En novembre de cette funeste année 1087, Rhoese et Eric s'étaient retrouvés orphelins. Et elle était enceinte, alors qu'elle venait juste de fêter ses vingt-deux ans.

— Te portes-tu bien, ma colombe ? demanda Eric en lui saisissant le bras.

— Oui. Je me souviens, c'est tout.

— Ne ressasse pas tes souvenirs.

— Je le dois.

— Est-ce à cause de cette femme qui tenait un nouveau-né braillant, ce matin ?

— Non, je ne pense pas.

— Quoi, alors ?

Une bordée de pluie frappa le toit de chaume et s'engouffra par la porte ouverte, tandis que des hommes entraient. Le vent rabattit les flammes sur les bûches avec férocité.

— Fermez la porte ! cria Hilda.

La mort de son père avait été la chose la plus dure que Rhoese avait vécue, sa mère, Eve, étant morte en couches à la naissance d'Eric. Sans ce père qu'elle adorait, elle avait vu son monde se renverser lentement du tout au tout, car elle avait attendu son retour pour partager son secret avec lui en tout premier lieu. Le choc de le perdre aussi subitement et sans explication plausible l'avait rendue malade. Par une terrible nuit, elle avait perdu son bébé. Elle n'avait bénéficié que de l'aide d'Els et d'Hilda, les seules à être au courant de sa situation avec le chapelain. Eric avait découvert la vérité tout seul.

La compassion que Warin lui avait montrée pour son deuil avait été correcte, sans plus, et bien trop faible pour qu'elle soit capable de lui avouer la deuxième cause de sa souffrance. Surtout qu'il avait déjà commencé à porter ses attentions du côté de Ketti, sous le prétexte que c'était elle qui avait perdu le plus avec la mort de Gamal.

Blessée, affaiblie et désespérément malheureuse, Rhoese s'était mise à passer de plus en plus de temps à Toft Green, dans l'espoir que Warin viendrait l'y rejoindre et l'aiderait à préparer leur future habitation. Mais rien ne s'était passé ainsi. Et puis, un jour, elle l'avait trouvé couché avec Ketti. La défense de Warin — qu'il essayait juste de réconforter la veuve éplorée — n'avait pas été convaincante. L'outrage de sa trahison, juste après deux autres tragédies, avait brisé le cœur de Rhoese. Il n'y avait pas eu d'explication tumultueuse, pas de confrontation. Elle s'était simplement retirée en silence dans sa maison de Toft Green. Elle avait perdu toute énergie pour se battre pour ce qui avait été presque à elle, et avec son énergie avaient disparu son bonheur, son bien-être et ses aspirations.

A peine Eric et elle avaient-ils transporté le reste de leurs affaires à Toft Green, que Warin était venu s'installer avec Ketti. Il avait amené son père âgé, qui s'était joint à l'acariâtre mère de Ketti et au fils de douze ans qu'elle avait eu d'un premier mariage, Thorn. Le changement était total. Rhoese avait réorienté les loyers et les dîmes de ses propriétés du Yorkshire vers elle et Eric, afin d'entretenir un autre foyer indépendant.

Immédiatement, les espoirs de Ketti concernant un veuvage confortable avaient diminué avec la suppression de ces ressources. Elle avait protesté. Mais Rhoese ne voyait aucune raison de contribuer à ses profits quand Warin avait repris le commerce de son père, ses larges entrepôts le long de la jetée, ses deux navires, sa femme et la maison de Bootham, près de la nouvelle abbaye de St Mary.

Dans les dix mois agités qui avaient suivi la mort de son père, Rhoese avait édifié une coque de glace autour de son cœur lacéré. Elle l'avait gardé au froid par des pensées de vengeance qui, pour l'heure, n'avaient rien fait pour atténuer les profondes blessures du rejet qu'elle avait essuyé. Maintenant, le seul homme auquel elle pouvait accorder son amour était son frère, dont la cécité à la naissance ne semblait pas compter tant il avait d'autres rares qualités.

Eric avait déjà exprimé le souhait de rejoindre les moines

de St Mary, et Rhoese avait envoyé une forte donation pour les nouveaux bâtiments dont la première pierre devait être posée le lendemain par le roi lui-même. Ils attendaient à présent un message de l'abbé Stephen disant s'il acceptait ou non un novice aveugle.

Il lui pressa gentiment le bras.

— Va te préparer, ma colombe. Nous avons des hôtes à souper et je jouerai de la harpe pour toi après le repas, si tu le souhaites.

— Vas-tu souper nu comme à ton premier jour ? riposta Rhoese. En tant que divertissement supplémentaire ?

— Neal ! cria Eric par-dessus le feu. La dame a une suggestion : je dois m'habiller.

Chapitre 2

Le désir de Judhael de Brionne d'en savoir plus sur Rhoese n'avait pas été satisfait, loin de là, par les indiscrétions de Ranulf sur les problèmes à venir de sa belle-mère. C'était la femme en elle-même qui l'intéressait et, de façon caractéristique chez lui, il avait déjà décidé qu'il pourrait en découvrir davantage par lui-même, en privé, qu'à travers des amis bien intentionnés avides de gagner un pari.

Seul, une heure après le couvre-feu, il chevaucha à travers les rues boueuses d'York en direction du coin sud-ouest de la ville haute qui incluait Toft Green. Les formes noires des chaumines entouraient la maison longue qui abritait la grand-salle, et une odeur de feu de bois était charriée par le vent qui soufflait en bourrasques. Sous le couvert de l'obscurité, Jude attendit, dans l'espoir que tôt ou tard quelqu'un sortirait et lui dirait comment une noble dame du Yorkshire tenait sa maisonnée.

Il n'eut pas longtemps à attendre : une porte s'ouvrit à l'arrière de la bâtisse, laissant apparaître la clarté d'un feu et entendre les notes d'une harpe. Une silhouette de femme se dessina sur le seuil. Jude poussa son destrier en avant de quelques pas, afin de la voir traverser vers l'une des chaumines dont elle laissa la porte entrebâillée, probablement pour avoir un peu de lumière maintenant que la pluie avait cessé.

Quelques instants plus tard, elle ressortit. Cette fois, elle portait quelque chose sous le bras et elle referma la porte derrière elle avant de se glisser le long de la chaumine, en direction des arbres qui bordaient les enclos. Elle pénétra sous leur couvert d'un pas assuré, telle une hermine certaine de sa direction.

Les talons de Jude pressèrent les flancs de l'étalon. Il le poussa le long du sentier, jusqu'à ce qu'un trou dans la palissade lui permît de passer. Là, il prit la même direction que la femme, le bruit des sabots étouffé par les feuilles humides. Des gouttes d'eau qui tombaient des branches surprirent le destrier, qui hennit d'un ton indigné. Ce son retentit dans les bois silencieux, et la femme fit un pas de côté en réprimant un cri de frayeur. Puis elle se mit à courir, une réaction que l'entraînement de Jude lui permit de compenser. Les ombres étaient noires et profondes, mais il avait le regard aiguisé d'un guerrier habitué à scruter l'obscurité, et son cheval n'avait aucune difficulté à suivre la femme qui s'enfuyait par bonds saccadés, et qui était ralentie par les ronces qui s'accrochaient à ses habits.

Alors qu'elle se libérait de son mieux, les doigts tremblants d'anxiété, elle trouva son passage barré par l'énorme masse du destrier et par ses sabots qui piétinaient le sol. Puis, tandis qu'elle essayait de l'esquiver, elle fut coincée par son formidable arrière-train. Une main sortit alors de l'obscurité pour la saisir par le bras. A ce moment-là, elle lança de toutes ses forces le paquet qu'elle portait dans les broussailles, hurlant de frayeur quand deux bras se refermèrent autour d'elle et la tirèrent en arrière. Elle se débattit avec vivacité.

— Je vous en prie, lâchez-moi ! implora-t-elle d'une voix terrifiée. Je suis lady…

— Lady Rhoese d'York. Oui, je sais qui vous êtes, lui murmura Jude à l'oreille. Et vous enfreignez le couvre-feu, ce qui est passible d'une nuit d'emprisonnement, ainsi que vous le savez certainement. Maintenant, ma dame, est-ce que je ne détecte pas un changement d'attitude chez vous ? Etes-vous aussi méprisante, à présent, au sujet de Normands trop curieux ?

— Vous ! s'écria Rhoese en se tordant dans la cage de ses

bras. Et que faites-*vous* dehors après le couvre-feu, messire ? Laissez-moi partir, au nom du ciel !

— Mon Dieu, comme votre cœur bat fort !

Jude avait passé une main sous son manteau. Il la fit glisser le long des côtes de la jeune femme, encerclant un sein, mesurant de son pouce les battements frénétiques qui se sentaient à travers le drap de sa cotte. Une offense aussi sérieuse que l'infraction au couvre-feu.

— Non ! protesta-t-elle. Aucun homme ne tient une femme de cette façon. Lâchez-moi !

— Alors dites-moi ce que vous faites dehors à cette heure de la nuit et qui vous allez rencontrer. Est-ce un amant ?

La main de Jude s'immobilisa, mais resta en place.

— Vous n'avez aucun droit à le savoir. Mes affaires sont les miennes.

— Pas aussi tard, ma dame. Dites-moi.

Rhoese essayait en vain de se libérer. Elle ne parvenait pas à desserrer l'étau de ses bras.

— Si vous tenez à le savoir, je me rendais à l'église St Martin, pour parler au père Leofric. Sa dîme est due aujourd'hui.

— Et cela ne pouvait attendre demain matin ? Ce prêtre ne va sûrement pas mourir de faim cette nuit en attendant le dixième de vos revenus, n'est-il point vrai ?

Rhoese garda le silence. Sa visite n'avait rien à voir avec la dîme, mais elle ne pouvait en confier la vraie raison à ce Normand, quand c'était son apparition quelques heures plus tôt qui l'avait décidée à cette démarche.

— Bien, déclara-t-il en la faisant pivoter face à lui. Si vous refusez de m'en dire plus, vous pourrez vous expliquer demain devant le bailli, si vous préférez. Enfreindre le couvre-feu est une faute grave et vous devriez donner l'exemple.

— Ecoutez… Non, s'il vous plaît ! Ce n'est pas utile.

Elle le repoussa des deux mains, percevant sous ses paumes le drap moelleux de son manteau et le fermail en or qui le maintenait en place sur son épaule. Elle ne le voyait pas, mais elle sentait son souffle sur ses paupières quand il parlait — et le retrait de sa main laissait un vide froid sur ses côtes. Soudain, toutes les craintes qui l'avaient saisie lorsqu'il lui avait montré de l'intérêt dans l'après-midi, et avait observé tout ce qu'elle recevait, resurgirent avec la force de démons de minuit. Elle ferait bien de ne pas l'irriter davantage, se dit-elle. Les Normands représentaient une force puissante, et une comparution devant le bailli pourrait ruiner tous ses efforts pour passer inaperçue. Cet homme devait être apaisé.

— Non ? répéta-t-il doucement. Avez-vous une autre suggestion ?

— L'hospitalité ? offrit Rhoese. Vous pourriez venir dans ma grand-salle et écouter mon frère. C'est un excellent harpiste. Je pourrais vous servir de l'hydromel ou de la cervoise.

— Et m'empoisonner, sans nul doute ?

— Non, vraiment pas. Ce n'est pas dans mes intentions. Mon chapelain vous versera lui-même à boire, si cela peut vous rassurer.

— Et quoi d'autre, encore ? Qu'avez-vous d'autre à m'offrir, ma dame ?

Rhoese se figea, consciente dans toutes les fibres de son corps de la direction que prenaient ses questions. Elle se prépara à subir ses insultes, impuissante, mais incapable de réprimer l'excitation qui s'empara d'elle en se souvenant du spectacle qu'il lui avait offert quand il était debout devant elle, son regard la forçant à détourner le sien tandis qu'il la mettait au défi de le rabrouer. Elle avait senti cette même excitation, alors, et avait tenté de la contrer par une nonchalance qui n'existait pas. Troublée, elle ne put trouver de réponse adéquate, pas même lorsqu'il la fit reculer doucement pour l'adosser au tronc d'un chêne.

Dans le noir, les excuses que Rhoese se cherchait la fuyaient telles des chauves-souris, trop rapides pour être saisies. Puis il fut trop tard même pour protester, quand la coquille qu'elle s'était forgée au cours des dix derniers mois se fendilla sous la pression tendre et dure à la fois du corps du Normand.

Elle sentait les muscles de ses cuisses à travers la fine étoffe de leurs vêtements. Ses bras de guerrier la plaquaient contre lui, et elle percevait l'assurance avec laquelle il la manipulait — une assurance contre laquelle elle ne pouvait rien. Son expérience était apparente dans la façon dont il inclina la tête de la jeune femme vers son épaule et la tint là avec douceur, cet emprisonnement délicat indiquant qu'il n'y aurait pas d'outrage hâtif et grossier, même si le décor de la scène laissait à désirer.

Plus tard, Rhoese essaya de justifier son manque de résistance en se disant qu'il eût été inutile de protester, de toute façon, et qu'elle n'aurait pu éviter sa bouche — même si elle avait eu la possibilité de le faire.

Pour l'heure, il n'y avait plus de place en elle pour des pensées raisonnées. Il n'y avait plus que la pression chaude et insistante de lèvres masculines sur les siennes, quelque chose qui était fait pour son plaisir à lui et non pour le sien propre, elle le savait. L'une de ses mains tenait fermement son épaule, l'autre emprisonnait sa nuque, durement, empêchant son esprit de vagabonder au-delà de ce baiser. Elle était forcée de lui complaire, forcée de se rappeler qu'il était le conquérant, pas elle.

Elle tenta néanmoins de se raccrocher encore à quelques fuyantes protestations, et à la pensée qu'il la maltraitait. Elle s'efforça de rester figée dans une indignation naturelle, mais se rendit bientôt compte que tout ce qu'elle faisait ou ne faisait pas n'avait nulle importance face à l'ardeur déployée par son compagnon. Tel un homme privé depuis des lustres d'amour physique — ce qui n'était certainement pas le cas, songea-t-elle —, il explorait sa bouche avec une habileté confondante. Quand il s'arrêta, ce fut pour couvrir sa gorge de baisers, avant de revenir avec plus de passion encore à ses lèvres.

Warin, la seule comparaison qu'elle était en mesure de faire, s'était toujours montré avide et vigoureux, lui aussi. Mais il n'avait jamais témoigné de la maîtrise de cet homme, qui distillait le plaisir avec une habileté démoniaque. Bien que Rhoese eût préféré pouvoir le taxer de brutalité maladroite envers une femme sans défense, elle en était incapable. Elle était bien trop troublée par ses actes, qui changeaient ses jambes en eau.

Elle percevait le désir roide du Normand plaqué contre son ventre, sa propre réponse partagée entre la peur et l'excitation, ainsi que la traîtrise des émotions contradictoires qui l'assaillaient et la faisaient trembler.

Comment avait-elle pu accepter une chose pareille ? Et pourquoi ?

— Arrêtez ! ordonna-t-elle.

Il lui renversa la tête en arrière, sema une traînée de baisers jusqu'à son oreille.

— Je vous en prie, reprit-elle d'une voix altérée. Cessez cela. Vous *devez* vous arrêter. Vous vous êtes oublié, messire. Je suis une dame anglaise et vous allez beaucoup trop loin. Laissez-moi rentrer chez moi, à présent.

Il respirait fortement contre sa peau. Un soupir tremblant lui échappa, admettant à peine les protestations de Rhoese. Mais, malgré cela, il fit remonter une main jusqu'à son sein gauche. Enserrant son poignet, elle essaya en vain de l'écarter. Ses cris d'indignation furent étouffés par un nouveau baiser. Elle comprit que c'était lui et lui seul qui mettrait fin à cet intermède, quand il le déciderait. Et que ce « châtiment » avait moins à voir avec le couvre-feu qu'avec la façon discourtoise dont elle l'avait traité dans sa cour.

Cette fois, le contact de ses lèvres fut juste assez tentant pour perdre Rhoese à la limite d'un plaisir parfait, tandis que sa main continuait à effleurer sa poitrine sans égard pour les défenses qu'elle avait exprimées. Loin de s'oublier, comme elle le lui avait lancé, il était parfaitement maître de la situation.

— Je *dois ?* répéta-t-il enfin. Me dites-vous encore ce que je dois faire ou ne pas faire, ma dame ?

Les caresses continuèrent, déchirant les protestations de Rhoese telle une toile d'araignée malmenée par le vent, lui coupant le souffle au point qu'elle fut incapable de lui répondre.

— Je pense que nous commençons enfin à nous comprendre un peu, maintenant, reprit-il d'un ton égal. N'êtes-vous point de mon avis ?

Cette question en était à peine une. Il avait démontré clairement ce qu'il voulait, et Rhoese ne pouvait feindre de l'ignorer. Quant à se comprendre elle-même, elle y renonçait. Le manque de réaction qu'elle avait cru pouvoir commander à sa guise lui échappait. Elle *répondait* aux caresses et aux baisers de cet homme en dépit de tous les avertissements qu'elle se répétait, de tous ses efforts pour garder l'esprit clair. Et il le percevait sans nul doute. Il était expert dans ce genre de chose, c'était évident.

« Non ! se rebiffa la jeune femme en elle-même. Ne lui montre pas ce que tu éprouves. Ecarte-toi avant qu'il soit trop tard. »

Elle le repoussa brutalement, sans se soucier de l'épargner. Une vive colère remplaça aussitôt le plaisir illicite qu'elle avait goûté trop ardemment à son gré.

— Vous vous méprenez, messire ! lança-t-elle d'un ton fielleux. Il vous faudrait être un autre homme pour comprendre la profondeur du mépris que j'éprouve envers votre peuple. Pour ma part, je jugerais plus facile de comprendre l'esprit d'un crapaud. Je suppose que vous vous êtes suffisamment amusé à mes dépens, maintenant, et vous pouvez…

La main du Normand la bâillonna, coupant le reste de sa phrase.

— Ne recommencez pas, ma dame, je vous en prie. Il me reste assez d'heures de la nuit pour m'amuser, ainsi que vous le dites, et votre mauvaise volonté m'importe peu. Si vous prisez à ce point votre noble chasteté, vous feriez mieux de tenir votre langue. Je pensais avoir été fort clair à ce sujet. Dois-je vous montrer encore qui est le maître ici ?

« Goujat de Normand. Vile engeance. »

— Non, murmura Rhoese. Laissez-moi tranquille. Je puis rentrer chez moi toute seule. Laissez-moi donc.

Elle avait encore à récupérer son paquet jeté dans les broussailles. Et la colère qui bouillait dans ses veines n'était pas seulement due au fait que cet épisode avait eu pour but de la châtier et d'amuser cet arrogant Normand à ses dépens. Même s'il devait s'en vanter pour distraire ses amis, même s'il se repaissait de son humiliation, c'était avant tout contre elle-même qu'elle était furieuse. Elle s'en voulait d'avoir laissé arriver une chose pareille sans se défendre ni essayer de le blesser. Faible et stupide femme qu'elle était. Et elle disait mépriser les hommes ?

Profondément honteuse, elle se jeta sur lui en une vaine et tardive attaque, martelant son torse de ses poings dans une explosion de rage.

— Chatte en colère ! s'exclama-t-il en riant.

Malgré l'obscurité, il réussit à lui saisir les poignets.

— Venez, ma dame. Il est temps de vous enfermer sûrement pour la nuit.

Il s'écarta d'un pas, sans la lâcher.

— M'enfermer ? se récria-t-elle en se débattant. Non ! Ce n'est pas ce que vous avez dit !

— Taisez-vous, femme. Je sais ce que j'ai dit. Je vais vous ramener jusqu'à votre chaumine. Et ne vous inquiétez pas, je ne pénétrerai pas à l'intérieur. Mais ce n'est certainement pas la dernière fois que vous me verrez, aussi n'entretenez pas d'illusions à ce sujet.

Il glissa une main sous le bras de Rhoese et la guida jusqu'au destrier qui attendait.

Comment le reconnaîtrait-elle ? se demanda la jeune

femme. Quand ils étaient revêtus de leur cotte de mailles et coiffés de leur heaume, les hommes se ressemblaient tous, à peu de chose près. Serait-il vêtu en courtisan, ou en guerrier ?

— Votre nom, messire. Qui êtes-vous ? demanda-t-elle.

— Vous le découvrirez demain, à la lueur du jour.

— J'en doute. Vous ne me verrez pas demain, si je puis l'éviter.

— Croyez-vous ? Je suis d'un avis différent, ma dame. Faites-moi confiance, nous nous reverrons demain.

Rhoese n'eut rien à rétorquer à cela. La dernière chose qu'elle souhaitait était de poursuivre une conversation qui ne menait à rien.

Sans même déranger les chiens à l'oreille fine, Jude la raccompagna jusqu'à la porte de sa chaumine, qu'il ouvrit pour elle avant qu'elle ait pu tendre la main pour le faire. Il la retint cependant, le temps de prendre congé d'elle.

— A demain, ma dame, dit-il en s'inclinant légèrement. Ne vous aventurez plus dehors après le couvre-feu.

— Je m'en garderai bien, riposta la jeune femme. Qui sait quelle canaille on peut rencontrer à la nuit tombée ?

— Vous avez raison. York est une cité pleine de violence.

En un mouvement plein de fluidité, il se remit en selle et repartit au petit trot dans la direction d'où ils étaient venus. Il laissa une Rhoese fort ébranlée par cet incident. Son corps tressaillait encore au souvenir de ces caresses audacieuses et de ces baisers téméraires.

Elle se tourmentait également pour le paquet qu'elle avait eu l'intention de porter au père Leofric, et qui souffrirait sans doute d'une nuit passée dans les broussailles humides, mais elle n'était pas encline à retourner dans le bois ce soir-là.

Pivotant sur elle-même dans un accès de fureur, elle donna un violent coup de pied dans sa porte et frémit d'une douleur qui la calma un peu, tandis qu'elle s'introduisait en boitillant dans la chaude intimité de sa chaumine.

*
* *

L'aube se levait tard, en ces premiers jours d'automne. La maisonnée de Rhoese était déjà debout et commençait à s'activer quand il fit assez clair pour que la jeune femme puisse retourner chercher son paquet dans les feuilles humides. A son vif soulagement, il était intact et n'avait pas souffert de cette nuit dehors.

La nuit dernière, craignant d'avoir attiré l'attention des Normands sur les richesses de son domaine, elle avait éprouvé le besoin de mettre ce trésor sans prix en sûreté. Le père Leofric était la personne évidente qui pouvait comprendre la valeur de cet évangile relié de cuir et rehaussé de pierres précieuses. Les pages étaient couvertes d'écriture celtique et de ravissantes enluminures tracées avec amour par des nonnes du siècle précédent. Il n'existait qu'un seul couvent en Angleterre où les religieuses étaient aussi éduquées que des moines. Il s'agissait de l'abbaye de Barking, dans l'Essex, à de nombreuses lieues d'York. Et aucun citoyen ordinaire ne pouvait posséder un tel objet confectionné à la gloire de Dieu ; il était fait pour appartenir à des gens d'Eglise, ou à la royauté.

S'il était trouvé en sa possession, Rhoese devrait fournir des explications fort convaincantes pour justifier la façon dont il était arrivé entre ses mains — et, surtout, le fait qu'elle ne l'ait pas remis aussitôt aux autorités concernées. La brève joie qu'elle avait éprouvée en possédant ce livre de prix avait vite été dissipée par sa peur qu'il fût découvert. Elle serra l'évangile contre elle comme elle aurait serré un enfant sur son cœur.

S'arrêtant pour examiner le sol, elle nota les énormes marques de sabots laissées par le destrier du Normand. Et des traces de pieds. Près du chêne, elle aperçut la trace de ses talons, qui avaient glissé lorsqu'elle avait essayé de recouvrer son équilibre. Quand elle ferma les yeux, elle retrouva dans sa mémoire la choquante et illicite intimité de l'étreinte que lui avait infligée cet homme, de ses mains caressant des endroits de son corps qu'elles n'auraient pas dû toucher — autant de choses qu'elle devait s'efforcer d'oublier au lieu de se les remémorer. Son pouls s'emballa à la base de sa gorge, au souvenir de cette bouche ferme et sensuelle posée sur la sienne. Elle retint son souffle, et ne le relâcha que lorsque ce tremblement s'estompa.

— Les hommes, murmura-t-elle. Tous des traîtres.

Chapitre 3

Maison de Ketti, Bootham, York

L'envoyé du bailli se rendit chez la veuve de lord Gamal juste avant le crépuscule. Il cogna à la porte de la grande demeure qu'elle possédait près de l'abbaye St Mary, déterminé à délivrer son message le plus brièvement possible pour rentrer chez lui avant que la porte de la cité ne ferme au coucher du soleil.

De l'eau de pluie formant une large flaque à ses pieds sur le plancher, il fit part de ces très mauvaises nouvelles sinon avec joie, au moins avec un manque total de sympathie. Tout le monde à York connaissait la dépravation de cette femme.

Il contempla le couple debout face à lui de ses yeux protubérants, et essuya les gouttes d'eau qui tombaient de son nez d'un revers du poignet.

— Si je puis me permettre, déclara-t-il en réponse à leurs protestations, ces nouvelles ne peuvent être une complète surprise pour vous. Mon maître le bailli vous a prévenus durant l'été que les conséquences d'une défaillance dans les services de chevalerie dus au roi seraient la confiscation de vos propriétés.

— Durant l'été, glapit Ketti dans un mauvais français, j'étais une veuve toute fraîche encore confite dans mon deuil. J'avais d'autres choses à l'esprit.

Elle regretta aussitôt de ne pas mieux maîtriser ce langage quand elle vit l'envoyé du bailli jeter une œillade en coin au beau jeune homme qui se tenait près d'elle. Avec un toupet sans nom, il porta froidement les yeux sur le renflement de ses braies au-dessous de sa bourse, comme s'il voulait évaluer sa virilité et les « services » qu'il pouvait rendre au lit à une veuve faussement éplorée.

— Oui, reprit-il, ramenant lentement son regard sur le visage courroucé de la veuve, vous avez certainement pleuré votre époux le temps d'un mois, pas plus. Cela vous a laissé du temps pour le reste, je suppose.

Il promena les yeux sur la belle demeure cossue, tandis que Ketti et le jeune homme — qui devait naguère devenir son gendre, et non son amant — se toisaient l'un l'autre tels deux dogues rivaux, chacun cherchant la meilleure façon de croquer l'autre.

— C'est la Saint-Michel, fit remarquer Warin comme si cela faisait une différence. La fin du mois de la Vierge. Où pouvons-nous aller ? Nous logeons ici.

— Vous auriez dû y songer plus tôt, dit l'envoyé du bailli, omettant le « messire » respectueux qu'il aurait adressé à un homme plus âgé. Mon maître m'a prié de vous dire que ces terres ont été données à la nouvelle abbaye de St Mary pour y construire des extensions. La maison et toutes les dépendances seront détruites dès que le roi rentrera à Londres, et vous devrez trouver un autre logis. Vous recevrez une confirmation écrite de ces faits en temps voulu.

Warin, téméraire et musculeux, fort peu enclin à négocier si cela devait prendre plus longtemps que sa capacité d'attention ne le lui permettait, eût aimé mettre l'envoyé dehors sans autre forme de procès. Mais même quelqu'un d'aussi volatil que lui pouvait discerner le danger qu'il y aurait à agir ainsi. Comme il pouvait voir, et peut-être pas pour la première fois, qu'il s'était sans doute un peu trop pressé en passant de la fille à la belle-mère. Cette dernière n'était certainement pas un placement aussi sûr qu'il l'avait pensé.

Ketti chassa son voile de lin blanc par-dessus son épaule.

— Et je vous ai déjà dit, quel que soit votre nom, que mon époux est *mort* l'hiver dernier. Il n'était plus en position d'envoyer des chevaliers servir le roi.

— Mais aucun message n'a été envoyé. Aucune lettre d'excuse. Ni amende ni compensation à la place de ces hommes. Comme vous le savez, ma dame, un thègne tient ses biens du roi en échange de chevaliers proprement équipés quand Sa Majesté en a besoin. Et notre nouveau roi a eu grand besoin de soutien durant sa première année de règne. Son frère et ses oncles l'ont défié. Il lui fallait tous les hommes qu'il pouvait avoir. Tout thègne qui manque à ses devoirs doit renoncer à tout ce qu'il possède au profit du souverain. Cela a toujours été la loi et vous auriez dû le savoir. Maintenant les moines ont besoin de ces terres pour agrandir leur abbaye, et vous allez devoir…

— Au diable ces agrandissements ! tonna Warin, incapable de contenir sa colère plus longtemps.

Il lui coûtait déjà assez d'avoir pris une mauvaise décision. Mais voir ce clerc pompeux, à face de crapaud, lui dire ce qu'ils avaient ignoré sciemment dans l'espoir qu'ils passeraient entre les gouttes était plus qu'il ne pouvait supporter avec correction.

Le temps des politesses était passé.

Son teint hâlé par le grand air vira au cramoisi. Ses boucles blondes mouillées par la pluie lui collaient au crâne.

— Vos plans d'agrandissements, nous en avons jusqu'ici, gronda-t-il en portant les doigts à son front. Nous en sommes tous malades ! Vous avez pillé notre bonne ville d'York et l'avez rasée jusqu'à ses fondations, vous avez endommagé nos maisons et nos foyers, détourné cette maudite rivière pour en faire des douves pour vos satanés châteaux…

— Warin, arrêtez ! pria Ketti, plaçant une main sur son bras. Chut !

Il se libéra d'une secousse, continuant sur sa lancée.

— Nous avons dû rebâtir nos entrepôts, refondre le site de

nos affaires, renoncer à nos vergers et à nos pâtures, voir nos demeures encloses dans vos barrières et foulées aux pieds, et vous osez nous dire que nous ne pouvons plus vivre ici ? Nous avons construit cette demeure à la sueur de notre front, sur *nos* terres, et personne, *personne* ne nous en fera sortir, cria-t-il en direction du dos humide de son interlocuteur qui s'était tourné pour partir.

Il cria encore à travers la cour, agitant les bras :

— Allez dire cela à votre maître le bailli, quel que soit son nom !

Son retour vers Ketti ne fut pas celui du héros bienvenu qu'il estimait mériter.

— Benêt que vous êtes ! glapit-elle en revenant à l'anglais. Quel bien nous apportera cette sortie, voulez-vous me le dire ? Il va aller la reporter tout droit au bailli, qui la reportera à l'abbé, qui la reportera au roi, et avant que vous ayez eu le temps de vous retourner il y aura ici une troupe d'hommes d'armes venus nous mettre à la rue. Vous n'auriez pu attendre que le roi rentre à Londres, avant d'ouvrir la bouche de la sorte ?

Son visage sans grâce, au nez pointu et aux lèvres fines, était piqueté par la fureur. Ses yeux pâles, frangés par des cils blonds, étaient encore plus exorbités que de coutume. Elle le fixait avec véhémence, d'un air de vif reproche dont Warin était déjà fatigué.

Le roi, elle en était certaine, avait pris son temps dans cette affaire. Il avait attendu d'être à York, à la fin de la difficile première année de son règne. Sentant que quelques actes de bienveillance seraient les bienvenus, il avait autorisé les moines de St Mary à étendre leur nouvelle abbaye jusqu'à l'église St Olaf, et leur avait accordé des terres qui leur revaudraient des revenus quatre fois par an. Il avait fait le trajet jusqu'en Northumbrie, avec une suite impressionnante, pour venir poser la première pierre de l'édifice et montrer quel bon roi il pouvait être, quand il le décidait. Tels des moutons de Panurge, le reste des propriétaires terriens normands du

Yorkshire l'avait imité, donnant des terres à la nouvelle abbaye, pour que l'on puisse dire au fil des années à venir combien ils étaient soucieux du spirituel autant que du temporel. Ces fieffés menteurs. C'était leur propre assurance qu'ils avaient payée ainsi, pour un passage plus rapide à travers le purgatoire.

Habilement, le roi avait permis aux moines d'avoir Bootham, la bande de terre qui jouxtait le monastère et sur laquelle étaient construits des entrepôts, des écuries et la maison de feu lord Gamal d'York. Maintenant, il avait toutes les raisons de la confisquer.

L'assaut furieux de Ketti figea Warin sur place, et le poussa à contre-attaquer.

— Qu'attendiez-vous que je fasse ? Que je reste là sans mot dire, alors qu'on me parlait comme à un enfant ayant volé des pommes ? s'écria-t-il. Ne soyez pas stupide, femme. Il ne fera rien avant que le roi ne reparte pour Londres.

— Même ainsi, sot que vous êtes, vous auriez pu trouver une meilleure façon de mener cette affaire qu'en décochant des insultes ! Où pensez-vous que cela va nous conduire ? Vous allez être obligé d'aller les voir et de chercher un moyen de nous sortir de là.

— Que j'aille parler à qui que ce soit, *moi,* ne servira à rien, riposta Warin d'un ton coupant. Je ne suis pas le propriétaire. C'est vous qui l'êtes, c'est vous qui irez.

— A quoi cela servira-t-il que j'y aille ?

Ketti écarta les bras, de telle sorte que le bord de ses larges manches balaya le sol. Elle n'avait nulle intention de s'acquitter de ses corvées si quelqu'un d'autre pouvait le faire à sa place.

— Si vous êtes aussi inutile, que faites-vous ici ? clama-t-elle avec un geste théâtral de la main. Si vous voulez habiter chez moi, battez-vous pour votre foyer ! Vous luttez avec vos amis comme un taureau de combat ; allez lutter avec le bailli, pour une fois !

Elle se détourna et foudroya du regard son fils Thorn qui souriait jusqu'aux oreilles.

— Sortez ! commanda-t-elle. Cette explication est privée !

— Ketti.

La voix de Warin s'était abaissée en un murmure langoureux qui lui réchauffa le dos.

— Ketti, ma bien-aimée. Nous ne devrions pas nous quereller pour ces histoires.

Il la prit par les épaules et l'attira contre lui, faisant glisser ses grandes mains jusque sur sa poitrine. Il lui caressa doucement les seins, sachant que c'était le meilleur moyen de l'amadouer.

Les mains de Ketti se posèrent sur les siennes.

— Lâchez-moi, dit-elle, tout en se pressant davantage contre lui.

Warin dissimula prudemment son sourire. Son subterfuge avait déjà marché.

— Non, chuchota-t-il, se penchant vers son oreille couverte par son voile. Vous êtes si charmante, Ketti.

De fait, ses seins étaient la seule partie charmante de sa personne. Et même quelqu'un d'aussi intéressé que Warin ne pouvait prétendre qu'elle avait le visage ou la nature qui allaient avec.

— Ce n'est pas un problème, murmura-t-il encore. Nous irons habiter chez Rhoese. Elle est encore votre pupille, elle est obligée de vous porter secours.

Les mains de Ketti arrachèrent les siennes et les jetèrent loin d'elle. Elle pirouetta pour lui faire face, le visage crispé par la jalousie.

— Cela vous plairait, n'est-il point vrai ? Aller vivre avec *elle*. Ma belle-fille. Vous êtes encore accroché à ses basques, n'est-ce pas ?

Troublé par sa faute de calcul, Warin écarquilla ses yeux bleus comme un enfant innocent, bien que cette façade ne fût qu'une tentative désespérée pour se rattraper. Il lui prit les mains et la força à se tenir tranquille.

— Non, mon cœur. Je n'ai pas dit vivre *avec* elle, bien sûr que non, bredouilla-t-il.

— Quoi, alors ?

— Ecoutez : elle a sa propre demeure à Toft Green. Elle est partie de chez vous de son plein gré. D'après vous, que fera-t-elle si nous lui disons que nous devons nous installer chez elle parce que nous n'avons pas d'autre solution ? Hein ?

Il lui secoua les mains pour l'obliger à répondre.

Le visage de Ketti resta figé dans sa dureté.

— Vous pensez qu'elle quittera Toft Green ? Balivernes. Elle est encore follement éprise de vous. Elle n'est partie que parce qu'elle ne supportait pas de vous voir avec moi. Elle vous mettra dans son lit chaque fois que j'aurai le dos tourné. Non, mon garçon. Je n'autoriserai pas une chose pareille.

La détermination de sa voix dissuada Warin de continuer dans cette voie.

— Alors, dit-il, nous allons essayer de l'envoyer au roi pour voir si *elle* peut négocier d'autres terres en échange de celles-ci. Quand elle aura vent de la menace qui la guettera si nous devons nous rabattre sur Toft Green, elle fera tout ce qui sera en son pouvoir pour nous aider, soyez-en certaine.

Dans ce domaine, il était meilleur juge de la situation que Ketti, se dit-il avec une bouffée de fierté. Elle lui avait fait grand plaisir, avec son déploiement de jalousie, mais cette jalousie était tristement mal placée. Rhoese ne l'accepterait plus dans son lit même s'il était le dernier homme vivant en Angleterre.

A l'aube, le lendemain matin, la nouvelle que sa belle-mère avait été privée de tous les biens qu'elle avait hérités de lord Gamal fut annoncée à Rhoese, à Toft Green. L'intendant qui était venu lui porter ce message était dans la famille depuis aussi longtemps qu'elle pouvait s'en souvenir, et il était au bord des larmes.

— Allez quérir vos affaires, lui dit-elle. Vous pourrez vivre ici avec nous.

L'homme mit un genou en terre et lui baisa la main.

— Ma dame, vous êtes bien bonne. Et mon épouse ? Pourra-t-elle aussi…

— Bien sûr. Amenez votre femme.

Quand il fut parti, Eric émit des doutes.

— Etait-ce sage de l'accueillir aussi vite ? demanda-t-il. Lui tout seul ?

— Après tout ce que cette femme m'a pris, pourquoi aurais-je des scrupules ? rétorqua Rhoese. Ma manœuvre n'est peut-être pas subtile, mais elle est vengeresse. Et si *ils* pensent qu'ils vont venir vivre ici, ils se trompent grandement. Cela ne se produira pas.

Eric chercha sa main et la conduisit du bout de la grand-salle dans l'enclos abrité par des barrières qui formait un petit potager, avec des simples et des herbes pour la cuisine. La verdure resplendissait de mille diamants après la pluie de la veille, et bruissait de satisfaction en voyant revenir le soleil.

— Rosie, dit le jeune homme. Quoi que tu puisses penser de cette femme, elle fait partie de notre famille et nous ne pouvons refuser de l'aider. Tu le sais. En outre, elle reste ta tutrice légale.

Ensemble, ils s'adossèrent au mur blanchi à la chaux de la maison longue. Rhoese connut un accès de désespoir, de nouveau, en songeant à l'influence constamment néfaste de Ketti sur sa propre vie. La Danoise était restée mariée cinq ans à lord Gamal, sans autre bénéfice apparent que ceux qu'elle en avait retirés pour elle et sa famille. Son fils Thorn portait bien son nom, celui du dieu du courroux. Quant à la vieille mégère qui était sa mère, elle rivalisait par ses caquètements avec le coq de la cour. Ces gens ne pouvaient venir troubler la paix de Toft Green.

— Oui, je le sais. Et elle le sait aussi. C'est là-dessus

qu'elle compte. Mais c'est son problème, Eric. Pourquoi ne demande-t-elle pas à ses parents danois de l'aider ?

— Elle sait que tu connais l'archevêque, ma colombe. Elle espère sans doute que tu iras lui parler. Tu pourrais le faire, si tu le voulais.

— Je n'en ai nulle envie. Qu'elle aille vivre avec les vaches.

— Rosie ! s'esclaffa Eric. Ce que tu dis là est méchant. Va donc voir l'archevêque Thomas. Il était un ami de notre père. Il pourra te venir en aide, j'en suis sûr.

— Aujourd'hui, c'est la cérémonie de la pose de la première pierre avec le roi. Il sera occupé.

— Après, alors. Quand le roi sera reparti chasser.

Rhoese soupira.

— Je ne vois vraiment pas pourquoi je devrais me donner cette peine.

— Si, mon ange, tu le vois. Je serai probablement en sûreté à l'abbaye dans une semaine ou deux, mais tu ne pourras supporter d'être encombrée d'*elle*. Et encore moins de Warin.

— Il ne mettra pas un pied chez moi, dit la jeune femme avec colère. C'est entendu, j'irai.

— Quand ?

— Un peu plus tard, après la cérémonie. Je verrai peut-être aussi l'abbé Stephen.

Elle glissa un bras sous celui de son frère et se pressa contre lui.

— Je regrette que tu doives me quitter, mon doux ami. Je sais que tu le veux, mais tu me manqueras cruellement.

— Je pense que c'est pour le mieux. Je ne suis bon à rien, ici. Je ne puis hériter. Je ne puis te protéger. Je ne puis chercher une femme. Je ne puis me battre pour le roi. Je ne suis qu'un fardeau. Mieux vaut que j'aille jouer de ma harpe pour les moines et prier pour la paix des âmes. Cela, j'en suis capable.

— Mais tu es mon conseiller. Mon guide. Vers qui vais-je me tourner ?

— Nous en avons déjà parlé, ma colombe. C'est décidé.

— L'abbé Stephen ne voudra peut-être pas de toi, après tout.

Eric sourit à ses taquineries.

— Dans ce cas, je serai obligé de rester avec toi. Mais je t'avertis : ne va pas lui parler de toutes mes mauvaises habitudes pour le détourner de moi. Je t'en voudrais beaucoup.

— Si, c'est ce que je vais faire, dit Rhoese, malicieuse, en l'embrassant sur la joue. Mais cette affaire m'ennuie, Eric. La dernière chose que je souhaitais faire pendant que le nouveau roi est à York est de me montrer. Tu sais ce qu'il pense des femmes qui possèdent des terres. Dans ce domaine, sa réputation est aussi mauvaise que celle de son père.

— Dans ce cas, raison de plus pour aller voir l'archevêque, mon ange. C'est un Normand, mais il te connaît et connaît notre famille. Il t'écoutera.

Chapitre 4

La foule qui se pressait dans les rues étroites de la ville était plus dense encore que de coutume, ce jour-là. Tandis que Rhoese et Els se frayaient un chemin à contre-courant, une masse humaine franchissait l'arche de pierre ouverte dans les murs, revenant du monastère. Le roi précédent, William le Bâtard, n'avait visité York que pour la détruire ; son fils avait décidé de donner quelque chose, pour changer, et ceux qui étaient venus assister à ce prodige supposaient qu'il était donc taillé dans une autre étoffe que son brutal géniteur.

Avec une panique grandissante pour les conséquences possibles d'un retard dans sa démarche, Rhoese avait revêtu sa plus belle cotte de lin, teinte avec des prunes de Damas. Elle portait par-dessus une robe bleue à larges manches qui lui arrivait aux genoux par-devant, et qui moulait ses reins en longs plis souples à l'arrière. Les bordures de sa robe étaient tissées d'or, comme ses nattes entremêlées de fils du même métal. Son fin voile de lin blanc était retenu sur son front par un cercle en or, lui aussi, clouté d'améthystes.

Le regard qu'elle avait jeté dans son miroir en bronze poli, avant de partir, avait été fort bref. Elle ne trouvait nul plaisir à se contempler, ces jours-ci, et elle ne souriait plus à son reflet avec de doux et secrets souvenirs d'amour. Au lieu de s'attarder, elle avait tiré les poignets de sa cotte sur ses mains, ajusté sa bourse à sa ceinture et poussé Els dehors.

Quelques minutes plus tôt, la possibilité de parler tranquillement à l'archevêque normand lui avait paru raisonnable. Mais ses doutes s'accrurent et se changèrent en véritables obstacles tandis qu'elles approchaient du terrain du monastère, où la grande cathédrale blanche qui dominait les toits environnants ressemblait à un lion couché couvert par les toiles d'araignée des échafaudages. Au-delà, le palais de bois et de chaume qui était d'ordinaire accessible à tous était pris d'assaut par une mer d'oriflammes qui flottaient dans le vent, de tentes, de cuisines de campagne, d'écuries provisoires, et par une armée de soldats et de moines qui se promenaient ou se tenaient en groupes, leurs tuniques battant elles aussi dans le vent. Parce que le roi y était en résidence, le palais de l'archevêque était sévèrement gardé.

Deux longues lances se croisèrent devant elles.

— On n'entre point, dit un soldat en scrutant Rhoese de la tête aux pieds. Sauf si vous avez quelque chose à donner aux moines.

Il adressa un clin d'œil à son compagnon.

Rapidement, Rhoese saisit sa chance.

— J'ai des terrains à donner, dit-elle. Où dois-je aller pour faire ma donation ?

L'homme hésita.

— Vous avez les parchemins qui le prouvent ?

— Bien sûr que je les ai, soldat. Mais je serais folle de les avoir sur moi dans une foule pareille. Les clercs ont des registres. Dites-moi où ils se trouvent et finissez-en avec vos questions.

Les lances s'écartèrent.

— Par ici, ma dame.

Le soldat indiqua la plus grande tente en cuir, devant laquelle était installée une table recouverte de rouleaux de parchemin. Un moine tonsuré était assis derrière, et près de lui se tenait un grand soldat normand qui lui désignait quelque chose sur un parchemin. A cet instant, il se redressa et regarda arriver Rhoese comme s'il l'attendait. Il dépassait d'une bonne tête les hommes et les chevaux qui passaient près de lui.

Rhoese le reconnut immédiatement, bien qu'il fût coiffé d'un heaume étincelant dont le nasard lui cachait le milieu de la figure. Des mailles brillantes le recouvraient du menton aux genoux. Ce haubert était fendu devant pour lui permettre de monter à cheval. Des courroies de cuir et des boucles en argent maintenaient un glaive sur sa hanche gauche. Un jeune écuyer tout en muscles donnait à son grand destrier bai quelque sucrerie qu'il tenait dans sa main.

La jeune femme fut fort ennuyée de le voir là, alors qu'elle avait été si sûre d'échapper à son attention après la scène de la veille.

Le clerc leva la tête et regarda les deux femmes, puis la courba de nouveau sur son écritoire. Elles n'eurent d'autre choix que de s'approcher, sous le regard perçant du Normand qui avait si rudement « fait connaissance » avec Rhoese le soir précédent. Des heures plus tard, elle se souvenait encore qu'elle avait eu l'impression de marcher dans des sables mouvants, tandis qu'il la raccompagnait chez elle. Et combien elle était essoufflée en arrivant.

Elle évita délibérément de le regarder, et s'adressa en anglais au clerc.

— Maître clerc, je voudrais parler au lord archevêque. Pouvez-vous m'adresser à lui, je vous prie ?

Le clerc releva les yeux, et le parchemin qu'il avait lâché s'enroula autour de ses mains. Il le ramassa et le mit de côté.

— Vous êtes ?

— Lady Rhoese d'York. Fille de feu lord Gamal.

— Parlez français, dit le Normand. C'est le langage de la cour, comme vous le savez parfaitement tous les deux.

Le clerc parut surpris, mais il se contenta de lui jeter un coup d'œil avant de se mettre sur pieds avec respect.

— Lady Rhoese, nous étions justement en train de considérer vos…

Il s'arrêta brusquement à un signal du Normand.

— Mes quoi ? demanda-t-elle. Mes biens ? Est-ce ce que

vous avez là ? L'enquête menée il y a deux ans sur les terres du Yorkshire ? Et qui veut savoir ce que je possède ? Des Normands qui se mêlent de tout, et leurs pareils ?

Elle lança un coup d'œil accusateur au grand guerrier, mais il lui fit peu d'effet. Capitaine de trente ans habitué à commander à des hommes deux fois plus âgés que lui, au service du roi, il en fallait davantage à Jude pour se laisser impressionner. En revanche, le regard féroce qu'il dirigea sur Rhoese de sous son heaume eut un impact immédiat. Il signifiait de toute évidence qu'elle ferait mieux de ne pas continuer sur sa lancée. Et qu'elle avait intérêt à se souvenir de la veille.

La peau hâlée du moine se relâcha en plis aussi doux que ceux d'une bourse usée, et ses mains se frôlèrent tandis qu'il les glissait dans ses manches.

— Oui, ma dame. J'ai tout ici, parce que le roi en personne souhaite voir ces rapports.

Rhoese sentit son sang se figer dans ses veines, tandis qu'un vent frais passait sur-le-champ bondé de curieux.

— Il veut connaître *mes* biens ? demanda-t-elle dans un murmure. *Mes* propriétés ? En êtes-vous sûr ?

— Tout à fait sûr. En fait, Sa Majesté se trouve avec l'archevêque Thomas en cet instant précis. Votre arrivée les satisfera grandement, je pense.

Il regroupa les parchemins dans une main, comme une volée de bois de chauffage, et les glissa sous un bras.

— Je vais lui porter ceci et lui dire que vous êtes ici. Cela gagnera du temps. Pouvez-vous attendre en compagnie de Judhael de Brionne ? ajouta-t-il en désignant le soldat. Il vous escortera, ma dame.

Souriant à demi pour se faire pardonner ce manque évident d'autre choix, il tourna les talons et disparut, laissant Rhoese plus inquiète que jamais et regrettant fort d'être venue.

Le Normand n'avait pas détaché les yeux de sa personne.

— Je crois savoir que vous avez été avertie de la confiscation des biens de votre défunt père, dit-il d'un ton égal. Est-ce la raison de votre présence ici ? Comptez-vous plaider pour qu'on vous les rende ?

Rhoese songea brièvement qu'il se moquait bien de sa réponse, alors qu'elle était sur le point de comparaître devant le roi. De nouveau, la colère l'envahit devant la façon dont les possessions anglaises passaient dans les coffres normands.

— C'est un jeu pour vous, n'est-ce pas ? siffla-t-elle avec fureur. De voir qui peut prendre le plus, le plus rapidement, jusqu'à la dernière acre de terrain, sans vous soucier du nombre de générations qui ont travaillé pour conserver ces domaines. Vous ne valez pas mieux que vos ancêtres, ces pillards de Normands venus du grand Nord. Non, Normand, je ne suis pas ici pour plaider ma cause. Je ne songerais même pas à gâcher mon souffle pour si peu.

Le regard qu'elle gardait rivé sur lui se détourna avec ces derniers mots, traduisant son désespoir — et sa consternation de le revoir si vite face à face.

— Non, répondit-il du même ton égal. Il ne s'agit pas d'un jeu, je vous l'assure. Je voulais juste vous avertir que si vous étiez venue plaider votre cause, comme vous dites, ce serait inutile. Une fois que Sa Majesté a décidé quelque chose, rien ne peut l'en faire démordre. Mais je vois que vous n'avez pas de conseil à recevoir de moi dans ce domaine. Ici, dans le Nord, vous êtes de farouches gardiens de vos propriétés, n'est-il point vrai ?

— Si, et en dépit de ce que je vous ai dit hier après-midi, vous vous êtes arrangé pour savoir qui me doit quoi, et sur la base de quoi. Vrai, ou faux ? Eh bien il sera intéressant de voir ce qui va me rester, maintenant. Vous devez être fort satisfait de votre espionnage.

— Si vous pensez que le roi s'intéresse à vous en raison de ce que j'ai vu hier, ma dame, vous vous trompez, lâcha-t-il d'un ton vindicatif, cette fois. Pour ma part, il n'y a qu'une partie de tout cela qui retient mon intérêt.

Normalement, le fait de contenir si étroitement sa colère aurait dû rendre Rhoese capable de comprendre ce qu'il sous-entendait par ces mots. Mais ce ne fut pas le cas. Ce fut seulement sa référence à l'intérêt du roi pour elle qui retint son attention, et une boule dure se forma dans sa gorge, l'empêchant de répondre.

Avant qu'elle ait pu retrouver son souffle, le clerc reparut et lui fit signe de s'avancer avec Els. Il les conduisit à travers des groupes de curieux jusqu'à la grand-salle de l'archevêque.

L'endroit n'était quasiment pas reconnaissable. Il pullulait de gardes en armures, d'écuyers, de moines, de hauts ecclésiastiques parés de leurs plus riches vêtements, de scribes, de messagers en livrée royale. Cela n'avait plus rien à voir avec les lieux que Rhoese avait visités avec son père, quand celui-ci était reçu en ami. Son idée de départ, parler avec l'archevêque Thomas avant qu'il s'en aille avec le roi, lui parut perdre soudain toute raison d'être.

L'homme qui se nommait Judhael de Brionne se tenait juste derrière elle, et il lui était impossible de reculer.

— Avancez, lui chuchota-t-il, comme s'il la mettait au défi de montrer la même agressivité qu'elle lui avait montrée à lui.

Mais cela semblait fort peu convenir, dans ces circonstances. Rhoese se trouvait confrontée à une mer de visages et de corps masculins, dans un hall dix fois plus grand que le sien. Entre tous les piliers, dans toutes les alcôves, des hommes de tous âges s'adonnaient à diverses activités : certains discutaient, d'autres s'ennuyaient visiblement, les derniers surveillaient tels des faucons les rouleaux de parchemin qui s'empilaient sur la table dressée devant l'archevêque.

Tout au bout de la grand-salle, avachi dans un fauteuil, se trouvait un homme qui n'avait que vingt-huit ans, Rhoese le savait, et qui était dénué de tout charme et de toute grâce. William II d'Angleterre. Sa main droite caressait la cuisse d'un jeune garçon qui se tenait près de lui et qui lui chuchotait à l'oreille avec des gloussements amusés.

A l'entrée de Rhoese et d'Els, les murmures des conversations s'estompèrent, ce qui rendit leur remontée de la salle plus pénible qu'une marche d'une heure au côté du Normand. Il y eut de larges sourires, et les commentaires retentissants lancés à son escorte offusquèrent les oreilles de la jeune femme.

— Bien joué, Jude ! cria un homme.

— Gardez votre armure sur vous, Jude, vous allez en avoir besoin ! lança un autre.

En temps normal, elle aurait insisté pour que ce manque de respect soit fustigé par de sévères représailles, mais elle savait que le chevalier ne lui en laisserait pas le loisir. En outre, elle savait aussi qu'elle ne ressortirait pas de là plus riche qu'elle ne l'était en rentrant, au contraire. Ce n'était pas le fait de rencontrer le roi et l'archevêque qui pouvait la réjouir. De surcroît, chaque pas qu'elle faisait en avant l'aidait à mieux comprendre pourquoi les Anglais disaient que cette nouvelle cour royale était une véritable disgrâce, encline à tous les vices et à toutes les corruptions. Dans les recoins ombreux, des hommes s'enlaçaient et s'embrassaient ouvertement.

Ses oreilles la brûlaient plus encore que ses joues lorsqu'elle s'inclina devant le roi en une profonde révérence, imitée par Els. Ses espoirs d'être traitée justement s'évaporèrent telle une mare sous le soleil d'été. Cette situation était exactement celle qu'elle avait souhaité éviter depuis si longtemps, et elle se retrouvait plongée en plein dedans.

La lumière naturelle tombait dans la salle par des ouvertures carrées ménagées très haut dans les murs. Les contrevents qui pouvaient les fermer étaient tirés au-dessus au moyen de poulies. Mais il y avait aussi des lampes à huile perchées sur les chevrons à proximité du roi, et ce fut à leur lumière que Rhoese découvrit l'homme avec lequel elle avait espéré parler en privé : l'archevêque Thomas d'York. A son côté se trouvait une femme, la seule à figurer parmi l'assistance avec Rhoese et Els.

— *Vous !* murmura Rhoese.

C'était Ketti, sa belle-mère, qui n'était même pas accompagnée d'une chambrière. Au plus profond d'elle-même, une part de la jeune femme se durcit plus encore quand elle prit conscience que rien de bon ne pourrait sortir de là. La surprise, le désespoir et l'appréhension revinrent en force, effaçant les mots qu'elle avait préparés.

Au bout d'une seule année, le nouveau roi avait déjà gagné la réputation d'aller droit au but avec une brusquerie qui laissait les gens confondus et à peine capables de dire à quoi ils avaient agréé. Ce ne fut pas différent pour Rhoese, et elle ne fut pas aidée par sa voix rauque, profondément déplaisante, qui requérait toute sa concentration pour être comprise.

— La fille de lord Gamal, aboya-t-il en bondissant hors de son fauteuil tel un chien de chasse lancé sur une proie.

Il vint se placer face à la jeune femme. Il était robuste et belliqueux, avec un cou de taureau et un teint rougeaud.

— Oui, Sire, répondit Rhoese.

Elle nota qu'il avait des yeux étranges, l'un marron et l'autre vert bleu. Promptement, elle détourna son regard.

— Eh bien, j'ai confisqué les propriétés de votre père, ma dame. C'est un fait. Si je ne puis compter sur les gens que j'accrédite pour me fournir des hommes d'armes quand j'en ai besoin, il me convient de donner ces biens à ceux qui me servent correctement.

Il balaya les alentours du regard, manifestement satisfait de son résumé.

— A ce que l'on m'a dit, votre défunt père ne m'a même pas adressé trois navires marchands à ses frais, l'an dernier, et c'est une autre faute, poursuivit-il en fixant les yeux sur Ketti, cette fois.

Contrairement à tout protocole, Rhoese l'interrompit avant d'y être invitée.

— Mais, Sire, mon père est mort en mer. Il est passé par-dessus bord. Je suppose qu'il s'agit de circonstances atténuantes.

— De circonstances *quoi ?* jappa le roi, son teint rougissant plus encore.

Un silence pesant tomba sur la salle.

— Atténuantes, Sire.

Il y eut un bruit et un léger mouvement sur le côté. L'archevêque s'avança dans un cercle de lumière, un rayon de soleil jouant sur les dorures de sa chasuble.

— Il est trop tard pour invoquer ce genre de raison, ma dame, murmura-t-il à l'oreille de Rhoese. Lady Ketti les a déjà exposées à Sa Majesté. Vous êtes ici pour l'aider dans cette période difficile. Elle va avoir besoin d'un foyer, voyez-vous ?

Il tendit sa main baguée à la jeune femme, pour qu'elle la baise.

L'archevêque Thomas avait bien connu le père de Rhoese. Ce dernier lui livrait des raretés de prix, fourrures, faucons, ivoire de morse et vins fins faits pour le plaisir de cet homme d'Eglise normand. Ils avaient confiance l'un dans l'autre. Thomas croyait sans nul doute retourner ces faveurs en aidant la veuve de Gamal après la confiscation de ses biens. Oui, Ketti allait avoir besoin d'un foyer. Celui de Rhoese.

Elle contempla sa belle-mère, modestement vêtue de gris sans un seul bijou. Son méchant petit visage était l'image même d'une humilité pathétique, ses mains étaient crispées sur un simple rosaire de jais et d'os qui était loin d'être le plus riche de ceux qu'elle possédait, nota Rhoese. Avec une intelligence maligne, la Danoise était venue voir l'archevêque pour lui rappeler tout d'abord la richesse de sa pupille, et le fait que celle-ci lui avait refusé son amitié au moment où elle en avait le plus besoin.

Leurs yeux se croisèrent. Rhoese lut dans ceux de Ketti,

derrière son masque apitoyé, une méchanceté et une jalousie féroces.

— Ma belle-mère dispose d'une vaste famille de son propre côté, messire archevêque, dit-elle.

Cette réponse, qui pouvait paraître sans cœur, retentit dans le silence.

— Ces gens sont au Danemark, femme ! aboya le roi. Qui plus est, il est grand temps de vous marier.

Rhoese fronça les sourcils, peu sûre de ce que signifiait cette déclaration. Elle sentit la main d'Els se refermer sur son bras, puis elle se détourna pour vérifier si le chevalier normand se tenait toujours derrière elle. Elle fut étrangement rassurée de voir qu'il était bien là, à moins d'un pas d'elle. Levant les yeux vers son heaume, elle se rendit compte qu'il la fixait avec une expression qu'elle fut incapable d'interpréter. Déconcertée, elle refit face à l'archevêque dont le visage aimable était inhabituellement facile à déchiffrer, pour un Normand.

— *Quoi ?* chuchota-t-elle.

— Sa Majesté est en train de vous dire qu'elle souhaite vous voir mariée, ma dame.

— Mais je ne veux pas… je n'envisage pas…

Rhoese tourna son regard vers Ketti. Elle était furieuse.

— C'est *vous* qui avez manigancé cela ! Comment avez-vous pu me faire une chose pareille ? Vous savez fort bien que je n'ai pas l'intention de me marier.

Elle pivota vers le roi.

— Je vous remercie de votre sollicitude, Sire, mais un mariage n'est pas pour moi.

A sa vive humiliation, elle s'aperçut que William II semblait jouir de cette querelle comme si elle était destinée à le divertir. Son éclat de rire fut si fort et si inattendu que Rhoese recula d'un pas et trébucha sur le pied du chevalier. Aussitôt, une grande main se posa sous son coude et il la retint de son corps, l'aidant à reprendre son équilibre.

Le roi répondit en gloussant :

— L'idée ne m'était pas venue de vous épouser moi-même, ma dame.

Il rit de plus belle.

— Oh, mon Dieu… Pensiez-vous que je vous faisais une proposition ?

— Non, Sire. Je ne l'ai pas cru un instant.

— Grâce au ciel ! renchérit le monarque, n'accordant nulle importance à la réprobation de l'archevêque pour ce blasphème. Ce que j'essayais de vous dire, c'est que vous n'aurez plus besoin de votre maison d'York quand vous serez mariée à un Normand. J'ai là…

— A un *Normand ?* glapit Rhoese, le foudroyant du regard.

Le rire du roi s'évanouit aussi brusquement qu'il avait commencé. Son visage rougit derechef, pour prendre une nuance plus foncée que ses pâles cheveux roux.

— Oui ! clama-t-il avec colère. Un Normand ! Qu'avez-vous contre cette idée ? Un Normand n'est-il pas assez bon pour vous ? Ou bien aucun homme ne vous paraît-il assez plaisant pour tenir le rôle de votre époux ? Est-ce pour cela que vous n'êtes toujours pas mariée ? Quel âge avez-vous ?

— Vingt-trois ans dans quelques jours, je crois.

— Grand Dieu ! Vous devriez déjà avoir deux ou trois enfants, femme.

Il ne pouvait le savoir, mais c'était probablement la remarque la plus blessante qu'il était capable de faire à Rhoese. Et la faire en public, devant une foule hostile et devant sa belle-mère qui lui avait volé son prétendant, était encore pire.

La jeune femme pâlit, chancelant sous la douleur, et une fois de plus la main rassurante se plaça sous son coude.

Le roi ne se rendit compte de rien.

— Comme je le disais, j'ai là quelques bonnes offres pour vous de la part de mes fidèles vassaux, ma dame. Et vous devez remercier votre belle-mère de vous avoir libérée de sa tutelle. Elle répugnait assez à vous laisser partir, d'ailleurs. N'est-il point vrai ?

Il regarda Ketti qui inclina la tête avec modestie, cachant le triomphe qui brillait dans ses yeux.

— Oui, elle y répugnait. Et, de toute manière, aucune femme ne détiendra des terres sous mon règne. Je ne le laisserai pas faire. C'est contraire aux lois divines. N'est-ce pas, messire Thomas ?

L'archevêque s'inclina.

— De fait, Sire. Je suis sûr que lady Rhoese verra la justesse de votre raisonnement, une fois qu'elle se sera accoutumée à cette idée. Les femmes anglaises, je crois, n'ont pas coutume d'avoir leur époux choisi pour elles. N'est-ce pas, ma dame ?

Rhoese n'avait plus rien à perdre, hormis la vie. Il n'y avait plus que pour Eric, son frère, qu'elle demeurait une personne à part entière, et non une simple commodité. Cette pensée la rendit vindicative.

— Non, messire, répondit-elle en fixant Ketti. Les femmes anglaises sont accoutumées à se voir choisir un époux, mais on leur laisse toujours leur mot à dire dans cette affaire. Elles ont le droit de dire non, si elles n'approuvent pas l'union décidée pour elles.

— Pas sous mon règne ! tempêta le roi. Et il est temps que cette affaire soit réglée. Tout ceci commence à m'ennuyer, d'autant que j'étais prêt à partir à la chasse dès la cérémonie achevée. Je n'accepterai plus de contradiction. La veuve de lord Gamal et sa maisonnée s'installeront à Toft Green, et vous aurez le mari dont j'ai décidé pour vous. Voilà.

Secouant la tête avec désespoir, Rhoese vit bien qu'essayer de raisonner cet homme était inutile. Il était imprévisible, et fermé à tout argument qu'une femme pouvait faire valoir. Son sens de l'humour était grotesque à l'extrême, et son insensibilité était trop humiliante pour être subie davantage en prolongeant cette discussion.

De nouveau, la jeune femme se tourna vers le chevalier, en

quête d'une once de compréhension de la part de quelqu'un, mais il regardait l'autre côté du hall où avait lieu une lutte. La rixe était accompagnée de cris sonores et de quintes de rires. Un homme se détacha du groupe, appelé par un signe du roi.

— Venez ici, Ralph ! lança-t-il d'un ton rude. C'est votre offre que j'ai décidé d'accepter. Elle est à vous, avec ses propriétés. C'est une bonne affaire, croyez-moi. Je ne sais point à quoi ressemble le reste de sa personne, mais vous aurez à le découvrir par vous-même. Pas vrai ?

Les rires provoqués par cette remarque offensante mirent le rouge de la honte aux joues de Rhoese. La peur qui la suffoquait lui montait dans la gorge et l'empêchait de respirer. Vaguement, elle sentit une main ferme se poser sur son bras. Une main qui la tira contre un poitrail enserré dans une cotte de mailles. Mais lorsqu'elle regarda celui qui la soutenait ainsi, elle vit qu'il n'avait pas les yeux fixés sur elle ; il contemplait d'un air fermé l'homme qui était poussé en avant jusqu'au petit groupe qu'ils formaient.

— Approchez-vous, lui dit le roi, et faites la connaissance de votre futur époux. Ce Ralph est un bon guerrier. Je n'en connais pas de meilleur. Et un vassal loyal. Il mérite une récompense. Voici la femme qui réchauffera votre couche, Ralph de Lessay. Vous devriez en tirer quelques héritiers, si vous savez vous y prendre.

Les rires reprirent, accompagnés d'applaudissements si forts qu'aucune des protestations de Rhoese ne fut entendue. Mais la main du chevalier était toujours posée sur son bras, comme s'il avait oublié de la relâcher. Et lui ne riait pas.

— Lâchez cette femme, Judhael de Brionne, commanda le monarque. Votre tour sera le suivant. Celui-ci est pour de Lessay. Allons, ôtez donc votre main !

L'emprise se desserra lentement sur le bras de Rhoese. Elle se trouva abandonnée à une mer de visages qui souriaient largement et de mains qui claquaient en cadence. A travers tout cela, elle distingua l'expression jubilante de sa belle-mère. Lui tournant le dos, elle fit face à un homme qui était plus que mûr — une manigance supplémentaire du roi qui aurait droit à une autre offre conséquente lorsqu'elle serait veuve, pensa-t-elle avec colère et amertume. Elle vaudrait alors beaucoup plus qu'elle ne valait aujourd'hui.

Ralph de Lessay, découvrit-elle, possédait aussi peu de grâce et autant d'impatience que le roi. Il la prit aussitôt par les épaules, et avant qu'elle puisse réagir il l'attira à lui, vers son visage en sueur. Il plaqua sur ses lèvres un baiser des plus désagréables et des plus humiliants, en semant une trace de salive sur son menton. Son étreinte de soldat parut outrageusement douloureuse à la jeune femme.

Elle leva les bras pour le repousser et le tenir à bonne distance d'elle, puis elle s'essuya le menton de sa manche. S'efforçant de reprendre son souffle, elle s'écria dans un sanglot :

— Non, Sire ! *Non !* Ceci est incorrect. Ce *n'est pas* la façon dont une fille de thègne devrait être traitée. Je vous en supplie, laissez-moi rentrer chez moi !

Le visage du roi reprit brusquement un air sérieux, comme un enfant qui se serait vu rappeler une bêtise.

— Oui, dit-il en pinçant les lèvres. Il suffit. Ramenez-la chez elle, de Brionne. Il est temps que nous partions pour cette chasse.

Il se leva et descendit le hall à grands pas, sachant que la foule s'ouvrirait devant lui telle la Mer Rouge devant les Hébreux. Bientôt la grand-salle se vida. Il ne resta plus que les clercs, l'archevêque, ses assistants, et les protagonistes de ce pénible incident.

Profondément ébranlée, Rhoese fut pourtant la première à recouvrer l'usage de la parole. Mais elle était déterminée à ne pas faire à Ketti le plaisir d'un autre échange d'incivilités que sa belle-mère, à présent, serait sûre de gagner. En revanche, elle espérait de l'archevêque une once de compassion qui lui permettrait de retrouver un peu de dignité — et de sortir la tête haute de ce cauchemar. Une bénédiction, peut-être ? Un mot de réconfort ?

— Messire, murmura-t-elle. Dois-je vraiment… ? Cet homme est-il… Oh, messire, est-ce que ceci m'arrive vraiment ? Le roi *peut-il* agir ainsi ?

Thomas avait déjà assisté à des scènes analogues et savait que William pouvait faire exactement ce qu'il voulait des dernières propriétés anglaises, surtout si elles appartenaient à une femme.

— Oui, répondit-il, fronçant les sourcils devant la mine ravie de l'homme qui avait gagné Rhoese. Il le peut. Puis-je à mon tour vous suggérer, de Lessay, de contenir vos ardeurs et de vous conduire avec dignité envers cette femme qui doit devenir votre épouse ? Allez prendre un bain, messire. Vous puez comme une poissonnière.

Surpris par cette comparaison peu flatteuse, Ralph de Lessay courba les épaules et tourna obligeamment les talons. Rhoese constata que sa calvitie était hâlée par le soleil, et couverte de taches brunes. De la crasse, sans doute. Elle dut résister à la tentation d'enlacer l'archevêque, pour avoir dit à sa place ce qu'elle brûlait d'exprimer.

Thomas d'York s'adressa alors à de Brionne.

— Raccompagnez cette dame chez elle, Jude. Elle n'a rien à gagner à attendre ici. Le mariage sera célébré à York avant que nous repartions pour Londres, j'en suis sûr. Sa Majesté ne prise guère les délais.

Ralph de Lessay, que son succès rendait euphorique, parut soudain avoir une idée sur le retour de Rhoese chez elle.

— Attendez ! dit-il en revenant en arrière. Je vais la raccompagner moi-même. J'ai envie de voir…

D'un geste vif, Judhael de Brionne l'attrapa par sa cotte de mailles, juste sous le menton. Il le souleva quasiment de terre et le repoussa brutalement en direction du trône, avec une telle force que l'homme et le fauteuil s'affalèrent sur les jonchées.

— Vous en avez vu assez, âne bâté que vous êtes ! Faites plutôt ce que l'archevêque vous a dit et allez prendre un bain. Vous empestez !

Sans attendre que sa victime se relève, il remit une main sous le bras de Rhoese et la fit sortir précipitamment du hall pour rejoindre la vive lueur du jour.

Els courait presque derrière eux pour rester à leur hauteur.

Aucun d'eux ne lança ne fût-ce qu'un regard à Ketti, et ils ne virent pas son expression changer d'une vive satisfaction à quelque chose qui ressemblait à de l'admiration.

— Lâchez-moi ! ordonna Rhoese en dégageant son bras. Nous pouvons rentrer seules.

Derrière eux, des hommes guettaient la scène qui allait à coup sûr se produire.

Jude prit la jeune femme par la taille, ignorant son cri de protestation.

— Oui, ma dame, je le sais. Mais le plus vite nous quitterons cet endroit, le mieux ce sera. Venez !

Il se courba pour la prendre sous les genoux, puis la hissa sur l'étalon que tenait son écuyer, la laissant retomber sans cérémonie sur la haute selle qu'elle dut agripper pour ne pas tomber.

De cette hauteur, il était difficile à Rhoese de ne pas le regarder. Et à travers sa confusion et sa colère, elle nota chaque détail de son apparence, comme pour le comparer à l'abject chevalier qui l'avait insultée si publiquement. Sous la loi anglaise, ce porc aurait été châtié de son audace. Mais celui qui se tenait au-dessous d'elle, et qui l'avait si souvent soutenue, était bien différent : il était grand, empli d'assurance et sa mise impeccable, de son heaume poli jusqu'à ses éperons brillants. Son expression sévère semblait indiquer qu'elle n'avait pas intérêt à le contredire, sous peine d'avoir à le regretter. « Formidable » fut l'adjectif qui vint à l'esprit de la jeune femme pour le décrire.

— Vous allez monter en croupe derrière moi, dit-il.

Son regard balaya les lèvres pulpeuses de Rhoese et ses pommettes hautes, que la colère rosissait encore. Puis il fixa ses grands yeux sombres, envahis par l'angoisse, et battit lentement des cils. Son attitude semblait indiquer qu'il saurait exactement que faire d'elle, contrairement au rustre qu'il avait expédié sur le dos.

Le cerveau de la jeune femme cessa de fonctionner, et pour une fois elle ne trouva rien à dire. Mais lorsqu'il sauta en selle, enjambant l'encolure de son destrier, elle ne put réprimer un frisson de fierté : après la scène dégradante qu'elle venait de vivre, monter derrière un homme de cette trempe avait de quoi lui réchauffer le cœur.

Un homme qui savait apparemment ce qu'elle ressentait, même si sa façon d'y répondre était loin d'être douce.

Par-dessus la large épaule de son compagnon, elle vit qu'Els était également montée derrière son écuyer sur un hongre bai, et qu'elle avait déjà passé les bras autour de la taille du jeune homme. Quand Rhoese sentit le destrier se mettre en marche, elle se cramponna d'une main à la selle. Mais le chevalier chercha ses doigts à tâtons et les plaqua sur sa ceinture.

— Tenez-vous à cela, dit-il, et restez contre moi.

— Pourquoi voudrais-je rester contre vous ? rétorqua-t-elle d'un filet de voix.

— Parce que c'est plus facile sur un cheval, répondit-il d'un ton qui laissait entendre qu'elle aurait dû s'en rendre compte d'elle-même.

Chapitre 5

Il n'avait pas pris longtemps à Judhael de Brionne pour tirer des conclusions sur la meilleure manière de conquérir cette femme, même s'il apparaissait que ceux qui avaient parié sur son succès étaient en voie de perdre.

L'affaire mentionnée par Ranulf Flambard la veille s'était accélérée plus vite qu'ils ne s'y attendaient, et maintenant elle était presque hors de son atteinte avant que le jeu ait commencé.

De fait, elle avait eu raison en parlant d'un jeu. C'en était bien un, de prendre aux Anglais tout ce qu'il était possible de prendre. A la fois un jeu et des affaires lucratives dont il avait déjà bénéficié. Gagner avait été d'autant plus un plaisir que les choses étaient difficiles : les lois anglaises avaient été édictées de façon à couvrir les moindres points concernant la possession de propriétés *et* les femmes. Néanmoins, depuis la mort de William I, son fils s'était montré moins circonspect sur le respect de ces lois. Le fiasco de cet après-midi avait bien montré combien il était content de briser des règles pour emplir ses coffres, que ce soit juste ou non. Comme son père, William Rufus n'avait aucun scrupule à revenir sur sa parole si un meilleur offreur se présentait. Ralph de Lessay devait être mis hors jeu, voilà tout.

Jude sentait le contact de l'épaule de Rhoese contre son dos, et celui de son petit pouce glissé dans sa ceinture. Le roi avait été imprévisible, à son habitude, extrayant de Lessay de la foule dans l'excitation du moment, comme un autre geste de bonté de la journée. Comme si cette femme n'avait pas été suffisamment embarrassée. Les choses n'avaient pas été belles. Il l'avait sentie chanceler de consternation. Son corps était tendre, et même si elle avait montré à la face du monde son tempérament indomptable, en crachant du feu sur tous les hommes en vue, il avait vu la douleur qui s'était peinte dans ses yeux et ressenti les ondes du choc qu'elle avait éprouvé devant les ordres du monarque. Homme ou femme, cela ne faisait nulle différence pour William Rufus. Il les utilisait de la même façon.

Ranulf Flambard avait été impatient d'entendre comment Jude espérait gagner le corps, sinon le cœur, de cette imprenable beauté d'York. Il avait offert ce qu'il croyait être de bonnes suggestions, aucune d'entre elles n'étant originale et la plupart ignorant le fait que Rhoese était de toute évidence imperméable à cette forme d'approche.

Jude était plus fin que cela : toute femme nourrissant de tels ressentiments envers les hommes devait être traitée de façon différente. Elle n'était pas faite pour un homme faible, et moins encore pour une brute comme de Lessay, qui tirait sur ses brides comme s'il tractait un bateau.

Mais les choses avaient évolué à une vitesse inattendue, et ce qui avait commencé comme un jeu devant durer une semaine ou deux, comme tous les jeux de ce genre, était devenu une affaire beaucoup plus sérieuse. Pas simplement parce qu'elle allait être mariée à la discrétion du roi ; cela arrivait tout le temps. Pas parce qu'elle était riche, non plus, ni parce qu'elle s'était fait une ennemie de sa belle-mère à face de belette.

Non, il y avait autre chose, quelque chose qui perturbait Jude depuis qu'il l'avait vue la première fois en train de compter ses rentes. Elle était vulnérable, d'une beauté parfaite, tempétueuse avec une pointe de frayeur, et pas aussi froide qu'elle voulait le laisser penser. Il avait vu le regard qu'elle lui avait jeté, ce regard que les hommes réservaient d'habitude aux femmes, et bien qu'il ait été inconscient, Jude avait assez d'expérience pour le reconnaître.

Jusqu'ici, il n'avait fait que jouer avec l'idée du mariage, riant de l'insistance de son père pour qu'il se trouve une femme et jouissant de sa réputation de briseur de cœurs, que ses victimes fussent mariées ou non. La possibilité de mettre une Anglaise dans son lit de façon permanente n'avait fait que l'effleurer au cours des huit ans qu'il avait passés en Angleterre. Jusqu'à maintenant.

Mais cette Anglaise-là présentait plus qu'un défi. Elle le faisait davantage penser à une croisade, nécessaire pour découvrir la raison de toute cette colère et pour la canaliser en une énergie positive, celle qui consistait à aimer. Dommage que ce rustre de Lessay ait cherché à l'embrasser avec sa grande bouche édentée. A présent, c'était à lui qu'il incombait de lui montrer comment les choses auraient dû se passer, et il devait le faire pendant qu'elle était encore affaiblie. Ensuite, il devrait trouver le meilleur moyen d'ôter de Lessay de la position dans laquelle le roi venait inconsidérément de le placer.

La chevauchée à travers les rues encombrées d'York n'aurait pris que quelques minutes s'il y avait eu plus d'un pont sur la rivière, car le monastère et Toft Green, pas plus distants qu'un vol de corbeau, se trouvaient sur des rives opposées.

Pour Rhoese, qui avait l'esprit complètement chamboulé une fois de plus, ce trajet fut un blanc total. En temps normal, elle eût apprécié de voir le trafic des pèlerins et des marchands, des visages étrangers et des costumes bizarres, des commerçants dans leurs étals, des femmes qui criaient des salutations. Mais pas ce jour-là, et pas quand elle était montée derrière un Normand — la race la plus crainte et la plus haïe de son peuple. Même après vingt-deux ans, les Normands n'étaient toujours pas acceptés, et il ne semblait pas par ailleurs qu'ils fissent des efforts pour l'être. Et maintenant il apparaissait qu'elle allait être liée à l'un de ces hommes, achetée et vendue, trahie par la belle-mère qui ne voulait pas seulement s'emparer de sa demeure, mais qui souhaitait aussi la voir disparaître à jamais.

Ils traversèrent le pont de bois sur la rivière Ouse où les bateaux de son père étaient amarrés le long des jetées, déversant leurs précieux chargements venus des ports du nord. Peu de marchands mettraient les voiles aussi tard dans l'année. Moins nombreux encore étaient ceux qui avaient compris pourquoi Gamal l'avait fait à ses risques et périls.

Rhoese se demanda si Warin était là et s'il pourrait la voir chevauchant derrière ce taciturne chevalier normand. Mais elle ne vit pas signe de lui, et bientôt ils furent dans Mickelgate, la grand-rue en anglo-saxon, et presque chez elle. Une fois arrivée, elle devrait dire à ses gens que leurs pires craintes s'étaient réalisées le temps de dire une patenôtre.

L'écuyer démonta et ouvrit la porte de Toft Green, puis les laissa passer dans la cour déserte où seule une file d'oies à l'air digne s'esquiva pour éviter les sabots des chevaux.

— Faites rentrer la fille, ordonna Jude au jeune homme. Dites-leur que nous arrivons.

Rhoese eût préféré ne pas avoir affaire à son compagnon, mais elle était perchée trop haut pour songer à sauter. Aussi resta-t-elle en selle le temps que le chevalier guide les deux chevaux vers les écuries et attache leurs brides à un anneau fixé dans le mur. Puis il vint placer les deux mains sur sa taille, et elle n'eut d'autre solution que de se pencher vers lui et d'être prise dans ses bras telle une enfant. Sans un mot, il la porta tout droit dans l'écurie sombre où montait une chaude odeur de crottin, de foin et de chevaux. Là, il la mit délicatement sur pieds en l'adossant au mur en planches et la bloqua de son corps.

Elle aurait voulu protester, mais cette confrontation lui semblait aussi irréelle que la précédente, et plus rien n'avait de sens à ses yeux. Plus rien ni plus personne. D'un geste prompt, il retira son heaume qu'il posa sur un sac d'avoine ; puis il ôta sa coiffe en cuir, révélant ses épais cheveux noirs collés à son crâne comme de la soie. Il était de nouveau l'homme avec qui elle s'était querellée la veille, et elle comprit que cette scène était la suite de ce qui s'était passé entre eux, le moyen pour lui d'avoir le dernier mot.

Elle posa les mains à plat sur son haubert, mais il les écarta d'un rapide mouvement de poignets. Après quoi il souleva l'ourlet de sa longue manche et l'utilisa pour ôter de son menton l'odeur de Lessay qui y restait incrustée. Il lui prit le visage entre ses doigts, scrutant ses yeux qui montraient confusion et colère avant de se mettre sur la défensive. Et d'exprimer un avertissement fort clair.

— Oh, non, Normand, murmura-t-elle en le repoussant de nouveau. Oh non, vous dépassez les bornes de ce qui vous est permis. Je n'ai nul remerciement à vous adresser pour ce qui s'est passé aujourd'hui, et je ne suis pas prête à subir d'autres avances. Je ne veux près de moi aucun homme qui…

Jude n'attendit pas d'entendre la suite, car elle ne l'intéressait pas et il n'avait pas de temps à perdre en explications. Lui attrapant les poignets, il les tint dans son dos pendant qu'il la pressait contre le mur. Et bien que l'intention de Rhoese ait été de se débattre, de lui griffer les yeux, de lui donner des coups de pied et de crier, l'invasion de sa bouche la figea sur place, lui soutirant toute énergie de tous ses membres.

Concentrant toute son attention sur ce moment de tentante douceur, elle demeura suspendue telle une étoile dans l'espace et le temps, oubliant de se dégager ou d'objecter à cette situation. A l'arrière de son esprit, quelque chose flamboyait comme une flamme mourante dans un courant d'air pur, quelque chose qui lui semblait illuminer une pierre précieuse, d'une sublime beauté, juste hors de sa portée. Puis cette illusion se dissipa et les lèvres de Jude la quittèrent, mais elles restèrent posées près de sa bouche, chaudes et fermes.

— Vous vous trompez, femme, chuchota-t-il. Ce n'est pas moi qui franchis des bornes interdites. N'est-il point vrai ? Et j'ai bien l'intention d'aller plus loin encore, croyez-moi.

Les yeux de Rhoese s'ouvrirent et son corps entra en action de son propre chef, poussant, se tordant, haletant sous l'effort. Puis, comme Jude n'esquissait aucun geste pour la relâcher, elle fut contrainte d'attendre et de sonder son regard, comprenant à la direction qu'il prenait qu'il n'en avait pas fini avec elle et qu'elle devrait prendre son mal en patience jusqu'à ce qu'il en décide autrement. Et bien que son arrogance l'exaspérât, le goût de cet homme s'infiltrait encore à travers ses sens, la transportant d'une sorte de joie qui la tenait en alerte.

Elle se soumit de nouveau à sa maîtrise, les yeux fermés, et ce qu'elle croyait savoir d'un baiser fut effacé par le doux contact de ses lèvres. C'était comme découvrir le vin le plus exquis après n'avoir bu que de l'eau trouble.

Mais ce baiser était trop suave pour qu'elle pût le supporter longtemps, après les terribles événements de l'après-midi. Son cœur implorait un répit de ce surcroît d'émotions. Elle arracha sa bouche à Jude avec un cri rauque.

— Laissez-moi tranquille. Non, je vous en prie… Ecartez-vous. Laissez-moi !

Il la relâcha aussitôt, lui prenant les coudes comme il l'avait fait quand elle avait chancelé, attendant les questions et les reproches à venir, percevant la colère qui faisait trembler ses bras.

— Qui *êtes-vous,* messire ? Insultez-vous aussi librement les femmes normandes ?

— Je me nomme Judhael de Brionne, répondit-il en rajustant le voile de Rhoese sur ses cheveux. Je suis le vassal du comte Alan de Richmond, et je suis venu avec lui pour faire partie de la suite du roi. Je ne pense pas qu'il vous aiderait de savoir comment je me comporte avec des femmes normandes, ma dame. Ce qui compte, c'est que vous sachiez que certains *hommes* normands sont plus habiles que d'autres dans l'art des baisers. Vous avez peut-être été vendue à de Lessay pour le moment, mais cela va changer.

— Je ne puis croire que j'aie ce genre de conversation, rétorqua Rhoese, les yeux flamboyants. Etes-vous en train de me dire que même si je suis mariée à cette brute vous voulez faire de moi votre maîtresse ? Est-ce cela ?

Il posa une main sur le mur, derrière elle, et abaissa son visage de si près qu'elle ne voyait plus que ses yeux qui la pénétraient et lisaient en elle beaucoup plus qu'elle n'aurait voulu révéler.

— Non, ma dame. Ce n'est pas cela. Ce que je vous dis aussi clairement que possible, c'est qu'un jour vous serez mienne. Comprenez-vous ? Mienne.

— Ah, c'est donc après mes biens que vous en avez. Vous avez vu mes possessions, elles ont attisé votre convoitise et maintenant vous voyez un moyen de vous les attribuer. Cela ne vous prendra pas trop d'efforts, n'est-ce pas ? Il vous suffira d'offrir au roi une somme plus importante que de Lessay, ce qu'il ne refusera pas, et vous pourrez ajouter mes propriétés à celles que vous tenez déjà du comte Alan. Bien joué, messire. Mais si vous pensez que vous obtiendrez la moindre collaboration de ma part, vous vous trompez. Vous ne recevrez rien de moi.

Le nez de Jude touchait presque celui de Rhoese, tant il était proche d'elle pour lire dans son cœur.

— Je n'ai pas besoin de votre coopération, Rhoese d'York, je crois vous l'avoir démontré. Et je crois aussi que vos protestations sont un peu trop stridentes pour être sincères. Voulez-vous que je vous montre encore ce que je veux dire ?

— Non, murmura-t-elle. Non… Ne vous donnez pas cette peine. Vous ne savez point…

— Oui, il y a beaucoup de choses que j'ignore et que j'ai l'intention de découvrir. Mais vous feriez mieux de vous mettre dans la tête, ma dame, que vous êtes du côté du perdant. Vos récriminations et vos tentatives de rester chaste ne vous mèneront nulle part. Ce que je décide d'avoir, je l'obtiens. A présent, je vais vous reconduire chez vous. Je reviendrai vous chercher demain matin pour vous amener au roi. Il voudra confirmer votre engagement devant témoins, je suppose. Mais je lui aurai parlé d'ici là.

— Vous êtes fort sûr de vous, chevalier. Que ferez-vous s'il refuse ?

Jude sourit et s'écarta du mur.

— Vous pourriez commencer par utiliser mon nom. On m'appelle Jude.

— Et moi, je suis connue pour être la fille de lord Gamal, riposta vivement Rhoese, et je suis capable de forger mes propres projets. Les femmes anglaises ne sont pas aussi accessibles que vos dames normandes.

— C'est ce que nous verrons, dit Jude en souriant. Venez, montrez-moi votre grand-salle.

Il tendit une main, refermant ses doigts musclés sur ceux de la jeune femme, et l'attira vers la lumière. Cette fois, Rhoese ne jugea pas utile de le priver du dernier mot.

Chapitre 6

Ainsi, la foire d'empoigne concernant ses propriétés avait déjà commencé avant même que le décret du roi ait été officiellement édicté, fulminait Rhoese. Et ses tentatives pour rester indépendante avaient lamentablement échoué. Cela ne se serait jamais produit avant que les Normands n'arrivent. A l'époque, il y avait des lois pour protéger les droits des femmes, rappela-t-elle avec véhémence à son frère. Si seulement elle n'avait pas eu la mauvaise idée d'aller trouver l'archevêque, peut-être aurait-elle pu échapper à ce sort maudit.

— Il ne sert à rien de te fustiger, ma colombe, lui répondit Eric. Cela serait arrivé de toute façon, d'une manière ou d'une autre, que tu te montres ou non. Le roi avait déjà consulté les registres pour savoir qui possède quoi. Ce n'était qu'une question de temps.

— Je sais, dit Rhoese en prenant une poignée de graines brunes sur une plante d'oseille. Mais si cette femme ne s'était pas rendue avant moi auprès de messire Thomas avec son offre d'une riche pupille, j'aurais peut-être eu une chance de m'en sortir indemne. Elle est capable de tout, Eric. Et le nouveau roi est un *monstre*. Comment ose-t-il me traiter comme si j'étais une vache vendue au plus offrant ? Comment a-t-il pu me laisser traiter aussi bassement par ce rustre sans manières ? Je n'ai jamais été aussi humiliée de ma vie. Jamais.

Ils étaient assis côte à côte sur les vestiges d'un mur romain qui longeait le potager. Près d'eux, entre les pierres, des touffes d'oseille, d'orties et de patiences se courbaient sous la charge des graines.

Rhoese avait informé Hilda, Bran, Neal, frère Alaric et ses autres serviteurs de la terrible nouvelle ; elle avait lu sur leur visage le choc qu'ils en éprouvaient, suivi par la consternation et la crainte pour leur position à venir, mais elle n'avait pas été en situation de les rassurer. Jamais, depuis la mort de son père, elle ne s'était sentie aussi impuissante ni aussi inquiète pour son propre avenir.

Mais ce qui courait sous toutes les pensées qui lui brouillaient l'esprit, c'était la façon dont ce Normand, Judhael de Brionne, avait considéré Toft Green lors de ses deux visites — et aussitôt décidé de l'acquérir malgré le choix du roi pour un autre postulant. Il le lui avait dit clairement, sachant que ses baisers seraient bien plus à son goût que la vulgaire agression de de Lessay et qu'elle les classerait dans la catégorie des « choses à savourer derechef », lorsqu'elle retrouverait le calme de sa chaumine. Comme une sotte qu'elle était, elle était déjà en train de s'abaisser à ces douces réminiscences, malgré sa détermination à ne plus jamais laisser un homme s'infiltrer dans ses rêveries.

Quand il avait pénétré dans la grand-salle, il avait impressionné tout le monde par sa civilité et les salutations courtoises qu'il avait prodiguées à Eric ainsi qu'à Neal. Ce dernier s'était tout de suite rendu compte que l'entretien avec l'archevêque et le roi s'était fort mal passé, à en juger par l'expression furieuse de la jeune femme.

— Ainsi il y aura une autre offre plus avantageuse ? s'enquit Eric. De la part de cet homme ?

Au lieu de lui répondre, elle lui prit la main et la posa sur ses genoux.

— Je vais aller parler au père Leofric, à St Martin. Je ne puis laisser les choses en l'état, mon tendre ami. Je ne les laisserai pas nous piétiner de la sorte, ni ne consentirai à ce que cette femme me prenne ma demeure sans me battre pour la conserver. Elle m'a déjà pris la plupart de ce qui me revenait ; que je sois damnée si elle réussit encore à gagner aussi aisément dans cette affaire.

— Je ne vois pas en quoi le père Leofric pourra t'aider, observa Eric. Ce n'est qu'un prêtre anglais.

— Cela vaut la peine d'essayer. Je serai de retour avant le souper.

— Emmèneras-tu Els avec toi ?

— Non.

Rhoese sourit pour la première fois.

— Elle préfère rester là, à te dévorer des yeux.

Eric se leva, imitant sa sœur.

— Dans ce cas, je ne vais pas la priver de ce plaisir avant que je rejoigne les moines. Comment se nomme cet homme, déjà ? Judhael Debrion ?

— Quelque chose comme ça, mon cœur.

Jude, lui avait-il demandé de l'appeler. *Jude*. Rhoese porta une main à ses lèvres et les pressa doucement de ses doigts, se remémorant la chaleur d'une bouche ferme pressée sur elles. Quelque chose vibra au fin fond de son ventre.

— Les martinets qui nichaient sous le toit sont presque tous partis, dit-elle. Ils ne nous protégeront plus des orages. Viens dans la grand-salle, mon doux ami. Prends garde à ce seau sur ta gauche.

Même si elle n'attendait pas de miracle du père Leofric, Rhoese pressentait qu'il pourrait peut-être lui suggérer une issue plus positive que frère Alaric, son chapelain. La position que ce dernier occupait chez elle consistait surtout à donner un air de respectabilité à un foyer sans maître, et à s'occuper de ses comptes. De fait, elle avait déjà suggéré à frère Alaric que la meilleure façon pour elle d'échapper à l'ordre du roi serait de rentrer dans un couvent, mais sa réponse avait été plus réservée que compatissante, et il lui avait conseillé de quêter l'avis du père Leofric. Que le chapelain ait eu une idée de ce que son confrère dirait à Rhoese restait à débattre ; quoi qu'il en fût, il eut la sagesse de n'en rien montrer quand la jeune femme rentra à Toft Green une heure avant le souper.

Il posa sa plume quand l'ombre de Rhoese tomba sur le seuil de sa hutte et se mit debout, les pieds nus dans ses sandales, pour l'inviter à entrer. Un paquet de feuilles mortes tournoya sur le pas de la porte tandis que le chapelain tirait un escabeau dans l'ouverture, afin qu'ils puissent être vus de tous. Il était soucieux de la réputation de son ouaille.

— Le père Leofric est choqué, dit Rhoese. Fort choqué.

Frère Alaric émit un petit bruit compréhensif.

— Cela s'entend. Quelle est sa réponse à votre idée d'une entrée au couvent ? Je suppose qu'il est inquiet pour Eric, n'est-il point vrai ?

Le prêtre avait effectivement soulevé ce point. Que Rhoese s'engage à prendre le voile avant de savoir si Eric serait accepté à St Mary était problématique. La dernière chose qu'ils souhaitaient tous était que le jeune aveugle soit obligé de se joindre au foyer de Ketti, et l'admiration que père Leofric vouait au jeune homme avait été évidente.

— Oui, répondit Rhoese. Naturellement. Il pense que si j'entrais sur-le-champ dans un couvent, cela placerait mon frère dans une situation difficile. Mais il connaît aussi l'homme auquel le roi a décidé de me vendre. C'est l'un de ses pires soldats. Un vrai rustre, a-t-il déclaré, et je suis bien placée pour savoir qu'il dit vrai.

— Il vous a dit *cela ?* dit frère Alaric étonné. Voilà qui pouvait mal mettre votre esprit en repos.

— Je regrette d'être allée le trouver. La seule chose utile qu'il m'a dite, c'est qu'il essaierait de trouver le moyen de me sortir de cette situation, mais je ne vois absolument pas comment il pourrait s'y prendre.

De fait, ce n'était pas la seule chose que le père Leofric avait suggérée. Mais si Rhoese avait menti par omission, c'était par modestie et parce qu'elle ne pouvait pas répéter à son chapelain l'exacte teneur des propos que le prêtre lui avait tenus en privé.

— Ma dame Rhoese, lui avait-il dit d'un ton aimable, je puis voir une issue à votre problème. Voulez-vous partager une coupe d'hydromel avec moi ?

Il n'était pas déplaisant physiquement, et encore assez jeune pour ne pas être taxé d'homme mûr. Il était peut-être un peu trop souriant et ses mains s'agitaient sans cesse, alors qu'elles auraient dû être au repos à l'abri de ses larges manches. La jeune femme n'avait pas envie de boire de l'hydromel, mais elle avait néanmoins accepté son offre, se demandant quelle solution il avait trouvée pour elle.

— Voyons, avait-il dit en prenant place un peu trop près d'elle. Je ne suis pas homme à mâcher mes mots, ainsi que vous le savez. A mon avis, si le roi apprenait que vous êtes déjà mariée secrètement, il serait obligé de vous libérer de cette « vente » humiliante dont vous m'avez parlé. Nous ne pouvons laisser faire une chose pareille, n'est-ce pas ?

Sa main avait frôlé celle de Rhoese. Il l'avait retirée aussitôt, mais ce geste avait suffi pour mettre la jeune femme sur ses gardes.

Elle avait feint de ne pas comprendre.

— Mais, mon père, vous savez que je suis pas mariée et que je ne dispose même pas d'un contrat d'engagement.

Il avait souri à ce qu'il jugeait être de la timidité.

— Quoi ? Vous parlez ainsi, alors que je vous ai dit il y a trois mois que vos problèmes pourraient être résolus si vous acceptiez ma protection ? Je suppose que vous n'en avez parlé à personne, depuis.

— Non, mon père.

Rhoese avait reposé sa coupe sur le coffre et glissé ses mains dans ses manches.

— Je n'ai soufflé mot à quiconque de votre proposition. C'était aimable à vous, mais comme je vous l'ai dit à l'époque, je ne vois pas comment devenir votre concubine pourrait régler quoi que ce soit. Et si vous m'offrez maintenant le mariage, eh bien… je crains de devoir décliner cette offre. Ne vous formalisez point de ma réponse. J'en suis fort honorée, mais… elle ne me convient point.

— Je vois, avait dit le père Leofric. Vous préférez épouser un Normand ?

— Je préférerais ne point me marier du tout, mon père.

— Je m'occuperais bien de vous, ma dame. Ainsi que de votre frère aveugle.

C'était pour Eric que Rhoese se tourmentait, plus que pour elle-même. A ses yeux, son frère était en danger parce qu'il était bon, ouvert et innocent, aimant tout le monde, coupé des pensées hostiles des autres hommes autant que des regards de femmes que son corps superbe lui attirait. Elle n'avait jamais réussi à le convaincre de se mettre sur ses gardes, et ne savait comment le persuader de remplacer l'amour de son prochain par une prudente défiance.

— Oui, je le sais, avait-elle répondu.

— Et l'on rapporte sur Ralph de Lessay des choses qui…

— Je ne pense pas avoir envie de les connaître, avait coupé la jeune femme. Merci, mon père.

— Il faut que vous les sachiez, ma dame. Il a été accusé de viol plus d'une fois, et sa première épouse est morte dans des circonstances peu claires. Il est connu pour…

— Non, n'en dites pas davantage, père Leofric.

Rhoese s'était levée et avait gagné la porte avant que le prêtre ne puisse s'étendre plus sur les aspects déplaisants de Ralph de Lessay.

— Vous m'avez toujours accordé votre aide et votre amabilité et je vous en suis fort reconnaissante, mais je dois trouver une autre solution, d'une manière ou d'une autre.

Elle s'était efforcée de sourire en partant, craignant que son refus ne paraisse être une folie comparé au sort bien plus inacceptable encore qui la guettait. Néanmoins, elle ne pouvait mettre délibérément son frère en danger, même si

Eric était fort capable de s'occuper de lui-même avec Neal pour guide. Elle avait discuté avec lui de tous les aspects des besoins et des dépravations humains, de la part des hommes comme des femmes, et la seule chose qui manquait au jeune homme était d'en faire l'expérience. Une expérience qu'ils acquerraient en temps voulu, avait-il dit à Neal.

Rhoese connaissait depuis quelques mois le souhait du père Leofric de faire d'elle sa concubine. Et voilà qu'il alléguait que s'ils passaient déjà pour mari et femme, le roi devrait d'office retirer son ordre. Les mariages des prêtres n'étaient peut-être pas encouragés, à cette époque, mais l'archevêque Thomas était un homme marié et il se refuserait à annuler une union qui avait déjà eu lieu. Plus encore, la jeune femme était pleinement consciente que le père Leofric avait insisté sur les défauts de de Lessay pour la faire plier. Et cependant elle était repartie sans avoir rien appris d'utile, hormis le fait que le prêtre semblait s'intéresser à Eric plus encore qu'à elle. Même si ce n'était pas quelque chose de rare, elle trouvait ce développement fort gênant. Eric serait certes protégé par Neal, mais une telle attirance changeait d'autant les données du problème. Vu ces circonstances, elle était heureuse de n'avoir pas apporté le précieux évangile au prêtre dès qu'il avait fait jour.

Pour des raisons qu'elle n'était pas prête à s'avouer à elle-même, Rhoese regagna sa chaumine tout de suite après le souper, ce soir-là. Il faisait presque nuit et son esprit était dans le plus grand désordre, car elle oscillait sans cesse entre la détermination et le désespoir, tandis qu'elle essayait de voir toutes les implications de son problème.

Il y avait le marchand Murdac, qui lui avait également demandé maintes fois de l'épouser. Il avait été un ami de son père. C'était un homme robuste et morne, mais fort riche, qui aurait pu lui donner beaucoup plus que le père Leofric.

Seulement elle ne pouvait se résigner à se donner en échange, ainsi qu'elle l'avait fait si sottement par le passé.

La scène qui avait eu lieu dans le palais de l'archevêque s'imposait à elle comme un cauchemar récurrent ; cet horrible de Lessay posant les mains sur elle, son visage répugnant, son souffle fétide… Elle aurait à souffrir cela chaque nuit, sauf si… Sauf si quoi ? Il avait été violemment repoussé en arrière, s'écroulant comme une marionnette contre le trône du roi. Le Normand allait renchérir pour l'avoir comme si elle était une pouliche de prix, tant il avait été impressionné par ses possessions.

Elle s'assit sur le coffre qui contenait ses vêtements pour défaire ses nattes entremêlées de fils d'or, et caressa brièvement le chien d'Eric qui la fixait de ses bons yeux bruns. L'animal dormait chaque nuit dans sa chaumine et retournait chaque matin à son maître, et sa présence la rassurait. Elle se sentait aussi protégée par ce chien-loup qui lui arrivait à la taille que si elle avait eu un garde armé. Il releva sa tête grise et pointa les oreilles en direction de la porte.

— C'est Els qui m'apporte mon lait chaud, dit Rhoese.

Ses oreilles retombèrent, puis se dressèrent de nouveau, tandis qu'il frappait le plancher de sa queue. Puis il se leva et se mit à renifler sous la porte, ignorant l'ordre de la jeune femme qui lui intimait de dégager le passage. Sa queue s'agita plus encore lorsque la porte s'ouvrit, révélant une haute silhouette qui masqua le peu de lumière qui restait dehors. Les mèches des lampes à huile vacillèrent.

— Bonsoir, mon bon, murmura l'arrivant. Tu me connais encore, pas vrai ?

Rhoese était déjà sur pieds. Elle avait lâché sa natte et empoigné un tabouret qu'elle brandissait telle une arme.

— Sortez ! commanda-t-elle. Sortez, ou je vais crier pour appeler à l'aide et vous faire jeter dans le puits. Je suis sérieuse, Warin. Je ne veux pas que vous mettiez un pied chez moi.

— Ah, mais c'est déjà fait, Rhoese. Maîtresse Rhoese d'... hic ! York.

De fait, il était déjà à l'intérieur et la porte se refermait sur lui. Le chien qui l'avait connu toute sa vie alla se recoucher près du lit cerné de tentures, son devoir accompli.

Warin était considérablement ivre, mais pas assez tout de même pour rester sans bouger tandis que le trépied volait dans la pièce et heurtait lourdement l'huisserie. Il écarta le projectile d'un coup de pied.

— Je suis destiné à vivre avec des femmes qui me lancent des objets à la tête, bougonna-t-il. Je croyais que vous étiez... hic ! remise de tout cela, après tout ce temps.

— Sortez ! cria Rhoese, en espérant que quelqu'un l'entendrait.

Mais Eric jouait de la harpe et chantait dans la grand-salle, ce qui signifiait que ses cris passeraient inaperçus. Cela expliquait également qu'Els mette tant de temps à faire chauffer le lait.

Même si Warin avait été sobre, Rhoese ne l'aurait pas voulu près d'elle ; soûl, il était doublement offensant — et doublement dangereux.

— Warin, dit-elle d'un ton qu'elle voulait raisonnable. D'où venez-vous ? N'êtes-vous pas rentré chez vous ?

Elle savait qu'il ne l'avait pas fait. Ketti ne l'aurait jamais laissé entrer dans cet état.

— J'étais dehors pour affaires, mon cœur.

— Ne m'appelez pas ainsi !

— Je suis dehors depuis ce matin. Elle vous a fait connaître sa décision, pas vrai ? Je savais que vous accepteriez de nous aider. On oublie le passé ? On redevient amis ?

— Vous n'êtes pas seulement ivre, Warin, mais vous avez perdu l'esprit. Sortez d'ici et rentrez chez vous. Je n'ai rien à vous dire et je n'ai nulle envie de vous écouter.

Il s'avança vers le centre de la pièce et passa un bras autour du pilier d'où partaient les chevrons. La lumière tombait sur ses épaisses boucles blondes et sur son front large, mettant en relief ses sourcils blanchis par le soleil d'été et par la mer.

Rhoese l'avait trouvé avenant et plaisant à regarder, autrefois. Maintenant ses yeux étaient fatigués et rougis. Il montrait les mêmes symptômes que son père, ceux d'un homme usé par une mégère insatisfaite qui passait son temps à le houspiller. Pas étonnant qu'il ait préféré reprendre la mer à l'automne, plutôt que de rester sous son toit. Mais Rhoese ne pouvait éprouver la moindre pitié pour lui.

— Rhoese, reprit-il en tendant une main. Venez ici. Venez à moi. Vous savez pourquoi je suis ici, n'est-ce pas ? Je suis resté à la jetée toute la journée, pour ne pas la voir… Hic ! Je ne puis plus la supporter. Tout est allé de travers, mon cœur. Je veux vous revenir. Je veux être avec vous. Et vous voulez toujours de moi, pas vrai ?

Rhoese recula, se demandant comment elle avait pu se tromper à ce point sur cet être pathétique qui avait représenté tout son univers, naguère. Il était vulgaire, geignard et faux. Elle le méprisait puissamment.

— Si je veux de vous ? répéta-t-elle, hors d'elle. Non, grand benêt que vous êtes, je ne veux plus de vous. Retournez donc auprès de votre concubine et tranchez vos problèmes avec elle, et ne venez plus geindre à mes pieds que vous vous êtes trompé. Comme on fait son lit, on se couche, mon cher. Sortez ! Combien de fois devrai-je vous le dire ?

— Ne me renvoyez pas, implora Warin. C'est trop cruel. Ne vous souvenez-vous point combien nous nous sommes aimés ?

— Non ! glapit la jeune femme. Je ne m'en souviens plus. Tout ce que je me rappelle, c'est que je vous ai donné ma confiance et que vous vous êtes empressé de me tromper alors que j'avais le plus grand besoin de vous. Je me rappelle aussi vos promesses, Warin. Elles ont toutes été brisées, l'une après l'autre. Avez-vous *une idée* de ce que j'ai souffert alors ?

— Rhoese…, marmonna le jeune homme.

Son visage exprimait la déconfiture la plus complète, comme s'il ne comprenait pas où elle voulait en venir, ni ne pouvait l'imaginer. Qu'avait-il à répondre ?

— En avez-vous une idée ? reprit Rhoese d'une voix rauque, car elle éprouvait de nouveau le désespoir qui avait été le sien alors. Vos promesses de sécurité, d'une famille, d'un amour immortel ? Vous en souvenez-vous ? Et où étiez-vous pour moi, après la mort de mon père ? Avec elle, Ketti. C'est elle que vous avez réconfortée, pas moi. Ne vous est-il jamais venu à l'esprit que je pouvais avoir besoin de vous, Warin ? Mon chagrin vous a-t-il fait fuir, ou aviez-vous déjà décidé qu'elle avait plus à vous offrir que moi ? Vous n'êtes qu'un couard ! Qu'un couard puant ! Sortez, Warin. Vous polluez ma chaumine, avec vos bêlements pathétiques. C'était un homme, qu'il me fallait à cette époque ; pas un mouton. Et maintenant je n'ai plus besoin de personne.

Hors d'haleine, Rhoese sentait son cœur s'emballer sous le coup de cette peine qu'elle avait si longtemps reléguée à l'arrière-plan de son esprit, et qui reprenait soudain le dessus avec une force vengeresse.

— Reculez ! ordonna-t-elle, plaçant une main en avant pour l'écarter et souhaitant désespérément l'arrivée d'Els.

Elle hurla, provoquant les aboiements du chien ainsi qu'elle le désirait.

Warin la prit par le poignet.

— Non, Rhoese, ne criez pas, dit-il. Nous pouvons redevenir amants, vous savez. Essayez d'oublier le passé. C'était une erreur. Cela ne se reproduira pas, si nous nous remettons ensemble.

Elle se dégagea et lui frappa le bras, terrifiée à l'idée de ce qu'il pouvait faire. Son souffle qui lui balayait le visage était brûlant et malodorant, à lui donner la nausée.

— Nous ne nous remettrons pas ensemble, espèce de benêt ! Vous êtes avec *elle,* et je vais me marier. Et si vous voulez savoir qui en a décidé ainsi, allez le demander à votre bien-aimée Ketti. Celle qui a tout l'argent de mon père, vous vous souvenez ? Oui ! clama-t-elle devant la face ahurie du jeune homme. Je vais être mariée. A un Normand, l'un des favoris du roi.

— Du roi ? répéta Warin en laissant retomber le poignet de Rhoese. C'est lui qui l'a ordonné ?

— Oui, c'est lui. Je vivrai dans le luxe de belles demeures et de châteaux, j'aurai tout ce que je pourrai désirer alors que vous et cette harpie croupirez ici, dans ces chaumines. N'est-ce pas ce que vous souhaitiez, Warin ? Ce n'est pas moi, que vous vouliez, mais ce qui m'appartenait !

Elle devait glapir pour se faire entendre par-dessus les aboiements du chien, mais les cris de plusieurs hommes lui parvinrent néanmoins, s'ajoutant à la cacophonie qui régnait dans la chaumine.

Warin chancela sous la nouvelle, son visage poupin déformé par la déception et l'incrédulité.

— Mais… ce n'est pas possible, Rhoese ! Vous savez que je vous ai toujours aimée !

La porte s'ouvrit en trombe pour laisser passer un groupe de corps masculins qui se jetèrent sur Warin comme des fourmis sur une araignée. Ils le tirèrent dehors, dans la nuit, le rouant de coups et l'insultant à qui mieux mieux.

— Je vous aime, Rhoese, cria-t-il encore. Vous le savez, vous savez que je vous aimerai toujours ! Lâchez-moi, vous autres ! Maudits soyez-vous ! Je suis encore capable de marcher seul !

Si Rhoese avait été avec ses hommes, elle les aurait fait taire et les aurait ramenés à la raison. Warin était un marchant influent, maintenant. Elle ignorait ce qu'il pourrait faire pour se venger d'eux.

Neal revint le premier, suivi par frère Alaric. Tous deux hésitèrent, peu sûrs d'eux dans la chaumine d'une dame, maintenant que toute menace était écartée.

— Allez-vous bien, ma dame ? demandèrent-ils en chœur. Vous a-t-il fait du mal ?

— Non, tout va bien, répondit Rhoese. Est-il parti ?

Elle se rendit compte qu'elle tremblait. Quand elle vit apparaître les autres, débraillés et les cheveux en bataille, elle dut réprimer un rire hystérique. La scène qui venait d'avoir lieu ne lui semblait plus qu'une mauvaise farce.

Ses hommes insistèrent pour qu'elle vienne dormir dans la grand-salle avec Els et Hilda, mais le sommeil la fuit pendant plusieurs heures, la privant du repos qu'elle espérait après une journée aussi épouvantable. La malencontreuse visite de Warin l'avait fortement ébranlée, car c'était la première fois qu'ils s'étaient parlé depuis qu'il était sorti de sa vie, sinon de ses pensées. Son apparition avait réveillé en Rhoese les affres de l'abandon, de la perte et de la trahison, qui la fouaillaient de nouveau tel un couteau acéré. Elle n'avait pas eu la force de parler à Warin de sa fausse couche, en plus de tout le reste ; ce n'était pas quelque chose dont elle pouvait se servir pour marquer un point, ce souvenir étant sacré pour elle. Il n'avait pas été digne d'apprendre ce qui lui était arrivé. Et maintenant elle restait avec son secret, ce secret pour lequel elle n'aurait jamais aucune consolation, hormis de la part d'Hilda et d'Els si elle avait pu se résoudre à leur en reparler.

Tenir son enfant dans ses bras était tout ce qu'elle avait voulu, à l'époque. Aujourd'hui encore, son ventre se serrait de ce désir et du désir de concevoir de nouveau. Mais cette nostalgie ne visait pas Warin. Ni aucun autre homme.

Le fait d'être convoitée par cinq hommes différents ne lui apportait nul réconfort, bien au contraire. Ils la voulaient tous pour de mauvaises raisons, et elle ne voulait d'aucun d'eux. Pourtant, le dernier à s'attarder dans ses pensées avant qu'elle s'endorme fut celui qui l'avait embrassée dans l'obscurité de l'écurie, revêtu d'acier, peu enclin aux compromis et fort déterminé. Chaque fois qu'elle s'éveilla, son sommeil troublé par les souris qui trottaient dans le chaume, par le hululement d'une chouette ou par les grognements du chien d'Eric, le même homme revint troubler sa tranquillité. Un homme qui faisait apparaître Warin comme un écolier maladroit, en comparaison.

Les bruits qui lui provenaient d'au-delà de son alcôve mirent fin à ses rêves en lui indiquant que les hommes étaient déjà levés, même si l'aurore blafarde venait à peine de poindre. Une forte pluie frappait le toit de chaume et ce jour-là était le premier jour d'octobre, que les anglo-saxons appelaient *Winterfylleth*, l'arrivée de l'hiver. C'était, aussi, le jour où elle allait être conduite au roi pour signer son engagement devant témoins, et la veille de son vingt-troisième anniversaire. Si elle voulait trouver refuge au couvent de Clementhorpe, c'était le jour où jamais de le faire.

Suivie par Els, elle traversa vivement la cour pour regagner sa chaumine. Dès qu'elle eut passé la porte pour se protéger de la pluie, et qu'elle pénétra dans la pénombre, une odeur de cervoise rance lui assaillit les narines, lui rappelant de mauvais souvenirs.

— Ouvrez les contrevents, ordonna-t-elle à sa chambrière tandis qu'elle se penchait sur son coffre. Cet endroit empeste.

Els s'empressa d'obéir, mais un cri d'épouvante lui échappa alors.

— Oh… Oh, sainte Mère de Dieu ! gémit-elle. J'ai marché dedans ! Maîtresse, regardez !

— Marché dans quoi ? s'enquit Rhoese.

— Du sang ! Regardez par ici !

Incapable de décrire ce qu'elle voyait, Els ne put qu'indiquer du doigt la masse sombre affalée sur le plancher. Elle tremblait de tous ses membres.

Rhoese fit jouer la poulie pour relever le volet et enroula la corde autour du crochet, laissant entrer assez de lumière pour y voir clair. C'est alors qu'elle distingua un grand corps allongé sur le dos, dans la même posture qu'elle l'avait vu la dernière fois. C'était Ralph de Lessay, avec une dague plantée jusqu'à la garde dans sa poitrine. Sa tunique était maculée de sang séché.

Chapitre 7

Quand Judhael de Brionne arriva avec des cavaliers pour escorter Rhoese jusqu'à son rendez-vous, la pluie avait cessé et la cour avait déjà commencé à se remplir de voisins dont le devoir était de faire appliquer la loi dans leur district — un district connu dans le Yorkshire comme étant celui des « Cent ». De fait, tout le monde était responsable des actions des autres, et leur souci dans ce cas précis était d'identifier le meurtrier aussi rapidement que possible. Ce qui n'arrangeait pas les choses, et de loin, c'était que la dague avait appartenu à Eric avant qu'il la donne à sa sœur pour qu'elle la porte sur elle quand elle en avait besoin.

— Elle était accrochée au pilier du milieu avec mes ciseaux et mes navettes, dit Rhoese au frère Alaric, tandis que quatre soldats normands transportaient le corps dans la grand-salle. Mais que faisait cet homme dans ma chaumine, pour commencer ? Pensez-vous qu'il croyait m'y trouver ?

C'était ce que pensaient le chapelain et tous les autres, mais il se contenta de soupirer et de secouer la tête.

— Ce n'est pas tant cela qui me préoccupe, ma dame, que l'éternel problème de savoir qui blâmer. Vous connaissez la façon dont les Normands règlent ce genre de situation, n'est-ce pas ?

Comme Rhoese faisait signe que non, il poursuivit :

— Eh bien, quand un Normand est tué, ils assument toujours que le coupable est un Anglais jusqu'à ce que les Cent puissent produire et le fautif, et la preuve de son meurtre. Et tant qu'ils ne l'ont pas fait, ils sont soumis à une amende. Ils vont vouloir trouver l'assassin dans les meilleurs délais ou, s'ils ne le peuvent pas, ils prendront la première personne incapable de se défendre. Avez-vous entendu du bruit, la nuit dernière ?

— Seulement les bruits habituels. Rien de suspect. Mais qu'en est-il de Warin, frère ? Pensez-vous qu'ils vont l'interroger à ce sujet ?

Le moine émit un son de dérision, mais n'alla pas jusqu'à rire.

— Warin ! lâcha-t-il d'un ton qui excluait d'emblée le jeune homme. A votre avis, où dira-t-il qu'il a passé la nuit ?

Il lut la réponse sur le visage de Rhoese.

— Exactement. Lady Ketti et sa famille se porteront garantes de lui, n'ayez crainte. Elle le disculpera, même si nous affirmons tous qu'il était là un moment avant le crime. Aucune chance qu'il soit accusé.

— Qui, alors ? murmura la jeune femme d'un air anxieux.

Frère Alaric releva les yeux et regarda le grand capitaine coiffé d'un heaume qui arrivait.

— C'est ce que ce personnage va vouloir savoir, si je ne m'abuse. Je vous laisse traiter avec lui, ma dame.

— Non, restez !

Mais le chapelain était déjà trop loin pour l'entendre. Il avait laissé la place à ce Jude dont Rhoese avait murmuré le prénom avant de s'endormir. Elle le défia avant qu'il ait pu parler.

— Vous pensez que je suis la coupable parce que de Lessay était dans ma chaumine avec la dague de mon frère dans le cœur. Eh bien je suis au regret de vous dire que je n'ai rien à voir là-dedans. J'ai dormi ici, dans la grand-salle, toute la nuit. Ma chambre était vide.

Pendant qu'elle parlait, il avait ôté son heaume. Il le cala sous son bras. Ses cheveux noirs se dressaient sur sa tête comme ceux d'un enfant après son bain. Ses yeux étaient durs et difficiles à déchiffrer, jusqu'à ce qu'ils jaugent la silhouette de Rhoese ceinte d'une vieille cotte. Puis ils retournèrent à son visage. Là, elle comprit fort bien la direction de ses pensées, malgré ce qu'il lui avait à lui dire.

— Ce que je pense, ma dame, déclara-t-il doucement, c'est que les Cent seraient certainement ravis que vous soyez la coupable, parce que vous auriez agi pour vous défendre, et que cela simplifierait les choses pour tout le monde. Il était chez vous. En pleine nuit. La dague de votre frère a été utilisée. Voulez-vous changer vos déclarations ? Il n'y a point de châtiment prévu pour une femme qui tue un homme prêt à la violer à son domicile, comme vous le savez. Vous auriez simplement à prouver que vous ne lui avez pas fait d'avances.

— Des *avances ?* riposta Rhoese ulcérée. A un Normand ? A cette… *créature ?* s'emporta-t-elle. Dites tout de suite que vous ne me croyez point. Me croyez-vous, ou non ?

Jude passa un bras dans son dos et la fit sortir de la grand-salle, du côté de l'enclos où une chèvre blanche aux mamelles gonflées bêlait pour être traite. La chaumine, porte ouverte, était déserte. Le sentier qui y menait avait été piétiné par des pieds lourds et était tout boueux.

Il la fit pivoter pour l'adosser au mur de la maison longue, la faisant frémir lorsqu'il posa une main sur son bras. De par la loi anglaise, aucun homme ne devait toucher le bras d'une femme, sauf si elle l'y autorisait.

— Rhoese d'York, dit-il, peu importe que je vous croie ou non. Ce qui compte, c'est la personne que vos Cent arrêteront.

Comme les yeux de la jeune femme s'arrondissaient de surprise, il poursuivit :

— Je connais assez vos lois et le système de défense que vous appliquez ici, dans le Yorkshire. J'ai résidé dans ce pays depuis plus longtemps que vous ne le pensez. Vous jugez peut-être qu'ils ne vous imputeront pas ce crime, parce que vous en êtes innocente, mais croyez-moi : c'est vous qu'ils arrêteront s'ils ne trouvent pas quelqu'un d'autre à accuser.

Ils ne voudront sûrement pas payer une amende pour sauver votre peau ou celle de quelqu'un d'autre de votre maisonnée.

L'esprit de Rhoese batifolait entre toutes les possibilités qui s'offraient à elle. Elle s'efforçait de repousser ce qui lui apparaissait comme une douce vengeance, une vengeance propre à dissiper son amertume. « Parle-lui de Warin », lui soufflait une petite voix. « Dis-lui qu'il avait appris ton projet de mariage avec Ralph de Lessay, qu'il est allé le trouver, qu'il l'a tué et porté dans ta chaumine. » Mais non, cela n'aurait aucun sens, car les jurés croiraient ceux qui avaient entendu Warin crier son amour pour elle. Et aucun homme épris d'une femme n'aurait porté le corps de sa victime dans la maison de cette femme. Elle ne pouvait accuser Warin.

— Je n'y puis rien, dit-elle. Je ne dirai jamais que j'ai tué un homme pour me défendre ou pour une autre raison quand ce n'est pas vrai. J'ignore pourquoi cet homme se trouvait chez moi, mais par chance je n'ai pas à essayer de l'imaginer. Je dormais dans la grand-salle, les portes étaient barrées, les chiens étaient là et des hommes dormaient autour du feu. J'aurais trébuché sur au moins dix d'entre eux, si j'avais essayé de sortir dans l'obscurité.

— Vous n'êtes pas allée visiter la fosse d'aisance ?

— Non. Comme tout le monde quand il pleut, nous nous contentons d'un seau.

— Fort bien. Je vais ramener le corps au roi et lui relater ce que je sais de cette affaire. Vous devez rester ici jusqu'à mon retour, et je suppose que je n'ai pas à vous prévenir qu'il…

— Qu'il ne sera pas content, coupa Rhoese. Oui, je veux bien le croire. Et je ne le suis pas non plus, cela dit.

Il la dévisagea, le regard intense.

— Vous n'êtes pas contente, ma dame ?

— Non, répondit-elle, sur la défensive. Je ne voulais pas épouser cet homme, pas plus que je ne veux épouser un autre Normand ou un Anglais, mais je ne souhaitais pas sa mort, et surtout pas chez moi. Et si je l'avais tué, ou si quelqu'un d'autre de ma maisonnée l'avait fait, pensez-vous que nous aurions été assez stupides pour le laisser là afin que vous le trouviez à votre arrivée ? Nous savions que vous alliez revenir ce matin, messire.

— Non, accorda Jude. Je ne le pense pas.

— Bien. C'est un soulagement. Sachant cela, je puis faire mon affaire de la colère du roi. Mais dites-moi encore une chose, messire : en dépit de toutes vos questions concernant mes faits et gestes, cet… accident n'aurait-il pu être pour vous le moyen de vous approprier mes biens, ainsi que vous m'avez dit en avoir l'intention hier ?

La mine sévère de Jude se détendit, tandis qu'il soupesait cette suggestion. Puis il posa une main sur le mur blanchi à la chaux, juste au-dessus de la tête de Rhoese.

— Je puis comprendre vos inquiétudes, dit-il en approchant son visage du sien, mais la réponse est non. Si j'avais eu besoin de tuer de Lessay, je ne m'y serais pas pris ainsi, ma dame. Ce n'est pas ma façon d'agir, ni celle de mes hommes. Non, voyez-vous, j'avais déjà surenchéri sur son offre hier soir, une heure après que le roi est rentré de la chasse. Il était fort gai, et s'est déclaré heureux d'accepter davantage que ce qui lui avait été offert au départ.

Il sourit.

— C'est une belle somme, je dois le dire, mais cela le vaut. Et quant à la question que vous brûlez sans doute de me poser, à savoir où j'étais hier soir, j'étais au palais de l'archevêque et je jouais aux échecs avec lui. De fait, je l'ai battu.

— Je vois.

Le cœur de Rhoese battait inconfortablement quelque part dans sa gorge. Ainsi, les choses étaient aussi simples que cela. Elle avait été vendue au plus offrant.

— Oui, je n'avais nul besoin de l'ôter de mon chemin. C'était déjà fait. Ce qui laisse pendante la question de savoir ce qu'il faisait chez vous, après avoir appris que vous ne deviez pas être sienne. De toute évidence, il a quitté ce monde fort déçu.

— Partez, dit Rhoese. Partez et emmenez vos soupçons avec vous. Je n'ai pas demandé à vivre ce genre de choses. Tout ce que j'ai toujours souhaité, c'est qu'on me laisse tranquille. Est-ce trop vous demander, messire ? Prenez mes terres, si vous brûlez tellement de les posséder. Prenez les moulins, les fermes, tout ce que vous avez soigneusement étudié dans le rapport royal, mais laissez-moi tranquille. Le mariage n'est pas pour moi. Je ferais pour vous une piètre épouse, et vous regretteriez le jour où vous avez pensé différemment, croyez-moi.

Il la contemplait comme s'il prenait plus de plaisir à l'entendre qu'à écouter ce qu'elle disait. Quand elle eut fini, il prit le bout de sa longue natte et l'enroula autour du cou de Rhoese, telle une bride, avant qu'elle ait pu s'aviser de ce qu'il faisait.

— Si jamais ce temps arrive et si j'ai des regrets à formuler, ma dame, vous aurez ma permission de me lancer : « Je vous l'avais dit. »

La tenant par ses cheveux, il abaissa sa bouche vers la sienne, ranimant la petite flamme de plaisir qui continuait à narguer Rhoese chaque fois qu'il la touchait. Comment pouvait-elle encore se dire qu'elle niait l'idée de désirer un homme ?

Se maudissant de sa faiblesse, elle commanda à son esprit de rester indifférent au baiser qui allait venir. Cet homme ne serait jamais rien pour elle, se rappela-t-elle fermement, il ne songeait qu'à entériner le pouvoir qu'il avait sur elle. L'embrasser ne signifierait rien pour lui, sinon le fait de garder la pratique de la séduction.

— Mon cœur est dur, messire, déclara-t-elle d'une voix altérée.

Elle était au bord des larmes.

— Vous ne réussirez jamais à l'amollir par des baisers ou autres caresses. Vous feriez bien de ne pas essayer.

Il posa les lèvres sur le coin de sa bouche.

— En est-il ainsi, ma dame ? Il est aussi bien, dans ce cas, que l'état de votre cœur ne me concerne point. Gardez-le aussi dur et glacé que vous le voudrez, aussi longtemps que vous le désirerez : cela ne m'affectera ni d'une manière, ni d'une autre. Mais vous faites partie du contrat parce qu'il ne peut en être autrement, et puisque vous avez un assez joli corps à mettre dans la balance, le goûter çà et là ne sera par chance pas une corvée pour moi. C'est quelque chose que vous *devrez* admettre, ma dame. En outre, il me faut engendrer un héritier et pour cela je n'ai nul besoin d'une femme consentante, mais seulement d'une femme en bonne santé, ce que vous semblez être.

Il pencha la tête de côté, levant les sourcils d'un air amusé devant la mortification de Rhoese et le regard haineux qu'elle lui décocha.

— Pensiez-vous vous en tirer autrement, ma dame ? Sûrement pas. Nous avons commencé notre relation en nous parlant sans détours, et j'ai l'intention de continuer dans cette voie. Il est bon que nous nous comprenions dès le début, ce qui nous fera gagner du temps par la suite. N'êtes-vous point de mon avis ? Vous êtes bien silencieuse. Pensiez-vous me briser le cœur, comme vous avez l'habitude de le faire ?

Il eut un petit rire moqueur.

— Non ! Vous n'avez aucune chance dans ce domaine. Il est très loin hors de votre portée, ma dame.

— Goujat que vous êtes ! Scélérat !

Elle saisit son poignet à deux mains pour lui faire lâcher sa natte.

— Laissez-moi partir ! Je puis moi aussi me mettre hors de votre atteinte, Normand. Ne pensez pas un instant que je vous laisserai entrer dans ma vie comme cela, et vous emparer de tout ce que je suis.

Jude plaça son poing sous son menton, l'obligeant à rencontrer ses yeux. Des yeux qui avaient subitement perdu toute expression malicieuse.

— Auriez-vous l'intention d'attenter à vos jours, ma dame ? Est-ce ce que vous cherchez à me dire ? Vous n'êtes pas couarde à ce point, j'espère ?

— Si c'était ce que j'avais voulu dire, je le ferais par fierté et non par couardise, messire. Nous, les Anglais, ne nous laissons pas laisser marcher dessus sans rien faire, et nous sommes encore plus farouches dans le Nord. On nous connaît pour notre résistance. Vous avez certainement ouï dire combien les habitants du Yorkshire ont souffert pour s'être accrochés plus longtemps que les autres à ce qu'ils possédaient. Non, nous ne nous jetons pas dans les flammes, mais il y a d'autres moyens pour échapper à la brutalité de nos ennemis.

— Je ne vous ai pas proposé quelque brutalité que ce soit, Rhoese d'York. Je puis obtenir ce que je veux d'une femme sans recourir à la violence. Vous le verrez par vous-même. Mais je vous remercie de l'avertissement. Je prendrai mes précautions.

« Femme stupide ! » se fustigea Rhoese en elle-même. Cet homme avait le don de lui faire dire des bêtises dignes d'une enfant. Si elle s'était tue, elle aurait pu s'enfuir de Micklegate et aller se réfugier au couvent de Clementhorpe où un petit nombre de nonnes gagnaient piètrement leur vie en soignant des malades et demandant la charité. Mais cela eût signifié qu'elle aurait abandonné Eric à lui-même, et elle ne le pouvait pas.

— Vous pouvez mal me ligoter pour faire de moi ce que vous voudrez, lâcha-t-elle en écartant la tête de son mieux.

Il sourit.

— Oui, je le pourrais mal. Mais m'y forcerez-vous ?

Une vive chaleur se propagea des épaules de Rhoese jusqu'à son cou. Elle avait toutes les peines du monde à lui répondre, quand il était proche d'elle à ce point. Il devait savoir, avec son expérience, qu'il n'aurait nul besoin de la forcer.

— Non, fit-elle en détournant les yeux. Je suis encore la maîtresse ici.

— Alors profitez-en pendant qu'il est encore temps, ma dame. Et pendant que je livrerai votre dernière victime à son suzerain. Je reviendrai plus tard.

De fait, il n'avait pas été aussi simple de racheter Rhoese qu'il avait bien voulu le lui faire penser. Le roi n'avait *pas* été heureux de voir cette affaire remise sur le tapis, surtout quand il envisageait de prendre de doux plaisirs dans sa chambre. Jude avait poliment insisté, et pour sa peine il avait été contraint d'offrir le double de ce que de Lessay avait offert. Pour cela, il ne tenait pas à la voir lui échapper comme elle avait échappé aux autres. Il pouvait se permettre cette dépense, mais il ne fallait pas que cette femme espère trouver en lui beaucoup de douceur tant qu'elle n'aurait pas appris à reconnaître son maître.

Malgré cela, il sauta en selle avec un bel entrain. Et, bien que son visage fût aussi fermé que de coutume, les hommes qui le connaissaient bien purent distinguer dans ses yeux la lueur amusée qui s'y lisait toujours quand il avait une femme en vue. Une lueur amusée, mais farouchement déterminée.

Il ne revint pas plus tard, ainsi qu'il l'avait dit, mais il envoya des hommes garder les portes de Toft Green. Rhoese pensa au début que c'était pour l'empêcher de s'échapper, mais elle eut bientôt d'autre grain à moudre. Son intendant, Bran, vint lui apporter de mauvaises nouvelles qui ajoutèrent encore à son trouble.

Son visage était contracté par l'inquiétude.

— Ma dame, déclara-t-il en frottant ses mains moites sur sa tunique, les choses s'annoncent mal.

Comme rien ne s'annonçait bien, Rhoese se demanda ce qui avait pu encore empirer.

— Les hommes, voulez-vous dire ? Ils ne savent pas par où commencer leurs recherches ?

— A ce qu'il semble, ils ont déjà décidé de ce qu'ils veulent trouver. Ils parlent d'arrêter Eric et Neal. Ils disent que votre frère est le coupable le plus probable.

— Eric ? Parce qu'il est le plus vulnérable, n'est-il point vrai ?

— Ils pensent qu'il aurait pu commettre ce meurtre pour vous éviter un viol. Ils savent combien vous êtes proches, ma dame.

— Quelles sornettes ce sont là, Bran ! Ils ont dû perdre l'esprit. Eric n'aurait pas laissé le corps dans ma chaumine, pour commencer. Et comment un jeune aveugle aurait-il pu avoir le dessus sur un soldat expérimenté, avant de retourner à son lit sans une égratignure et sans le moindre bruit ?

— Ils prétendent qu'il a pu le faire. Quand il lutte avec Neal, il en sort souvent vainqueur. Il sait où se trouvent les gens, et il a un sixième sens.

— C'est ce que l'on dit de tous ceux qui sont différents des autres, n'est-ce pas ? Mais Eric et Neal ont dormi dans la grand-salle, comme nous tous. Et vous étiez là aussi.

Le regard de l'intendant se détourna.

— Oui, ma dame, mais…

— Mais quoi ? Vous ne croyez sûrement pas une chose pareille ? De la part d'Eric ou de Neal ?

— Non, bien sûr que non, mais nous devrions les emmener d'ici avant que les hommes ne se mettent à les huer et à les vilipender. Ils devraient se cacher.

— Il y a des gardes à la porte, Bran. Ils ne laisseront pas entrer les Cent.

— Ils ne sont que deux. Ils ne pourront pas arrêter trente ou quarante hommes.

— Dans ce cas, nous ferions mieux de faire passer Eric par l'enclos de derrière. Nous l'emmènerons à St Martin, auprès du père Leofric. Il sera en sécurité, là-bas, et personne ne le saura.

— Vous pourriez toujours demander de l'aide au Normand qui était ici tout à l'heure. Comment se nomme-t-il, déjà ? Jude de Brian ? Il pourrait poster d'autres hommes autour de…

— Non, Bran, coupa fermement Rhoese. Je ne veux pas des gardes normands postés tout autour de mon domaine.

Ce qui n'était pas la véritable raison de son objection. Elle ne voulait surtout *rien* demander à Jude de Brionne.

— Nous les ferons passer par-derrière, et à travers les arbres. M'aiderez-vous ?

— Bien sûr, ma dame.

Il fallut donc qu'elle apprenne à Eric le prochain mariage de sa sœur avec Judhael de Brionne, pour finir, puis elle l'envoya chez le père Leofric avec Neal et le frère Alaric pour veiller sur leur sécurité.

Quand trente hommes arrivèrent avec des torches à la nuit tombée, prêts à emmener le jeune aveugle, ils eurent la double surprise d'apprendre que leur proie s'était envolée, et de découvrir que les gardes étaient passés de deux à dix. Ils furent donc forcés de repartir bredouilles, et la maisonnée de Toft Green passa une bonne nuit, comme Eric au milieu de ses gardiens.

Le lendemain matin, jour où elle avait coutume de célébrer son anniversaire, apporta à Rhoese d'autres développements qui lui firent se demander ce qu'elle avait fait au ciel pour mériter tant de misères.

Le premier ennui fut un message de l'abbé Stephen, de l'abbaye de St Mary : il avait appris les soupçons qui pesaient sur Eric, et, étant normand lui-même, n'était pas disposé à laisser au jeune homme le bénéfice du doute. Dans son message, rédigé de la forme la plus torturée et la plus formelle, il annonçait qu'il ne pouvait accepter Eric comme novice. Vu les circonstances.

— Et *cela,* s'exclama Rhoese avec colère, quand je lui ai fait une importante donation pour ses nouveaux bâtiments ! Eh bien il ne sait peut-être pas ce qu'il perd, mais je ne puis dire que je suis déçue. Ce refus signifie qu'Eric restera avec moi.

Inutile de le mentionner, Els en fut folle de joie.

— Cela étant, reprit la jeune femme, il semble penser qu'Eric est coupable. Je me demande si le roi va partager son avis. Qu'allons-nous faire, Els ?

Sa chambrière ne trouva rien à lui répondre.

Juste sur les talons du messager de l'abbé arriva le robuste marchand du nom de Murdac, qui avait entendu parler du crime et des ennuis de Rhoese. Le plus sérieusement du monde, il offrit à celle-ci sa maison, son foyer et bien entendu son lit. Il jouissait d'une certaine influence auprès du roi. Il pourrait la sauver, si elle le lui permettait. Il la supplia à genoux d'accepter sa proposition.

Mais il existait à présent quelque chose contre quoi Rhoese n'osait pas lutter, quelque chose qui n'existait pas la veille encore. Elle dut dire à Murdac que même si son amabilité était hautement appréciée, elle arrivait trop tard pour lui être utile. Murdac en prit violemment ombrage, lui montrant un aspect de son caractère qu'elle n'avait jamais soupçonné. Et lui confirmant que la gent masculine était fort instable.

Il y avait néanmoins un mâle singulièrement impressionnant dont les déclarations sans pitié ne pouvaient être taxées d'instabilité. Le soutien qu'il lui avait apporté à plusieurs reprises, songeait Rhoese, avait plus été le fait d'une réaction naturelle que d'une marque de tendresse. De même, sa brutale attaque de de Lessay dans le palais de l'archevêque avait plus ressemblé à la colère d'un soldat devant un manque de discipline qu'à celle d'un homme épris voulant éliminer un rival. Il lui avait ouvertement déclaré son manque d'intérêt concernant et son approbation et son cœur, ce qui eût dû la soulager, mais ne la soulageait pas du tout.

Enfin, il avait acquiescé au franc-parler de Rhoese et s'en

était acquitté de son côté avec une clarté brutale, mais cette honnêteté trop directe de la part d'un opportuniste normand ne l'avait pas satisfaite non plus.

Quand elle se demanda pourquoi elle se sentait si morose et si mécontente, elle se remémora le contact de ses mains sur elle, de sa bouche sur la sienne, et cette promesse de joie qui luisait toujours un instant avant de disparaître aussi rapidement qu'elle naissait.

Idéalement, en conclut-elle, il faudrait qu'elle le rende attaché à elle pour mieux pouvoir le blesser, sa vengeance sur la gent masculine demeurant sa priorité. Si elle pouvait l'amener à *l'aimer,* le coup porté serait encore plus fort et elle serait d'autant plus satisfaite. Mais changer une froideur aussi solide en amour lui prendrait trop longtemps, et nécessiterait peut-être des capacités qu'elle n'avait point. Pas une seule fois dans sa vie elle ne s'était souciée de badinage, et ne comprenait rien à l'art de la séduction. En outre, tout effort de sa part dans cette direction semblerait ridicule, après la conversation qu'ils avaient eue. Pire encore, ce serait totalement opposé aux vues cyniques qu'elle avait sur la question.

Non. Le problème serait de prendre possession du cœur de Jude sans avoir à déroger à ses principes. Quand elle le tiendrait entre ses mains, elle le comprimerait, le torturerait et le briserait comme le sien avait été brisé. Et elle aurait enfin sa revanche sur les souffrances qu'elle avait endurées.

Soulevant le couvercle de son coffre de bois, elle remua plusieurs cottes et plusieurs robes de dessus avant que ses doigts ne touchent la ferme couverture en cuir du vieux livre de recettes magiques de sa mère, dont la couleur avait passé avec l'âge et l'utilisation qui en avait été faite. Les pages de vélin jauni étaient couvertes d'une fine écriture et le texte rédigé tantôt en anglais, tantôt en latin, tantôt en runique, que Rhoese ne savait presque plus déchiffrer. Peu importait, se dit-elle. Elle finirait bien par y trouver ce qu'elle voulait.

***

Il lui fallut un certain temps pour réunir exactement ce qu'il lui fallait. L'automne était bien avancé, il y avait moins de fleurs et plus aucune feuille printanière. Elle trouva cependant des racines de fougère mâle et de carotte sauvage, des graines de cumin et d'endives, des feuilles de mauve, de verveine et de gaillet. Une heure durant, elle écrasa ses trouvailles dans un creuset de bois pour en confectionner un philtre d'amour, et obtint une pâte verte qui, elle l'espéra, ne se remarquerait pas dans un gobelet de terre contenant de la cervoise.

Chapitre 8

Un roulement de tonnerre lointain fit dresser les oreilles de l'étalon bai foncé, qui renâcla et fit un pas de côté. Jude, monté sur sa selle haute, eut un autre aperçu du paysage qu'il contemplait.

— Doucement, dit-il en promenant les yeux sur les arbres qui s'assombrissaient.

Deux jours plus tôt, il était encore un étranger à ces parages. Maintenant, il s'était familiarisé avec le réseau de ruelles, les marchés, les quais, les ports et les églises de la ville, et il avait découvert la façon dont on pouvait sortir de Toft Green par l'arrière.

Les gardes qu'il avait postés devant les portes n'avaient pas intercepté le frère de Rhoese quand il s'était enfui avec ses deux gardiens, mais il n'en avait cure. Au contraire, il avait placé un autre garde devant la maison du prêtre, pour assurer la sécurité du jeune homme.

Pas un instant, Jude n'avait cru les rumeurs sur la culpabilité d'Eric d'York. Ce dernier l'avait impressionné par son intelligence, sa prestance et sa courtoisie, et il avait pensé qu'il lui serait un allié de choix dans cette famille étrangement disjointe.

Emergeant des arbres, un garde monté à cheval se dirigea vers lui au trot levé, son heaume en acier reflétant le gris du ciel lourdement chargé de nuages. Il était suivi de cinq autres cavaliers.

— Par derrière le domaine de la dame, messire ! lança-t-il d'une voix empressée. Elle a été enlevée. Elle donne du fil à retordre à son ravisseur, mais c'est un homme robuste et il est pressé.

— Vers où se dirige-t-il ? demanda Jude en faisant volter son destrier. A-t-il un cheval ?

Ses éperons touchèrent les flancs sensibles de sa monture. Il se mit au petit trot.

— Non, messire, répondit l'homme. Ils se dirigent vers les anciens vestiges romains, juste hors des murs de la ville. Il y a de vieilles huttes, de ce côté-là. Nous pouvons y aller par là.

— Ha ! fit Jude. Je me doutais qu'*il* ne mettrait pas longtemps à se montrer de nouveau. Venez ! Le roi ne sera pas heureux si elle nous échappe à ce stade. Et moi non plus, ajouta-t-il à mi-voix.

Au-delà des arbres se trouvait un vaste terrain où les vieilles ruines romaines étaient parsemées de huttes abandonnées, à moitié calcinées après le passage des Normands. De vieux sureaux, des tapis d'orties mourantes et les têtes blanches d'épilobes se courbaient sous le vent. Un vol de corbeaux se leva à leur approche.

Jude s'arrêta et fit signe à ses six hommes de rester en arrière. Il traversa le terrain à pied, allant d'arbre en arbre, jusqu'à ce qu'il atteigne la hutte délabrée d'où montait un bruit de querelle. Les murs de torchis étaient minces et troués de part en part. Il trouva bientôt un trou assez grand pour lui permettre de voir à l'intérieur, et d'entendre tout ce qui se disait.

L'homme tenait un sac à la main. A en juger par les cheveux ébouriffés de Rhoese, elle avait dû le porter sur la tête peu de temps auparavant. Malgré la pénombre, sa fureur était clairement visible. Sa main se détendit vers le visage de Warin et l'atteignit avant qu'il ait eu le temps de s'écarter ; elle le frappa avec force sur la joue.

— Par pitié, Rhoese ! tonna le jeune homme. Calmez-vous ! Et cessez de feindre ce que vous ne ressentez pas. Je ne suis plus ivre comme je l'étais l'autre soir, et vous pourriez m'écouter, pour une fois.

Il porta une main à sa joue.

— Vous devenez aussi méchante qu'*elle* l'est.

— Warin ! glapit Rhoese. Quand donc vous mettrez-vous dans la tête que vous ne pouvez me revenir ? C'est fini et bien fini. Je ne veux plus de vous dans ma vie. Ne pouvez-vous comprendre que je pense ce que je dis ?

— Non, je ne le crois pas. Ketti affirme que vous voulez toujours de moi.

— Et vous préférez la croire, homme stupide que vous êtes ? Ketti est une mégère manipulatrice, jalouse, aigrie et j'en passe de meilleures. Elle a fait fuir mon père de son foyer, avec ses constantes récriminations, et il était plus fort que vous, même dans un âge avancé. Vous avez cru que vous feriez une meilleure affaire avec elle qu'avec moi, c'est tout, et je me félicite de vous avoir vu sous votre vrai jour avant qu'il ne soit trop tard. Je l'ai échappé belle, et je ne changerai sûrement pas d'avis maintenant !

Elle essaya de le contourner.

— A présent, laissez-moi passer, Warin, et laissez-moi rentrer chez moi. Sur-le-champ ! Bougez-vous !

— Mais j'ai changé, Rhoese, vous devez me croire ! La leçon a porté. Et maintenant que je vous ai débarrassée de ce Normand, vous pouvez dire au roi que nous sommes fiancés et que nous allons nous marier. Pas vrai ?

Rhoese le fixait, les yeux élargis par la stupeur.

— C'est vous ? C'est *vous* qui l'avez tué ?

— Bien sûr, que c'est moi. Il rôdait au bout de l'enclos quand je suis parti, et je l'ai suivi jusqu'à votre chaumine. Je sais ce qu'il voulait, mais il était encore plus ivre que moi ; il n'y serait jamais arrivé.

Warin tendit une main vers la jeune femme, pour l'empêcher de passer.

— Voyons, mon cœur. Redressons les choses entre nous, voulez-vous ? J'ai tué cet homme pour vous.

— Espèce de sot ! cria Rhoese. Vous êtes aussi stupide qu'un âne bâté ! Vous avez tué un Normand et vous pensez que vous allez vous en tirer aisément ? Ignorez-vous que les Cent en ont après Eric, faute d'un meilleur coupable ? Et moi qui n'ai rien dit pour vous impliquer, parce que je ne vous croyais pas assez bête pour abandonner un homme mort dans ma chaumine !

Warin parut peiné.

— Je n'étais pas au courant pour Eric. Et, de toute manière, c'était supposé donner l'impression que vous vous étiez défendue d'une tentative de viol. Vous savez quels porcs sont ces Normands…

— C'était *supposé ?* s'exclama Rhoese, hors d'elle. Vous pensez que j'aurais pu tuer aussi aisément un homme de cette stature et un soldat éprouvé, avant de retourner tranquillement me coucher sans rien dire à personne ? Sans crier mon dégoût ? Vraiment, Warin, vous me rendez malade avec votre stupidité. Laissez-moi passer.

Sa tentative d'atteindre la porte échoua. Warin la prit par la taille et la jeta violemment contre le mur en torchis, qui s'effrita sous le choc. Jude sauta en arrière devant le tremblement qui résulta de leur lutte. Il était temps d'intervenir avant que Rhoese ne soit blessée.

La porte branlante frappa le mur avec force quand il entra à grands pas dans le petit espace semi-obscur. Prenant Warin par surprise, car il se trouvait de dos, il lui passa un bras autour du cou et pressa un genou contre ses reins. Puis il l'expédia vers le mur le plus éloigné, en lui tordant le coude. Tombé à quatre pattes, Warin se releva et fondit sur Jude, qui lui fit un croche-pied en l'esquivant et provoqua de nouveau sa chute à plat ventre, cette fois.

De même taille, les deux hommes étaient des adversaires bien assortis, mais l'entraînement de Jude lui donnait le dessus. Quand Warin se releva derechef, il reçut un coup de poing d'une telle violence qu'il retomba en arrière contre le mur, abruti et pantelant.

Jude posa une main sur le bras de Rhoese.

— N'allez pas à lui, ordonna-t-il.

Warin se releva pour la troisième fois, le visage en sang.

— Bâtard normand ! fulmina-t-il. Qu'êtes-vous en train de faire ? Ma dame et moi étions sur le point de conclure...

Un nouveau coup de poing de Jude le renvoya dans un coin de la hutte, les mains pressées sur sa tête.

— Ne vous donnez pas la peine de me fournir des explications, déclara Jude d'un ton cassant. Je sais exactement ce que vous avez à l'esprit, benêt que vous êtes. J'ai tout entendu, votre voix portait plus fort que le tonnerre. Oui, vous pouvez me fixer. La moitié de la ville d'York a dû entendre vos jérémiades, comme mes hommes et moi, et nous sommes sept — sans compter lady Rhoese — à vous avoir entendu reconnaître le meurtre de Ralph de Lessay.

— Balivernes ! glapit Warin. Vous n'avez pas cru que j'étais sérieux, tout de même ? J'essayais de l'impressionner, c'est tout. Je ne sais rien de cette affaire. Et nous sommes amants.

Il désigna la jeune femme.

— Demandez-le lui. Nous nous sommes aimés plus d'une année. Elle se montrait farouche, à l'instant, mais c'est ainsi que sont les femmes, n'est-il point vrai ?

Pendant qu'il déblatérait, Jude considérait Rhoese. Il parvint à accrocher son regard, brièvement, avant qu'elle ne baisse les paupières en fronçant les sourcils. C'était donc vrai.

Warin vit qu'il reprenait l'avantage. Il fouilla dans sa bourse et en tira une mèche de cheveux d'or qu'il laissa pendre au bout de ses doigts.

— Voyez-vous ? dit-il. C'est un gage d'amour qu'elle m'a donné avant-hier soir. Ce que je faisais dans sa chaumine est fort clair : je copulais avec elle.

Tel un fouet, la main de Jude s'abattit brutalement sur la bouche du jeune homme.

— Cette personne est une dame ! tonna-t-il. Vous êtes peut-être incapable de vous en souvenir, mais vous allez vous exprimer poliment devant elle, sans quoi je vais vous faire avaler vos dents ! Je sais ce que vous faisiez dans sa chaumine la nuit où Ralph de Lessay a été tué, car un paquet d'hommes a été témoin de la façon dont vous avez été jeté dehors.

— Je suis parti de mon plein gré ! répliqua Warin. Et ce n'est pas une vraie dame, non plus. Elle appartient à tout le monde. Elle m'a fait quérir et je suis venu, comme le font tous les hommes qui ont affaire à elle. Votre compère normand au premier chef. Demandez-lui qui était là ce matin : Murdac le marchand. Il est venu la voir en privé. Demandez-lui ce qu'il voulait. Demandez-lui ce qu'ils veulent tous. C'est une sorcière. Elle nous administre des philtres d'amour. Elle est…

Une nouvelle fois, Jude perdit patience.

— Elle est *à moi*, gronda-t-il en empoignant Warin par le col de sa tunique et en le secouant. Espèce de porc vindicatif ! A moi, comprenez-vous ? Elle n'est plus libre, comme vous semblez le penser, de vous épouser ou d'épouser n'importe qui d'autre. Elle m'appartient, grand benêt ! Vous pouvez aller vous expliquer devant le bailli, maintenant. Et si vous perdez une main, ou la vue, ou votre stupide existence, vous ne pourrez vous en prendre qu'à vous !

A un signal que fit Jude aux hommes qui attendaient sur le seuil, Warin fut tiré dehors et disparut à la vue de Rhoese, pour la deuxième fois en deux jours. Il fut brutalement ligoté, attaché sur un cheval et emmené, tandis qu'il continuait à protester de son innocence, à clamer que tout était de la faute de la jeune femme et qu'il n'obtiendrait pas justice de la part du bailli normand.

Jude revint dans la hutte et tint la mèche de cheveux devant Rhoese.

— Eh bien, ma dame ? Qu'est-ce que ceci ?

Elle tremblait. Quand elle répondit, sa voix manquait d'assurance.

— Ces cheveux sont les miens. Je les avais donnés à Warin l'an dernier.

— Il ne vous les a donc pas pris avant-hier soir dans votre chaumine. Est-ce vous qui l'avez invité à venir vous voir, comme il l'a prétendu ?

— Oh, non, murmura Rhoese. Vous n'allez pas vous y mettre aussi… Bien sûr que non, je ne l'ai pas invité ! Il est venu pour la seule raison que le sort de ma belle-mère a brusquement changé, et qu'il voulait assurer ses arrières en revenant…

Elle s'interrompit, consciente de ce qu'elle admettait pour la deuxième fois.

— En revenant à vous. Je vois. Vous étiez donc bien amants, avant qu'il ne vous trahisse. Et comment se situe Murdac le marchand, dans ce tableau ? Est-il un autre de vos prétendants, comme ce prêtre que vous alliez voir l'autre soir ?

Les grands yeux bruns de Rhoese s'élargirent devant les conclusions que Jude tirait de ses actions.

— En quoi cela vous concerne-t-il maintenant, messire ? Si vous choisissez de mener vos enquêtes *après* avoir fait une offre pour ma personne et mes biens, vous devez en accepter les conséquences, qu'elles vous paraissent sordides ou non.

Mais Rhoese avait à faire à présent à un genre d'individu qui ne s'en laissait pas conter par sa langue acérée. A son habitude, il posa les deux mains sur le mur, de chaque côté d'elle, et elle comprit qu'il allait lui demander une réponse plus satisfaisante que celle-là.

— Expliquez-vous davantage, ma dame, dit-il d'un ton ferme. Je veux la vérité.

La jeune femme trouvait fort difficile de s'adresser à un homme coiffé d'un heaume qui lui cachait la moitié de la figure. Elle savait que ses yeux, à demi cachés par sa visière, étaient aussi durs que les poings qui avaient expédié Warin au sol. Quant à sa bouche, qui avait été si douce sur ses lèvres, elle était maintenant pincée en un pli impassible.

— Oui, Warin et moi devions nous marier, avoua-t-elle à mi-voix. Mais il s'est mis à vivre avec ma belle-mère après la mort de mon père, et j'ai quitté la demeure familiale à cette époque. Nous ne nous étions plus parlé depuis ce moment-là, je vous le jure. Quant à Murdac, il est venu m'offrir le mariage mais je lui ai dit qu'il arrivait trop tard. Il est entré dans une vraie fureur. Et pour ce qui est du père Leofric, il ne songeait qu'à m'accorder sa protection. Mais si Warin et moi avons été amants, il n'en a pas été de même avec Murdac. Je ne l'aurais accepté à aucun prix.

— Pourquoi ? Parce que vous étiez déjà engagée envers moi ?

— Parce que je ne voulais pas de lui, comme je ne veux d'aucun autre homme. Je vous l'ai déjà dit plusieurs fois, messire, insista la jeune femme avec colère.

— Le père Leofric semble aller fort loin pour vous accorder sa protection, comme vous dites.

— Qu'entendez-vous par là ?

— Il a avoué le meurtre de de Lessay. Pour vous tirer de cette sale affaire, sans nul doute.

De nouveau, Rhoese scruta la pénombre qui voilait le visage de son interlocuteur. Elle voulait discerner ce qu'il attendait d'elle, mais n'y parvint pas.

— Si vous vouliez ôter ce heaume, messire, je pourrais *vous* parler au lieu de m'adresser à une… fortification.

Jude lui obéit.

— Maintenant, ayez l'obligeance de me dire quand et comment le père Leofric s'est accusé d'un meurtre qu'il n'a pas pu commettre.

Le heaume était à présent suspendu à un clou, comme une marmite.

— Il l'a fait il y a peu de temps. Il est allé trouver l'archevêque Thomas, qui le retient sous sa garde. Votre frère et ses gardiens doivent être de retour chez vous, à présent.

— Vous étiez donc au courant ?

— Qu'ils étaient chez le prêtre ? Oui, bien sûr, lass. Alors pour le bien de qui a-t-il fait cette confession ? Pour le vôtre, ou celui de votre frère ?

Rhoese secoua la tête, et tourna son regard vers le coin où Warin s'était affalé par deux fois. Elle ne l'avait jamais vu se faire frapper de la sorte, et n'en avait pas tiré le plaisir qu'elle aurait pu en escompter.

— J'ai l'intime conviction, dit-elle, que vous en savez plus que moi sur tout ce qui se passe. Il me semble n'être qu'un pion. Vous pouvez mener le jeu à votre guise, et vous emparer de moi quand bon vous le semblera. Quant à ce qu'a dit Warin sur mon compte, croyez-le si vous le voulez ; je me ferais damner plutôt que d'essayer de me justifier contre des paroles aussi médisantes. J'ai autre chose à faire le jour de mon anni…

Elle s'interrompit, se mordant la lèvre, mais Jude avait saisi le sens de ce qu'elle allait dire.

— Oh, fit-il en baissant la tête vers elle. C'est donc l'anniversaire de votre naissance ?

En vérité, Rhoese avait toujours choisi cette date parce que sa mère lui avait dit qu'elle était née peu de temps après la Saint-Michel, mais elle n'en était pas sûre. Son père était encore pire : il ne se souvenait jamais de l'âge de ses enfants, ce qui faisait qu'Eric et elle nageaient dans l'incertitude depuis qu'ils étaient au monde. Il était assez courant que l'on se souvînt mieux des décès que de naissances jugées précaires plusieurs semaines après leur survenance. Ils ne s'étaient pas attendus à ce qu'Eric survive.

— Oui, cela *l'était*, confirma-t-elle d'une voix sourde. Mais j'ai décidé de l'ignorer, cette année.

Comme pour faire écho à ses sombres pensées, un éclair brillant s'insinua dans la hutte, les illuminant brièvement de sa lumière blanche. Le coup de tonnerre qui retentit juste après effraya la jeune femme, et elle se jeta dans les bras de Jude avec un cri apeuré. Il l'enlaça, la pressant contre lui, et sa bouche se referma sur celle de Rhoese pendant que les dieux continuaient leur remue-ménage au-dessus de leurs têtes.

Ni l'un ni l'autre n'entendit le hennissement effrayé de l'étalon, ou le cri d'alarme de l'écuyer. Leur esprit était totalement concentré sur ce baiser, si bouillant qu'ils n'auraient su dire qui y aspirait le plus. Le corps de Rhoese se fondait dans celui de Jude, sa bouche fusionnait avec la sienne comme si l'éclair les avait collés l'un à l'autre, les pénétrant de sa chaleur brûlante.

Cette fois, la faim qu'il avait d'elle empêcha Jude de la traiter avec sa tendresse habituelle. Il répondit à son cri avec une ardeur farouche qui faisait suite à sa rixe avec Warin, comme s'il voulait effacer d'elle le souvenir de tous les autres hommes qui l'avaient touchée, et devenir le seul dont elle se souviendrait. Ils se laissèrent submerger par ce désir violent qui allait avec l'orage en train de se déchaîner à l'extérieur. Et, tandis que la pluie tambourinait sur le mince toit de chaume, ils prolongèrent ce baiser comme s'il était une drogue qui s'était emparée d'eux, sans savoir comment y mettre un terme. Mais, de toute manière, ils n'en avaient pas envie.

Quelque chose, enfin, dut réveiller le soldat qui sommeillait en Jude. De nouvelles questions l'assaillirent qu'il exprima contre les lèvres de Rhoese, la tirant de sa torpeur.

— Eh bien, femme ? Qu'est-ce qui attire les hommes vers vous ? Etes-vous une sorcière ? Leur donnez-vous réellement à tous des philtres d'amour ?

Rhoese ne pouvait guère répondre franchement, puisqu'elle avait justement l'intention de lui faire boire l'un de ces philtres pour le faire souffrir. Mais il n'attendait pas de réponse, grâce au ciel. Et sa prochaine question dériva vers une méchanceté qui semblait faite pour dévaluer la passion qui venait de jaillir entre eux.

— Etes-vous satisfaite, Rhoese d'York, de savoir qu'un homme est mort pour vous, et qu'un autre va être mutilé ou exécuté pour vos beaux yeux ? Cela vous plaît-il, lady Rhoese qui refuse de se donner et qui ne peut être gagnée ? Me promettez-vous un sort similaire, ma beauté ? Ne vous en donnez pas la peine, car vous découvrirez que vous avez un adversaire à votre mesure. Nous serons mariés ce soir au palais.

Ils allaient être mariés ce jour-là ? Si vite ?

— Non, murmura-t-elle, encore ébranlée par ce baiser et par le manque de contrôle qu'elle exerçait sur elle-même. Non, pas aujourd'hui, je vous en prie. C'est trop tôt.

— Trop tôt pour quoi ? rétorqua Jude en taquinant ses lèvres. Pour vous donner le temps de préparer un poison ? Est-ce ce que vous souhaitez ? M'ajouter à la liste de vos victimes ?

Il perçut la panique qui la rendait roide.

Elle se débattit contre lui, piquée par son accusation.

— Je n'ai aucune liste, Normand. Pourquoi ne me croyez-vous pas ? Je ne me soucie d'aucun homme, pas même pour désirer la mort de l'un d'entre eux. Je ne puis rien contre ce qu'ils décident de faire. Leur sort ne dépend pas de moi, alors pourquoi m'en blâmer ?

Rhoese faillit dire qu'elle était marrie de ce qui était arrivé à de Lessay et de ce qui allait arriver à Warin, mais elle s'avisa à temps que plaindre un homme ne faisait pas partie de sa stratégie. Par ailleurs, elle n'aurait pas dû se sentir blessée par les allégations de Jude, alors qu'elle avait renforcé son cœur contre ce genre de faiblesse. Et elle n'aurait pas dû non plus éprouver autre chose que de la froideur, sous ses baisers. Et sûrement pas de la volupté. Mais, à sa vive honte, c'était ce qu'elle avait ressenti.

— Je vous en prie, insista-t-elle en essayant d'échapper à sa bouche. Faites que cela ne se passe pas si vite. Accordez-moi un peu de temps, par décence.

— Cette décision ne m'incombe pas, ma dame, elle revient au roi. Vous aurez remarqué, sans doute, qu'il n'est pas homme à s'embarrasser d'intervalles décents entre ce qu'il décide et sa réalisation. Il agit sur des impulsions et s'attend à ce que tout le monde en fasse autant. Nous devons aller trouver l'archevêque et lui. Il veut que notre affaire soit réglée avant qu'autre chose n'aille de travers. C'est assez fréquent chez lui.

— Et après ? s'enquit Rhoese, redoutant la réponse qu'elle allait avoir.

Il lui sourit dans l'ombre.

— Après, ma dame, vous serez en mesure de faire quelques comparaisons. Je ferai de mon mieux pour ne pas vous décevoir, mais vous ne devez pas placer vos espoirs trop haut.

— Ces manières sont barbares, murmura-t-elle. Laissez-moi rentrer chez moi, messire.

Il prit sa chevelure humide dans son poing pour l'obliger à se calmer.

— Barbares, vraiment ? lança-t-il d'un ton sardonique. Est-ce le mot qui vous serait venu à l'esprit, il y a tout juste un moment ? Je ne le pense pas. Vous ne pouvez jouer un double jeu, ma dame : enfermer votre cœur dans un coffre bardé de fer et prétendre ensuite que vous êtes affectée par mes manières. Vous aurez à décider de votre conduite : ou vous le laisserez se guérir naturellement, ou vous jetterez la clé du coffre et ne pourrez plus arguer que vous êtes sensible à ce qui vous arrive, en bien ou en mal. Et je viens de vous prouver que vous n'êtes pas insensible à tout, me semble-t-il. Sinon, auriez-vous fondu ainsi sous mes baisers ?

— Je vous en prie, n'en rajoutez pas.

— Je n'en ai pas l'intention, sauf que ce petit épisode m'a appris ce que je voulais savoir sur votre antagonisme envers les hommes. Vous commettez l'erreur habituelle, à savoir que vous nous mettez tous dans le même sac, ce qui est aussi ridicule que de dire que toutes les femmes sont les mêmes. Il se trouve que je sais combien le contraire est vrai. Et je me frayerai un chemin jusqu'à vous, ma dame, vous pouvez me croire.

— Si c'est de mon cœur que vous parlez, messire, je juge cette affirmation fort mal venue, puisque vous m'avez dit qu'il ne vous importe point. Qu'est-ce qui a changé depuis ?

— Vous, chuchota Jude en lui caressant le front de ses lèvres. Vous étiez alors plus assurée, n'ayant besoin de rien ni de personne hormis vos biens et votre tranquillité. Or vous venez de perdre les deux, et vous avez besoin de moi. Voilà ce qui a changé.

— Vous vous êtes donc mis à vous soucier de l'état de mon cœur ?

Elle sentit son sourire sur sa peau et comprit qu'elle avait fait fausse route. Il était toujours aussi insensible.

— Pour autant qu'il va avec le reste, oui. Mais pas plus, ajouta Jude avec un petit rire moqueur. Je veux qu'il continue à battre sans à-coups jusqu'à ce que vous m'ayez donné une portée d'enfants. C'est à vous de juger quel sort vous voulez lui accorder par ailleurs.

Rhoese eut un frisson en entendant cette réponse implacable et se dit qu'elle aurait dû s'y attendre, vu la façon dont il avait traité Warin. Par sa provocation stupide, elle n'avait fait que se faire rabrouer inutilement, d'une manière qui la blessait.

— Naturellement, dit-elle avec froideur. Vous ne vous y connaissez guère en cœurs, n'est-ce pas ?

— Non, accorda-t-il. Je ne saurais où chercher si je devais en trouver un. Mais ne craignez rien, je suis plus sûr de moi en ce qui concerne d'autres parts d'anatomie.

Cet homme était une énigme, décida Rhoese, une devinette bien plus obscure que celles dont ils s'amusaient à la veillée. Il était si glacial et si discipliné, et cependant il brûlait d'une énergie passionnée lorsqu'il l'embrassait. Il avait déjà éveillé sa curiosité, en dépit de ses protestations que tout allait trop vite. Et maintenant qu'elle perdait le contrôle de tout, y compris de son intégrité, la chasteté qu'elle s'était imposée allait être la prochaine chose à disparaître.

La pluie battante avait réussi à s'introduire à travers le toit de chaume et ils durent sortir. Mais ce fut pour regagner Toft Green à pied, car l'écuyer et les chevaux avaient disparu. Saisissant le poignet de Rhoese, il passa son bras sous le sien et ils se mirent à marcher en silence. La jeune femme n'avait que le sac de jute pour se protéger la tête, mais cette fois au moins elle y voyait.

La première mission de Jude fut de visiter les écuries.

— Rentrez vous mettre à l'abri, cria-t-il pour dominer la pluie de l'averse. J'arrive dans un moment.

Lorsqu'il revint, son écuyer et Els étaient avec lui, chacun pressé de reprendre ses tâches. La jeune chambrière eut mauvaise conscience en apprenant que sa maîtresse était rentrée pendant qu'elle « aidait » le jeune homme à nourrir les chevaux, mais elle avait appris par les soldats de Jude qu'elle était saine et sauve. Des soldats qui s'étaient dévêtus devant le feu et dont les vêtements mouillés fumaient, suspendus à une corde.

Jamais la maisonnée de Rhoese n'avait vu autant d'hommes à moitié nus. Et ce nombre s'accrut encore quand Jude et son écuyer, nommé Pierre, firent de même avant de s'asseoir devant une cervoise et des gâteaux au miel comme s'ils faisaient partie de la famille. Leur torse rougeoyait de l'éclat de flammes comme un abricot mûr.

Après s'être changée dans sa chaumine, Rhoese rejoignit la compagnie et nota avec contrariété que les Normands étaient traités avec une chaleur qui excédait la traditionnelle hospitalité anglaise. Pis encore, l'amitié quasi instantanée qui s'était instaurée entre Jude et Eric lui faisait l'effet d'une trahison. Mais elle se garda bien d'exprimer ses sentiments.

— Neal, dit-elle au jeune homme qui s'était approché

d'elle vers le fond de la grand-salle, est-ce que mon frère se sent bien ? Il semble approuver son futur beau-frère. Je ne pensais pas qu'il prendrait ces nouvelles avec autant d'aise.

— Nous n'avons pas eu à nous plaindre de Jude, ma dame. Au contraire, répondit Neal en passant ses doigts dans ses épaisses boucles blondes. Grâce au soldat qu'il avait posté devant la maison du père Leofric, nous nous sommes sentis en sûreté.

Les yeux de Rhoese se portèrent sur le corps magnifique du chevalier normand, et sur les longues jambes musclées qu'il tendait vers le feu. Ses bras reposaient sur ses genoux tandis qu'il écoutait Eric, et leurs deux têtes étaient proches l'une de l'autre.

— Vraiment ? fit-elle en prenant une petite flasque de cuir qu'elle avait posée sur la table. Voilà qui est agréable à entendre. Voudriez-vous m'apporter la coupe de messire de Brionne, pour que je la remplisse ?

Obligeamment, le jeune homme alla chercher les coupes des deux hommes, taillées dans du bois tourné, et les posa près de celle de Rhoese sur la table.

— Oh, et apportez-moi aussi celles du frère Alaric et de Pierre, je vous prie.

Dès que Neal eut tourné le dos, elle déversa promptement le contenu de la flasque dans la coupe du Normand, coiffant le philtre d'amour d'une bonne rasade de cervoise juste au moment où le jeune homme revenait. Ce fut à cet instant qu'une silhouette à moitié détrempée se dessina sur le seuil, sa tonsure aussi sombre que son habit, son visage morose rougi par la pluie.

— Je viens de l'abbaye de St Mary, annonça pompeusement le moine, avec un message de l'abbé Stephen pour maître Eric. Qui est maître Eric ?

Eric se leva, nu comme un ver.

— C'est moi, mon frère. Mais j'ai déjà reçu le message

de l'abbé, je vous remercie. Votre venue est-elle destinée à vérifier que j'en ai bien compris la teneur ?

Le moine s'empressa de baisser les yeux.

— Euh… non, je ne crois pas. L'abbé souhaite que je vous fasse savoir, euh… qu'il est prêt à vous accepter comme novice, en fin de compte. Il y a eu une erreur. Il m'a chargé de vous dire que vous serez le bienvenu.

Eric fit face au moine, en souriant.

— Une erreur. Oui, je crois que l'abbé Stephen est arrivé à certaines conclusions sur mon caractère pendant que je n'étais pas chez moi, bien avant qu'il n'ait eu d'évidence et moins encore de preuves. Ce n'est pas ce que j'aurais attendu d'un vrai chrétien en charge de l'âme de son prochain, mon frère. Veuillez dire à ce bon abbé que je dois décliner son aimable proposition et que, quoi que l'avenir me réserve, ce ne sera point à l'abbaye de St Mary. Maintenant, voulez-vous ôter votre habit et vous réchauffer un moment avec nous ? Il y a de l'excellente cervoise et des gâteaux au miel. A moins que ce jour ne soit un jour de jeûne ?

— Vous déclinez son offre ? Voulez-vous dire que vous la refusez ?

— Oui, c'est ce que je veux dire, mon frère. J'ai découvert que j'avais de la fierté, en lieu de vue, et la fierté n'a pas sa place dans un monastère, n'est-ce pas ? Je préférerais n'avoir nul abri plutôt que de me soumettre aux règles d'un bigot.

Jude se leva et se plaça à côté du jeune homme.

— Vous n'aurez jamais à chercher un endroit où vivre, maître Eric, aussi longtemps que j'aurai une demeure à moi. Neal et vous serez autant les bienvenus que votre sœur dans ma maison de Londres.

Eric se tourna vers lui.

— Je vous remercie, Jude. Je dois admettre que ce problème nous pesait sur l'esprit depuis un moment déjà.

Il se rassit et le moine fut raccompagné à la porte. L'air

dépité, il refusa derechef l'invitation à attendre que la pluie cesse pour repartir.

D'un pas nonchalant, Jude alla rejoindre Rhoese qui se tenait debout, une main sur la joue, encore sous le choc de ce qui venait de se passer. Sans parler de la générosité de ce Normand, dont les gestes chevaleresques démentaient ses accès d'indifférence.

— N'est-ce pas ce que vous vouliez, ma dame ? demanda-t-il. Ou vous étiez-vous résignée à voir partir votre frère pour ce monastère ?

D'un geste machinal, Rhoese versa de la cervoise dans les quatre autres coupes pour éviter de le regarder.

— Non, au contraire. Je n'ai jamais souhaité qu'il me quitte. Je suis soulagée. Merci.

La chaleur qui irradiait de la peau de Jude l'atteignait, et elle ne put s'empêcher d'observer à la dérobée son torse puissant, les tendons nerveux de son cou et ses fortes épaules qui ne semblaient faites que de muscles.

— Dans ce cas, j'ai réussi à vous complaire. C'est un bon début pour votre jour anniversaire, ma dame.

Cette platitude signifiait beaucoup plus qu'elle ne le semblait, et la rougeur qui envahit les joues de Rhoese la poussèrent à se détourner pendant qu'Eric, Neal, Pierre et le frère Alaric les rejoignaient.

Remettant à chacun une coupe de cervoise, le moine proposa un toast.

— A l'avenir assuré d'Eric ! Boirez-vous aussi, ma dame ? ajouta-t-il en tendant une coupe à la jeune femme.

— A l'avenir assuré de mon frère, dit-elle.

Dissimulant sa rougeur derrière sa coupe, elle en vida le contenu en deux longues gorgées. Ce fut seulement lorsqu'elle eut fini d'avaler le liquide qu'elle nota quelques traînées vertes sur les côtés du récipient. Frappée d'horreur, elle se mit à tousser, soudain paralysée par la peur, sa gorge se contractant.

Eric la prit par l'épaule et lui frappa le dos.

— Qu'y a-t-il, ma colombe ? As-tu avalé une araignée ?

— Non, répondit Rhoese d'une voix altérée. C'est passé du mauvais côté. Tout va bien, maintenant.

Mais rien n'allait bien, et rien ne pourrait corriger ce qui venait d'arriver : le philtre d'amour qu'elle avait avalé allait agir sur elle au lieu d'agir sur le Normand, et elle serait encore plus désavantagée qu'elle ne l'était déjà avec son cœur sens dessus dessous. C'était un désastre qu'elle n'aurait jamais pu prévoir, même dans ses pires cauchemars.

Si elle l'avait pu, elle se serait rendue dans sa chaumine pour s'efforcer de rendre le breuvage qu'elle venait d'absorber, mais le frère Alaric voulait lui parler. Ayant compris que la maisonnée allait être démembrée, qu'Eric et Neal rejoindraient avec elle la maison de son futur époux, il était naturellement inquiet du sort qui attendait les autres personnes restantes, dont lui-même. Avait-elle quelque réassurance à leur donner ?

Rhoese ne pouvait refuser de discuter de ce point délicat.

— Je crains de ne pouvoir vous répondre, frère. Pas dans l'immédiat, en tout cas. Nous n'avons pas eu le loisir, encore, d'arriver à une entente.

Cela, pour le moins, était vrai.

— Je ne pense pas que Jude de Brionne se montrera déraisonnable, reprit-elle. Une dame souhaite toujours garder son propre chapelain. Ne vous inquiétez point. Je lui en parlerai dès que l'occasion s'en présentera. Les autres voudront savoir ce qui les attend, eux aussi, mais je pense qu'ils seront absorbés dans la maisonnée de ma belle-mère avec tout le reste.

— Ils ne vont guère en être heureux, ma dame.

— Moi non plus, frère Alaric. Mais en dernier ressort cela dépendra du Normand.

— Voulez-vous que je vienne au palais avec vous, ce soir ?

— Bien sûr, et les autres aussi. Vous êtes le premier à savoir ce que je ressens à propos de cette affaire.

Le moine porta son regard vers le feu et sourit.

— Alors nous ferions bien d'obliger cette horde à se rhabiller. Et tentez de ne pas vous inquiéter, vous non plus. Vous accepterez plus volontiers d'être mariée à ce Normand-là qu'au précédent, n'est-ce pas ? Il est triste qu'il ait connu une fin violente, mais il ne vous aurait pas rendue heureuse.

— Et pensez-vous que celui-ci le fera ?

Le frère Alaric détacha lentement les yeux du corps sculptural de Jude.

— Je pense, dit-il avec componction, qu'il est temps pour vous de faire un effort. Résister aux changements n'aide pas toujours, et vous allez devoir adapter tout votre train de vie. Vous aurez besoin de tout votre courage.

— Et ce soir ? murmura-t-elle, tournant le dos aux hommes qui se séchaient. Il est décidé à rester ici, frère, bien qu'il connaisse mon peu d'inclination à réchauffer sa couche.

Rhoese serra ses deux bras autour d'elle, un geste qui n'échappa point à son chapelain.

— Nous ferons tout notre possible pour vous faciliter les choses, ma dame. Il n'y aura point de quolibets et de rires gras. Ce serait inapproprié. Pour le reste, il sera votre époux, et ce ne sera pas un péché de coucher avec lui.

Il plaça une main sur le bras de la jeune femme.

— Je n'ai nullement l'impression qu'il soit insensible, ajouta-t-il doucement.

— C'est un soldat, rétorqua Rhoese. Et un soldat normand, de surcroît. Je ne veux pas de lui.

Un lent frisson courut le long de ses bras et de son cou. La panique l'envahit de nouveau, contredisant ses traîtresses émotions qui lui disaient qu'elle mentait, que la potion commençait à faire effet et qu'elle convoitait bel et bien cet homme.

— C'est une mauvaise journée, reprit-elle. Et maintenant Warin peut perdre la vie, et quelle que soit l'amertume que j'ai dans le cœur, frère, je ne puis être heureuse que les choses se soient passées ainsi. Le Normand estime que j'en suis en partie responsable.

— Voulez-vous que je lui dise ce qui s'est passé l'an dernier ?

Rhoese lui jeta un regard alarmé.

— Non. Non, frère. Il est sans pitié. Cela ne servirait à rien, je crois bien.

— En êtes-vous si sûre ? Il ne me semble pas manquer de compréhension, et un mariage fondé sur des secrets et de la mauvaise volonté ne peut guère marcher, ne pensez-vous pas ?

Rhoese supposa qu'il avait raison, mais Jude était encore un complet étranger pour elle. Il s'introduisait dans sa vie au moment où elle commençait à se réparer, la faisait sauter comme un coin au nom de la cupidité et du désir de possession. Comment pourrait-elle lui ouvrir son cœur, et lui en révéler les douloureux secrets ?

— Non, répondit-elle. Probablement que non.

Réclamée par Eric, elle put enfin mettre un terme à cette conversation pesante. Et elle ne vit pas l'aimable chapelain verser de la cervoise dans la coupe qu'elle avait vidée, puis faire tourner le liquide et le jeter à ses pieds. Après quoi il reposa la coupe sur la table, pour qu'Hilda vienne l'enlever avec les autres, et glissa la flasque qui contenait la potion dans une de ses larges manches brunes. Il la rendrait plus tard à sa propriétaire.

Chapitre 9

Ce soir-là, le palais de l'archevêque était empli d'odeurs lourdes d'habits mouillés et de mâle sueur, qui se mêlaient aux fumées âcres des réchauds emplis de charbon de bois.

Les troubles des poumons étaient l'une des premières causes de maladies, observa le chapelain comme il guidait le petit groupe de Toft Green dans la grand-salle, entre des rangées de gardes.

Il avait réussi à persuader lady Rhoese de se vêtir richement, pour ne pas froisser le Normand par sa mauvaise volonté. Il était trop tard pour se rendre coupable de telles puérilités, lui avait-il dit. Désormais, elle devait rassembler toute sa dignité et montrer à tous le courage sans limites dont les femmes anglaises étaient capables.

Rhoese devait admettre que se soucier de ses vêtements l'avait aidée à concentrer son esprit sur ce qui devait être fait, et non sur ce qui ne pouvait être. Elle était encore la maîtresse d'une maisonnée qui comptait sur elle, et à qui elle devait montrer l'exemple. Aussi portait-elle beaucoup d'or en bijoux — sur le front, à son cou et à ses poignets —, ainsi qu'en ornements de sa cotte de drap, de sa robe de lin et de son voile de soie, le dernier et précieux cadeau que lui avait fait son père qui l'avait acheté à un marchand byzantin. Ses longues nattes étaient également entremêlées de fil d'or et de rubans de soie. Crème et jaune pâle étaient les couleurs qu'elle avait choisies. Ses brodequins de vélin, qu'elle n'avait plus portés depuis un an, étaient également ornés de petites clochettes en or qui tintaient lorsqu'elle marchait. Les têtes se détournaient sur son passage et il y avait même des sifflements sourds, alors qu'elle se frayait un chemin jusqu'à l'archevêque qui les attendait.

— Ma très chère dame, dit-il du fond du cocon de soie raide et de joyaux qui l'enveloppait, vous êtes la bienvenue.

Un par un, ils mirent un genou en terre pour baiser sa bague de topaze. Frère Alaric, Eric, Neal, Hilda et Els se succédèrent dans cet ordre, puis se rangèrent sur le côté tandis que l'archevêque donnait ses derniers conseils à la future épousée. Des conseils qui arrivaient beaucoup trop tard pour qu'elle pût en faire usage, tant son esprit était en désarroi. Elle trouvait impossible de se concentrer, et éprouva une sorte de nausée lorsque le sens de ses paroles lui parvint vaguement : elle devait être docile et accomplir ses devoirs comme son père l'aurait souhaité, rester digne pour faire honneur à son époux et fermer les yeux sur les infidélités de ce dernier, car elle devait savoir qu'il jouissait d'une réputation certaine auprès des femmes. Elle avait dû prendre un air particulièrement égaré quand il en était arrivé à ce point, car messire Thomas, après avoir attendu une réponse qui ne vint pas, lui demanda :

— Comprenez-vous ce que je vous dis, ma dame ?

— Je ne sais rien de sa réputation, messire archevêque. J'en sais moins sur lui qu'il n'en sait sur moi, déclara-t-elle d'une voix essoufflée.

— Ah, alors je ne voudrais pas que ceci soit un choc pour vous. De tels errements n'ont pas la bénédiction de l'Eglise, bien sûr, mais je crains que nous ne dussions admettre que des jeunes gens au sang chaud et des soldats en activité n'aient d'importants appétits charnels. Dès lors que vous serez grosse, ma dame, il aura besoin d'autres exutoires à ses énergies, et vous devrez supporter ce qu'il adviendra.

— Oui, messire, murmura Rhoese.

Mais tout en elle se révoltait. Elle *devrait supporter* les infidélités de son mari ? Pour l'amour du ciel ! Comment pouvait-on lui demander cela quand elle aurait tout sacrifié à cet homme ? N'y avait-il pas un seul homme sur la terre qui soit capable de rester fidèle ?

Elle préféra changer de sujet, même s'il ne s'agissait pas là d'un véritable changement, de fait.

— Qu'en est-il de Warin, milord ? Savez-vous quand son procès aura lieu ?

L'archevêque se toucha le nez du revers d'un doigt et toussota discrètement.

— Euh… oui. Le stupide ancien assistant de votre père. Oui…

— Il ne sera pas exécuté, j'espère ? Le sera-t-il ? insista Rhoese.

La voix du prélat se fit murmure.

— Non, ma chère enfant. Le roi a déjà fait recourir à son châtiment. C'était pour un meurtre, voyez-vous. Et pour le meurtre d'un de ses hommes. William en a été fort courroucé, et à juste titre.

— Messire, dites-moi la vérité, je vous en prie. Le roi l'a-t-il banni ?

Après la mort, être placé hors de la protection de la loi était la chose la plus à craindre. Du moins Rhoese le croyait-elle, avant d'entendre la suite.

— Non, il ne l'a pas banni. Il l'a fait aveugler et castrer. Warin est retourné auprès de sa… de votre belle-mère. C'est pour cette raison qu'elle n'est pas là.

Comment Rhoese parvint-elle à franchir les quelques yards qui la séparaient encore du roi et de Judhael de Brionne, elle ne devait jamais s'en souvenir. La cérémonie de mariage se déroula comme dans un rêve dans lequel ses réponses semblaient venir du fin fond d'un tunnel. « Warin aveugle et mutilé, se répétait-elle. Warin, l'homme qu'elle avait aimé. » Elle savait qu'il aurait préféré la mort à un sort aussi horrible.

Jude se rendit compte à son visage du choc qu'elle venait d'éprouver, et pensa à juste titre que l'archevêque en était responsable. Il chercha de son mieux à l'aider. Le roi n'était pas dans sa meilleure humeur ; il était impatient d'en terminer, et s'irritait des réponses balbutiantes de la jeune femme. Jude la soutint, lui arrachant les réponses qu'elle devait donner, et plaça la plume dans sa main pour qu'elle pût tracer une croix sous le nom que le clerc avait écrit. Son doigt fut presque marqué d'encre quand Rhoese calligraphia sa signature d'une plus belle écriture que celle du clerc. Stupéfait, il jeta un coup d'œil au frère Alaric, et le lent hochement de tête du moine lui confirma clairement que sa nouvelle épouse possédait plus de ressources qu'il n'apparaissait à première vue.

Encore engourdie et horrifiée par ce qu'elle venait d'apprendre, et pas réjouie le moins du monde par le terrible sort qui avait été réservé à Warin, Rhoese permit à Jude de prendre sa main dans la sienne. Elle sentit l'anneau d'or qui enserrait son annulaire, tandis qu'elle parcourait des yeux sa tunique de cour, bleu, rouge et or, ainsi que son court mantelet doublé de fourrure de martre. Ses cheveux noirs avaient des reflets bleutés à la lumière des torches, et le cœur de la jeune femme se serra à l'idée des infidélités qu'elle devrait tolérer, aux regards de pitié que les femmes lui jetteraient, et à la froideur qu'elle aurait à endurer lorsqu'elle serait grosse. En outre, elle devrait attendre le printemps pour préparer un autre philtre d'amour.

Un chœur de cris masculins monta de la salle quand Jude lui baisa les lèvres.

— J'ai gagné ! clama un homme. J'ai gagné mon pari ! Bien joué, de Brionne ! Nous savions que vous pourriez réussir !

D'autres hurlèrent le même genre d'absurdité, jusqu'à ce qu'un ordre sec donné par Ranulf Flambard, le chapelain du roi, les fit taire.

— Taisez-vous ! cria-t-il. Montrez un peu de respect pour cette cérémonie, ou partez.

— Amen à cela, confirma l'archevêque Thomas. Venez,

ma dame. Voulez-vous vous agenouiller devant votre nouvel époux, à présent ?

La main de Jude tenait fermement celle de Rhoese.

— Non, messire, elle ne s'agenouillera pas devant moi.

Il fit face au roi.

— Si vous le permettez, sire, je vous prie de nous laisser aller.

— Pour rejoindre votre couche ? fit le roi en se levant. Oui, allez donc mettre votre femme au lit et voyez si vous pouvez en tirer un peu de chaleur. Elle est aussi froide que le creux de l'hiver. Vous êtes relevé de vos devoirs pour demain, de Brionne, car je doute que vous serez debout avant midi et vous avez de nouvelles propriétés à considérer. La belle-mère de votre épouse incombe à votre responsabilité, maintenant, et j'espère qu'elle mesurera combien elle doit à votre intervention. Elle aurait dû perdre son scélérat d'amant, si j'avais suivi mon inclination, mais il ne lui sera plus guère d'utilité désormais, n'est-il point vrai ? C'est à vous de voir si vous lui laisserez Toft Green ou si vous la reléguerez ailleurs, mon garçon. Dans tous les cas, nous quitterons York après-demain. Faites en sorte que votre nouvelle épouse soit prête dans les temps.

— Oui, Sire. Je vous remercie.

Le monarque hocha la tête, et jeta plusieurs fois les yeux sur Rhoese.

— Faites-moi savoir comment vous vous accoutumerez à cette nouvelle vie, ma dame. La tutelle que votre belle-mère exerçait sur vous est révolue, vous appartenez dorénavant à de Brionne. Vous paraîtrez à la cour avec lui chaque fois que je le souhaiterai. Mon palais bénéficiera de votre apport, car il manque singulièrement de classe, et même de la classe anglaise vaut mieux que rien.

Rhoese s'inclina, répondant à la pression des doigts de Jude sur les siens. C'était le premier compliment que le roi lui offrait, jusqu'ici.

Ils s'en allèrent avant que son humeur volatile ne change derechef. Le court trajet dans les rues sombres de York, cependant, fut froid et sans gaieté, fort tendu après le vin et la chaleur du palais, les congratulations et les sourires. Les humiliants cris d'allégresse poussés par ceux qui avaient gagné leur pari résonnaient encore aux oreilles de Rhoese, mêlés aux dramatiques plaintes de Ketti qui avait fini par se montrer, finalement. La jeune femme avait été prête à subir la fanatique jalousie de sa belle-mère, et même la traîtrise et la bêtise de Warin, mais jamais, même dans les plus âpres journées de son malheur, elle n'avait souhaité se coltiner à une haine aussi brûlante.

Et la nuit était encore à venir.

La lourde pluie s'était arrêtée, mais à présent des rafales de vent s'en prenaient aux murs de la chaumine de Rhoese et gémissaient à travers le toit de chaume. La jeune femme était douillettement allongée dans son lit, sous sa couverture de fourrure, sa courtepointe de laine et ses draps de fine toile. Elle était encore incertaine de la façon dont elle accueillerait l'invasion par son nouvel époux de sa privauté, et de ce qu'elle ferait de ses déclarations de ne pas la décevoir. Si elle était capable d'envisager quelque chose, c'était plutôt le fait qu'elle chercherait à le décevoir, lui ; elle n'avait nullement l'intention de répondre aux satisfactions qu'il chercherait auprès d'elle.

Quelqu'un, probablement Hilda et Els, avait couvert les murs de sa chaumine de feuillage doré et de gui magique. On avait également posé sur le coffre une coupe de grains de lavande et de pétales de roses séchés, afin d'en parfumer l'air. Les tentures blanches qui enserraient la couche s'agitaient dans le courant d'air et Rhoese se pelotonna plus profondément dans son matelas de plumes, se remémorant l'étreinte fraternelle d'Eric qui avait duré beaucoup plus longtemps que de coutume dans un recoin de la grand-salle. Ses proches s'étaient tous comportés avec une grande affection, ce soir-là, comme s'ils comprenaient les événements difficiles qu'elle avait eu à subir ces derniers jours.

— Je vais le retenir un moment en parlant avec lui, lui avait murmuré son frère. Je crois que nous allons bien nous entendre. Il semble bien m'aimer.

Rhoese avait souri à cette remarque.

— Tout le monde t'aime bien, avait-elle répondu. Et je suis si contente que tu viennes avec nous à Londres. Sais-tu ce qui est arrivé au père Leofric ?

— Oui, je le sais. L'archevêque Thomas l'a relâché. Ils n'ont pas cru un mot de ses aveux. Qu'est-il arrivé à Warin ?

— Je te le dirai demain, mon cœur.

Jude ne lui avait quasiment pas adressé la parole, sauf quand il avait posé son manteau doublé de fourrure sur ses épaules et lui avait demandé si elle se portait bien. Quand ils avaient démonté, il l'avait maintenue un instant contre lui et l'avait embrassée dans l'obscurité, avant que quelqu'un n'apporte une torche, mais il n'y avait pas eu de clameurs d'allégresse à leur arrivée. Lorsqu'elle était partie rejoindre sa couche, son départ était passé inaperçu, sauf de frère Alaric et de ses deux servantes qui l'avaient accompagnée jusqu'à la porte de sa chaumine. C'était exactement ainsi que Rhoese avait souhaité que les choses se passent.

Sans commentaire.

Elle s'était endormie depuis un moment quand le lit bougea. Les couvertures furent écartées et un courant d'air frais lui caressa le dos, la rendant roide et anxieuse des heures à venir, une anxiété qu'aucune préparation n'aurait pu alléger.

La chaleur de Jude la pénétra lorsqu'il s'allongea contre son échine, passant un bras autour de sa taille pour l'amener doucement à lui comme il l'aurait fait d'un confortable vêtement par un jour de frimas. La peau de Rhoese, sensible et vibrante, enregistra chaque muscle de son corps puissant, ainsi que la douce caresse des poils de ses jambes mêlées aux siennes. Elle percevait le moindre aplat, le moindre relief de ce grand corps viril. Et le moindre souffle de son époux, tandis qu'il bâillait comme un chiot satisfait en enfouissant son visage dans ses cheveux. L'une de ses mains se posa tendrement sur les côtes de Rhoese. Mollement, comme s'il était déjà à moitié endormi, elle remonta jusqu'à un sein et ne tarda pas à retomber.

La jeune femme n'avait encore jamais dormi dans les bras d'un homme. Elle n'avait jamais passé une nuit entière avec Warin, n'ayant partagé avec lui qu'une heure ou deux volées à quelques après-midi. D'un geste hésitant, elle caressa les poils doux de ses avant-bras, tandis qu'elle se remémorait les nombreuses fois où il l'avait protégée durant les derniers jours. Depuis la mort de son père, elle n'avait plus été soumise à l'autorité directe d'un homme et elle se demandait s'il lui serait aisé de se soumettre à son époux dans tous les domaines, ou s'il la laisserait libre de ses actes. Les Normands étaient connus pour battre leurs femmes, alors que les Anglo-Saxons ne perpétraient jamais ce genre de châtiment. Mais ce Normand-là avait refusé qu'elle s'agenouille devant lui en signe d'allégeance, et elle lui en savait gré.

A plusieurs reprises au cours de la nuit, elle s'éveilla avec un sursaut apeuré, mais Jude se contenta chaque fois de la reprendre dans ses bras comme s'il s'était attendu à sa réaction. Des pensées concernant l'abominable destin de Warin et la détresse de Ketti la taraudaient, hantant ses rêves. Elle n'en éprouvait toujours aucune satisfaction, mais de la culpabilité et le besoin d'en faire pénitence.

Et Jude la ramenait toujours à lui, attirant son dos contre lui ou l'attirant face à face si ses mouvements l'avaient placée dans cette position, et pas une fois elle ne ressentit le besoin de le repousser, parce qu'elle ne lui en voulait pas de ces gestes.

A une occasion, cependant, sa main s'aventura sur les

reins de Rhoese et les flatta comme un cavalier eût flatté la croupe d'une jument énervée. Il lui murmura des mots de réconfort, n'attendant pas qu'elle exprime ses pensées ou les paroles qui lui venaient à l'esprit, et la tint ainsi, telle une enfant, jusqu'à ce que le sommeil la reprenne.

Une autre fois, il s'allongea sur elle, embrassant sa bouche endormie et faisant naître une flamme de désir au creux de ses cuisses, mais il s'en tint là et attendit simplement qu'elle se rendorme, légèrement insatisfaite et souhaitant vaguement autre chose.

Quand le coq chanta dans l'enclos à l'aurore, et que les cloches de l'église sonnèrent dans le vent, Rhoese constata que Jude était parti.

Il ne restait plus que les traces de sa chaleur au creux des draps, pour lui rappeler la façon dont il avait compensé avec respect et douceur la catastrophique journée de son anniversaire.

Chapitre 10

Dans un effort pour ne pas tirer de conclusions sur la chaste nuit qu'elle avait passée dans les bras de son nouvel époux, Rhoese se consacra aux préparatifs de sa dernière journée à York. Mais elle aurait préféré ne pas assister aux funérailles de Ralph de Lessay, si on le lui avait permis.

Debout près de Jude dans la petite église de St Martin, elle se remémora une fois de plus les événements bizarres qui avaient troublé ces quatre derniers jours, et son esprit dériva immanquablement vers la mort de son père, et vers les obsèques qui n'avaient jamais eu lieu. Son tendre compagnonnage lui manquait, ainsi que ses conseils dont elle aurait eu si grand besoin en cette période. Il se montrait toujours si sage et si constant en toutes choses. Le frère Alaric était un homme solide, mais il ne remplaçait pas lord Gamal, qui eût insisté pour que son mariage fût consommé, qu'elle le veuille ou non.

Par ailleurs, son époux normand ne laissait de la surprendre. Dès qu'ils furent rentrés à Toft Green pour y rompre leur jeûne, il annonça à la maisonnée quel serait le sort de chacun, sans même la consulter. Elle en fut offensée, même quand Eric lui fit valoir que Jude était le nouveau maître, à présent, et qu'il avait eu le temps de décider ce qui était le mieux pour eux tous. Rhoese avait mal pris cette remarque.

— Pour l'amour du ciel, Eric, va donc t'habiller ! se récria-t-elle. Tu ne peux te promener ainsi toute la journée. Neal ! Où sont les habits de mon frère ?

Neal apparut instantanément avec une brassée de vêtements, souriant largement. Son sourire faisait ressortir ses dents blanches dans son visage, aussi hâlé que celui d'Eric parce qu'ils passaient tous deux beaucoup de temps au grand air. Totalement loyal à son maître aveugle, Neal aurait pu faire de nombreuses conquêtes parmi les femmes de la ville, mais, par égard pour Eric, il restait nuit et jour à portée de ses appels. Il n'aurait pas changé ses habitudes même pour une heure passée dans les bras d'une amante. Fort, doté d'un esprit vif et d'un caractère égal, il avait des yeux gris et des cheveux blonds qui le faisaient ressembler à un poney d'Islande. Et il était aussi résistant qu'eux.

Hilda, au corps massif et à la fidélité sans défaut, avait presque pleuré de soulagement en apprenant qu'elle pourrait suivre sa maîtresse à Londres avec Els et le frère Alaric. C'était une femme entre deux âges, bourrue et affectueuse. Elle enlaça Rhoese de ses deux bras et se permit, en sa qualité d'ancienne nourrice, de lui demander si tout s'était bien passé la nuit précédente.

— Vous savez ce que je veux dire, avait-elle murmuré d'un air entendu.

Rhoese décida de la tranquilliser, et se contenta d'une réponse ambiguë. Hilda n'aurait pas compris la vérité, et l'aurait mal interprétée.

— Oui, merci, ma bonne. Tout s'est passé comme je pouvais l'espérer.

C'était la réponse qu'Hilda attendait.

— Oh, mon cœur, j'en suis si contente ! s'exclama-t-elle, le visage rayonnant et à deux doigts de se remettre à pleurer.

Rhoese savait exactement ce qu'elle pensait, après la fausse couche qui l'avait si durement affectée.

— Il n'a pas été brutal, n'est-ce pas ?

Sans attendre que Rhoese lui réponde, elle se remit à parler des arrangements en cours.

— Imaginez qu'il a installé ici Bran et sa femme, ainsi que le majordome et son épouse, au lieu de Ketti et de Warin.

Ces deux-là seront relégués dans votre chaumine, ce qui leur ira comme un gant. Votre mari sait aussi se montrer dur, ma dame.

C'était un matin d'octobre frais et sec, après l'orage de la veille, et la vive teneur d'automne qui habitait l'air fit frissonner Rhoese. Il était clair pour tout le monde que cet automne céderait bientôt la place à l'hiver.

Elle avait déjà éprouvé un frisson de la sorte dans l'église, lorsqu'on avait descendu le corps de de Lessay dans la crypte, enveloppé dans un linceul. On l'avait enterré comme s'il était tombé sur le champ de bataille pour défendre son pays, et non comme s'il était mort lors d'une rixe pour se venger de ses ambitions déçues. Elle avait perçu la froideur satisfaite de Jude, mais n'avait montré aucun signe de gratification pour ce trépas qui l'avait libérée d'un sort infâme. Elle n'avait éprouvé que de la tristesse pour la perte si stupide d'une vie humaine, et de la stupeur en songeant que ce drame s'était produit en son nom.

Le reste de la journée ne s'était pas amélioré avec sa visite à Ketti, qui, par son côté désagréable, allait de pair avec ces funérailles. Cette fois, c'était frère Alaric et Els qui l'avaient accompagnée, se tenant près d'elle comme des piliers de soutènement tandis qu'ils attendaient dans la grand-salle semi-obscure et lourde de l'odeur des blessures de Warin. L'entretien avait été difficile à supporter, avec Ketti qui était au summum de sa méchanceté et le malheureux Warin qui geignait sur sa palette couverte de sueur. On lui avait administré des calmants et il portait d'épais bandages, mais il tremblait de douleur et d'un début de fièvre.

Comme il fallait s'y attendre, Ketti admit fort mal les conditions dans lesquelles elle serait accueillie à Toft Green avec sa famille. Elle se montra étonnée au début d'avoir reçu quelque chose, puis son étonnement vira à l'indignation et aux accusations. En sa qualité de parente de Rhoese, elle ne s'attendait pas à devoir gagner sa vie, et quand la jeune femme lui indiqua que le clergé du monastère avait besoin d'une bonne couturière pour entretenir les vêtements d'église, sa fureur ne connut plus de bornes. Elle se lamenta sur son sort. Le frère Alaric tenta de la calmer en lui rappelant qu'elle était fortunée de ne pas avoir perdu Warin, mais elle ne parut pas convaincue par son argument.

Cette mission n'avait prodigué nul plaisir à Rhoese. Elle partit avec le cœur lourd, alors qu'elle aurait dû rester insensible à une telle détresse, si elle s'en était tenue à ses premières intentions.

— J'en veux au Normand qu'il ne soit pas venu lui-même annoncer ses décisions à Ketti, dit-elle au moine, alors qu'il ne m'a pas laissé le plaisir de réconforter moi-même ma maisonnée sur son avenir.

— Ah, fit le frère Alaric sans lui être d'une grande utilité. Peut-être qu'il a ses raisons.

— Dans ce cas, j'aimerais beaucoup qu'il me les fasse savoir, rétorqua la jeune femme, les lèvres pincées.

Toft Green avait été sens dessus dessous depuis le début de la matinée. Même si la majorité des gens devait rester sous la direction de Bran, l'intendant promu au rang de nouveau tenancier, les possessions de Rhoese devaient être triées et empaquetées, prêtes à être chargées sur le chariot tiré par des bœufs avant l'aube du lendemain.

Ayant eu vent de la nouvelle, des amis vinrent présenter à la jeune femme leurs félicitations et leurs vœux de bonheur, et lui apporter des présents destinés à lui apporter chance et fertilité : des morceaux d'ambre et de cristal de roche, une précieuse coque de cauri et un rouleau de toile, moins extravagant, pour qu'elle puisse se tailler de nouveaux chainses. Le cordonnier lui fit porter une paire de bottines doublées de fourrure, le faiseur de peignes un peigne en ivoire, le tisserand plusieurs bobines de fil plus fin que ce qu'elle aurait pu carder elle-même.

Plusieurs marchands amis de son père avaient entendu parler des scandales des derniers jours. Pour lui montrer leurs égards, ils lui offrirent des boîtes d'épices, un jeu d'échecs en ivoire de morse, une couverture de lynx pour l'hiver à venir et un coffret sculpté dans de l'os de baleine pour y conserver ses bijoux. Avec ses remerciements, Rhoese leur fit parvenir à chacun une mèche de ses cheveux, qu'ils lui avaient souvent demandée en plaisantant mais qu'ils n'auraient jamais pensé obtenir. Elle adressa encore une missive au père Leofric, pour lui rendre gré de son amabilité et de l'affection qu'il lui avait montrée ainsi qu'à Eric.

Ce faisant, elle évita de son mieux tout contact avec Jude. Comme Els lui en faisait la remarque, elle déclara qu'ils seraient suffisamment ensemble durant le long trajet jusqu'à Londres. Mais en dépit du désintérêt qu'elle cherchait à marquer à son nouvel époux, cela ne lui suffisait pas : elle aurait voulu qu'il sache qu'elle l'évitait à dessein.

Sans le lui dire, il s'était rendu au château afin d'organiser le voyage du lendemain, de voir ses hommes et le comte Alan, son suzerain. A l'heure du souper, il n'était toujours pas rentré.

Quand la nuit tomba, les heures qui suivirent le repas furent occupées à préparer les provisions de route avec Bran et le majordome. Rhoese insista aussi pour laisser à Ketti et Warin assez de nourriture pour qu'ils puissent attendre la Toussaint, sinon plus, et ce en dépit de ce que Jude avait décidé. De son avis à lui, même Thorn devrait travailler pour gagner son pain, comme sa mère.

Rhoese devait sans cesse se répéter qu'elle avait la conscience claire, que ce qui était arrivé l'avait été par la seule faute de Warin, pas par la sienne, que tout avait découlé de la disparition de son père et qu'elle avait maintenant à se soucier de son propre avenir. Néanmoins, durant le laps de temps qui sépara ses activités du sommeil, ce ne fut pas vers le futur qu'elle regarda, mais vers le passé. Elle alla se recueillir sur un petit coin de l'enclos, derrière sa chaumine, là où des pommes sauvages s'accrochaient encore aux branches torturées d'un vieux pommier et où des reines des prés mûrissantes semaient leurs graines sur un carré d'herbe soigneusement entretenu.

Une lourde pierre carrée prise au mur romain marquait l'endroit où la jeune femme s'agenouilla dans l'air de la nuit, ses doigts reposant sur la pierre comme si elle voulait en soutirer quelque chose. Elle était tellement plongée dans ses souvenirs douloureux, dans ses adieux, dans sa supplication silencieuse que ce lieu de repos ne fût pas troublé, qu'elle ne prit pas garde à la haute silhouette adossée au mur de sa chaumine, au bout de l'enclos.

Finalement, elle se releva et se détourna pour se frayer un chemin dans l'obscurité noyée de ses larmes. Quand elle trébucha, ce qui ne l'étonna pas, elle fut retenue par deux bras forts contre lesquels elle lutta tout d'abord dans sa frayeur, avant de frémir d'indignation. La voix grave et apaisante de Jude ne fit rien pour calmer son ressentiment d'avoir été surprise dans un moment de recueillement si intime, et elle se débattit avec la fureur aveugle d'une mère en deuil qui craint la violation d'un souvenir sacré.

Epuisée émotionnellement, et tout à fait incapable d'expliquer sa colère, elle utilisa son corps comme une arme contre son mari, sans réflexion ni mesure, alors qu'elle était désespérément dépassée par sa force et son expérience. Elle se retrouva bientôt maintenue contre lui, à bout de souffle, sanglotant d'angoisse à l'idée de perdre tout ce qu'elle avait jamais possédé dans ce monde. Mais ce qui l'entourait changea brusquement de perspective quand il la souleva dans ses bras pour l'emporter à l'abri de sa chaumine, et elle enfouit son visage éploré dans les plis doux de sa tunique de drap.

Une lampe à huile munie de quatre mèches brûlait dans un coin, jetant sa lumière sur l'intérieur en désordre. Des paniers et des coffres étaient empilés contre les murs, le lit de

Rhoese avait été démonté et se réduisait à un tas de planches ligotées en paquets. Son matelas, ses couvertures et ses draps étaient tout ce qui en restait sur le sol, et ce fut sur cet amas moelleux que Jude la déposa, l'enlaçant étroitement de ses deux bras jusqu'à ce que ses pleurs s'arrêtent.

Elle n'offrit aucune résistance, ayant été sevrée d'une telle tendresse pendant la dernière année, alors qu'elle se disait pourtant qu'elle pourrait s'en passer à jamais. Brisée et affaiblie par son chagrin, elle s'endormit telle une enfant sans qu'un seul mot soit échangé, et sans qu'elle se soit dévêtue.

Lorsqu'elle s'éveilla un peu plus tard, les bras de Jude étaient toujours autour d'elle et la lampe brûlait encore.

— Est-ce l'aube ? murmura-t-elle à travers ses cheveux.

Il écarta de sa main le voile chaud qui lui couvrait le visage.

— Non. Rendormez-vous. Je vous éveillerai quand il sera temps de partir.

— Pour Londres ?

— Non. Nous n'irons pas à Londres tout de suite.

Rhoese rouvrit les yeux.

— Pas à Londres ? Où donc, alors ?

— A Durham, dans le nord. Ce n'est pas aussi loin.

Se rasseoir n'était pas aisé sans aide, mais elle réussit à s'appuyer sur un coude pour contempler le visage qui se trouvait à côté d'elle, éclairé par la lampe. Jude la considérait à travers ses paupières plissées, sans montrer d'amusement ni de désir évident.

— Etes-vous sérieux ? demanda-t-elle.

— Tout à fait sérieux. Flambard me l'a dit ce soir.

Du bout des doigts, Jude toucha le rideau de cheveux qui s'épandait sur son torse. Ses yeux scrutèrent le visage de Rhoese, encore boursouflé par ses larmes.

— Je vous dirai pourquoi demain. Cela ne vous concerne pas. Rendormez-vous.

Rhoese ne le comprenait pas. Ils étaient ensemble, et seuls, et il n'avait toujours pas montré le désir de consommer leur mariage, alors qu'il aurait dû être consommé sur-le-champ pour respecter la loi. N'éprouvait-il aucune convoitise à son égard ?

Incapable de résister à l'envie d'en savoir plus, elle glissa :

— Hilda pense que nous avons…

Jude battit lentement des cils.

— Je suis certain qu'elle le pense. Vous souciez-vous de ce qu'elle pense ?

Sa bouche, songea Rhoese, était magnifique lorsqu'elle était au repos. Large, ferme, expressive, virile.

— Non, répondit-elle, consciente qu'elle avait marqué une pause qui signifiait le contraire.

— C'est bon, dit-il en ramenant doucement la tête de la jeune femme sur son épaule. Adonc, nous n'avons point à nous tourmenter à son sujet. Dormez, maintenant.

« Si seulement je n'avais pas confondu les boissons, se dit Rhoese. Si seulement il avait bu celle qui lui était destinée. » Elle bâilla et ferma les yeux, inhalant l'odeur masculine qui montait de son compagnon, caressant de son pouce l'anneau d'or qui ornait sa main gauche et auquel elle n'était pas encore accoutumée. « C'est un Normand, poursuivit-elle en pensée. Un Normand cupide qui a la réputation de séduire les femmes, et dont les hommes font des paris sur la vitesse à laquelle il est capable de les posséder. Et de les abandonner ensuite. » Mais, dans son cas, il n'aurait même pas eu à relever un défi, pour ainsi dire ; et cela ne semblait pas l'intéresser.

Eric ne lui avait offert qu'une faible commisération, ce qui indiquait combien il était excité par l'avenir qui l'attendait. St Mary eût été un changement intéressant pour lui, et un défi, mais la vie à Londres lui promettait nettement plus de plaisirs qu'une existence monacale pour laquelle il n'avait pas de véritable vocation. Il ne voyait pas la manière dont les hommes le regardaient, et Rhoese qui la voyait, elle, se demandait s'il mesurait le danger qu'il y avait à être à la fois beau et aveugle. Leur père aurait pu le mettre en garde. Ou Neal.

Ses pensées s'agitaient dans son cerveau tels des poissons dans un bocal, cherchant à s'échapper.

— Allons-nous séjourner à Durham ? s'enquit-elle.

La main de Jude couvrit celle qu'elle avait posée sur son torse, et elle sentit qu'il tournait la tête vers elle.

— Nous devons y faire une arrestation, puis escorter le prisonnier jusqu'à Londres. Nous allons être sur les routes pendant un bon bout de temps, et ce n'est pas la meilleure époque pour voyager.

— Qui devez-vous arrêter ?

— Quelqu'un qui n'était pas à la cérémonie de l'autre jour. William de St Calais, l'évêque de Durham.

Rhoese tenta de relever la tête, mais elle était trop lourde.

— Vous allez l'arrêter ? Un évêque ? Qu'a-t-il donc fait ?

— Il a pris parti contre le roi. Vous vous souvenez sans doute que le frère aîné du souverain, le duc Robert, a reçu la Normandie à régenter, tandis que William Rufus recevait l'Angleterre. Eh bien Robert veut aussi l'Angleterre ; il a obtenu le soutien de son oncle, l'évêque Odon de Bayeux, et celui d'autres gens importants comme l'évêque de Durham. Mais le roi les a traités fort sévèrement, et c'est pour restaurer l'ordre qu'il aurait eu besoin des hommes de votre père. Il a exilé son oncle et compte faire la même chose avec William de St Calais, qui sera renvoyé en Normandie.

— Le sait-il ?

— Oh, il doit bien en avoir une idée, à l'heure qu'il est. Je gagerais qu'il fait déjà ses bagages.

— Et Durham n'aura plus d'évêque ?

— Pendant un certain temps, jusqu'à ce qu'il ait l'autorisation de revenir.

— Cela peut-il prendre des années ?

— Sans nul doute. Dormez.

— Vous pourriez me laisser ici, dit Rhoese, sans tenir

compte de ses prières. Vous pourriez me reprendre — nous reprendre — au passage en redescendant vers Londres. Cela vous ferait gagner du temps.

Le temps d'un battement de cœur, elle crut qu'il allait accepter. Dans le silence, elle entendit son léger soupir et sentit sa poitrine se soulever. Mais ce soupir se continua par un rire sourd, tandis qu'il se redressait pour la contempler de haut. Ses épaules bloquèrent la lumière de la lampe et il courba la tête vers elle. D'instinct, Rhoese le repoussa de ses paumes et perçut sa résistance.

— Croyez-vous ? riposta-t-il. Et qu'est-ce que cela vous ferait gagner à vous, ma dame ? Un délai pour vous soumettre à vos devoirs conjugaux, pas vrai ? Est-ce ce que vous avez à l'esprit ? Et seriez-vous encore là, lorsque je reviendrais ? J'en doute fortement. Non, lass. Vous avez tenté votre chance, mais vous ne pouvez gagner du temps aussi aisément. Vous venez avec moi.

Vexée à l'idée d'être ainsi percée à jour, Rhoese le repoussa plus fortement.

— Vous n'avez nul besoin de moi, dit-elle. Si vos droits conjugaux sont tout ce qui vous préoccupe, ce ne sont point les ribaudes suivant les troupes du roi qui vous manqueront pour vous satisfaire entre-temps. Et je ne parle pas des femmes de courtisans qui vous dévoraient des yeux quand nous nous sommes mariés. Elles seraient fort heureuses de vous obliger, je n'en doute point. Vous n'avez plus à vous soucier de moi, maintenant que vous avez tout ce que vous vouliez.

— Je n'ai pas eu tout ce que je voulais, Rhoese d'York. Pas encore.

— Ah, non, bien sûr. Il était question d'une portée d'enfants, si je me souviens bien.

— Une portée que je n'obtiendrai pas si je me contente d'en parler, n'est-il point vrai ?

— Une autre fois, dit fraîchement la jeune femme. J'ai besoin de dormir.

Elle essaya de se détourner, mais il la maintint contre lui et ne se montra pas enclin à la lâcher. Rhoese comprit alors que ses ruses pour tester l'inclination des désirs de Jude l'avait conduite dans des eaux trop profondes pour qu'elle pût y échapper. Par ailleurs, elle ne se comprenait plus elle-même ; son corps brûlait d'envie d'en découvrir plus sur celui de son mari, dans tous les détails, fût-ce les plus intimes.

Il était trop tard pour prétendre qu'elle avait besoin de sommeil. Depuis sa visite à la petite tombe, dans l'enclos, son ventre lui avait adressé des messages qu'elle ne pouvait ignorer. Elle le sentait vide, et en même temps plein d'une envie que son premier somme lui-même n'avait pu calmer. Ses sens attisés répondaient en dépit d'elle-même à la virilité de son époux, tandis que son esprit confus lui rappelait que Rhoese d'York ne devait pas se laisser vendre et acheter sans montrer un sursaut de dignité, en particulier à un Normand.

Ses tentatives de résistance furent sans effet quand il lui souleva le menton pour lui donner un premier baiser. Il la pressa dans la couverture de fourrure et l'y maintint aisément jusqu'à ce qu'elle lui cède. Elle percevait déjà la faim des lèvres de Jude qui cherchaient les siennes et la mettaient au défi de le suivre. Il voulait qu'elle lui témoigne derechef cette flamme qui l'avait animée les premières fois où il l'avait embrassée, mais cette fois c'était pour aller jusqu'au bout. A demi concernée, et se noyant déjà dans le corps qui pesait sur elle, elle fit une dernière tentative de rébellion, consciente que cela ne servirait pas à grand-chose.

— Je vous ai prévenu, dit-elle d'une voix essoufflée, entre deux baisers.

— De quoi ?

— Que je serai pour vous une piètre épouse. Vous avez peut-être gagné ce que je possède, messire, mais vous ne gagnerez jamais ma fierté. Ni mon honneur.

— Dans ce cas, je m'arrangerai pour m'en passer, ma

dame. Et pendant ce temps vous souffrirez en silence, tandis que je savourerai le fruit de mon pari. N'est-ce pas ?

Il montra clairement à Rhoese qu'il comprenait le conflit qui l'agitait, car tout en prononçant ces paroles insouciantes il sut comment arracher des soupirs de capitulation à sa victime.

Une victime plus que consentante.

Ainsi qu'il l'avait dit, il connaissait parfaitement l'anatomie féminine et savait également se défaire avec habileté des vêtements qui le gênaient. Il dévêtit Rhoese sans son aide, lui prouvant sa dextérité quand ses grandes mains chaudes posées sur ses cuisses lui tirèrent aussitôt des frissons de délice.

Alors qu'elle se préparait à une invasion hâtive et quelque peu brutale de son corps, comme elle l'avait connu avec Warin qui ne perdait jamais de temps à chercher son propre plaisir, Rhoese serra les poings sur la tunique de Jude, telles deux ancres destinées à la soutenir dans cet assaut. Mais il n'y eut pas d'agression puérile, ni de ressemblance avec ce que lui avait fait connaître son expérience limitée du désir masculin. Elle ne put rester sans réaction sous les caresses expérimentées des mains et des lèvres de son époux, comme elle se l'était promis. Elle ne sut pas non plus comment garder son corps roide et son esprit distant, quand ses doigts cherchèrent le creux sensible de sa féminité. Elle ne put réprimer un petit cri et se ramollit aussitôt, trahissant son intérêt en écartant les jambes sans pouvoir s'en empêcher.

Retardant et prolongeant sa victoire sur elle avec un art consommé, Jude la tint submergée de plaisir par le jeu de sa bouche et de ses mains, lui faisant découvrir des caresses dont elle n'avait même pas idée. Il parvint très vite à dénouer la tension de ses poings, et lui fit lever les mains jusqu'à ce qu'elle les enfouisse dans la soie dense de ses cheveux. Inconsciente de ce qu'elle faisait, frémissant de volupté, Rhoese s'étira au-dessous de lui et noua ses deux bras autour de son cou.

Notant rapidement son changement d'attitude, il en prit avantage comme n'importe quel soldat l'eût fait.

— Oui, ma beauté, chuchota-t-il contre sa bouche. Abaissez vos armes. Soumettez-vous à moi. Je vous ai gagnée loyalement. Doucement, maintenant…

Ecartant les jambes de la jeune femme, il se glissa en elle. Prompt et sûr de lui, doté d'une pratique qui le rendait invincible, il la sentit frissonner dès ses premiers assauts, qui lui tirèrent un petit cri de plaisir suivi d'un long soupir. Il regarda ses paupières alourdies qui s'abaissaient, tandis que sa tête se soulevait en quête d'un nouveau baiser, et son cœur chanta de joie et d'admiration devant sa farouche beauté.

Pour Rhoese, il n'y avait plus de retour en arrière possible. Elle n'offrit plus la moindre résistance, toute à la joie de cette trêve merveilleuse qui l'emportait vers des régions jusque-là inconnues d'elle. La petite flamme qui l'avait si souvent narguée lors des premiers baisers de Jude était là, bien présente, et cette fois elle ne la laisserait pas s'échapper, se promit-elle. En ces lieux bénis où son époux l'entraînait, il n'y avait plus de place pour la fierté.

Jude ne se pressait pas. Il contrôlait parfaitement la situation, et Rhoese attendait chacun de ses assauts avec une impatience de plus en plus grande, car ils la conduisaient sûrement vers une extase qu'elle n'avait jamais osé espérer avec Warin.

Son premier amant lui avait appris à donner, jamais à recevoir, et ce qu'elle recevait là la transportait d'un plaisir inouï.

Bien que les froides paroles de son mari, qui avait prétendu se passer de son consentement, lui aient glacé le cœur un moment, elle ne retrouvait plus cette froideur dans les mains qui la caressaient sans trêve pendant qu'il la possédait dans le chaud désordre de sa chaumine.

Il ne mettait nulle hâte dans ses mouvements, ne montrait nulle trace de la passion violente qui allait de pair avec la stricte concupiscence. Rhoese commença à se demander s'il s'imposait ce contrôle comme un exercice de discipline, ou s'il essayait de lui prodiguer lentement tout le plaisir qu'il avait à lui donner, contrairement à ce qu'il lui avait laissé entendre.

Il ne pouvait avoir de doute, en tout cas, sur ce qu'il lui faisait éprouver : elle gémissait et se tordait sous lui, ses mains nerveuses lui disaient tout ce qu'elle n'aurait jamais voulu admettre par des paroles.

Lentement, langoureusement, étirant le temps et le plaisir jusqu'à des années-lumière, Jude utilisa son corps pour fermer l'esprit de Rhoese à la culpabilité et au ressentiment, et pour l'entraîner plus loin qu'elle n'avait jamais été sur la voie du contentement physique. Et juste au moment où elle allait protester qu'elle ne pouvait supporter davantage cet intolérable suspense, il changea de rythme en réponse à ses cris.

Elle sentit alors une charge d'énergie emplir ses poumons et tout le reste de sa personne. Elle retint son souffle, centrant tous ses sens sur son ventre auquel Jude donnait une vie parallèle qui échappait à son contrôle. Ce flot d'énergie la poussa à s'arquer contre son époux, haussant ses hanches vers lui pour accélérer le terme de ce doux supplice.

Elle trembla tout entière avant d'atteindre le sommet de son plaisir, puis elle eut l'impression d'être précipitée dans un abîme où elle entendait l'écho de sa propre voix. Son corps et son esprit se mirent à flotter de concert dans un océan de béatitude infinie.

En réponse à ce qu'elle venait de vivre, elle entendit le grognement sourd de Jude et le sentit palpiter en elle. Ce fut comme si une étoile explosait au-dessus d'eux et les noyait de sa lumière aveuglante, avant de reprendre la forme de la lampe à huile qui brillait toujours à côté d'eux. Enfin, Rhoese songea de nouveau à respirer, et elle émit une sorte de sanglot en posant les lèvres sur le cou humide de son époux.

Chapitre 11

L'aube filtra entre les contrevents de bois avant que Rhoese ait pu se rappeler qu'elle devait prendre ce qui venait de se passer à la légère, ou qu'elle ait pu trouver une remarque pleine de dérision apte à diminuer la satisfaction de Jude, ou à le blesser dans son orgueil de mâle.

Il était trop tard pour cela : elle était seule et déjà submergée par les contradictions, son corps et son esprit opposés dans leur lutte pour savoir si elle devait s'enchanter de la volupté de cette nuit ou en écarter le souvenir comme étant sans importance.

Alors qu'elle se remémorait les caresses de Jude, les allées et venues de ses mains et de ses lèvres, le poids de son corps brûlant et l'infini plaisir de le sentir en elle, elle se sentit faiblir un moment. Puis elle ramena son esprit sur l'état désordonné de ses cheveux et de sa chemise. Quelle ironie, se dit-elle avec colère, que sa couche conjugale ait été aussi peu conforme à un lit que les endroits inconfortables où Warin l'avait possédée. Il n'y avait pas eu de draps, pas d'oreillers, pas de pétales de roses jetés sur sa courtepointe, pas de gestes lents et érotiques pour la dévêtir. Elle n'avait eu droit à aucun de ces raffinements.

Mais elle avait eu droit à autre chose, dut-elle reconnaître, penaude.

Elle contempla le tas de fourrures avec ressentiment et porta ses mains à son visage, comme Jude l'avait fait.

« Comment puis-je le blesser ? se demanda-t-elle. Comment lui rendre ce qu'il m'a fait en me prenant tout, y compris mon propre corps ? Comment puis-je le faire souffrir de jalousie, si je ne puis atteindre son cœur ? Et comment supporterai-je son indifférence lorsque je serai grosse de ses œuvres ? Comment parviendrai-je à cacher mes sentiments, alors que je ne l'ai jamais appris ? Et que faire de ces deux hommes, l'un mort, l'autre mutilé et souffrant tous les tourments de la terre à cause de moi, parce qu'ils ont désiré ce que je ne pouvais leur donner ? Pourquoi moi ? »

— Pourquoi moi ? répéta-t-elle à haute voix.

— Pourquoi toi, ma colombe ? fit une voix apaisante.

— Eric ! Tu m'as fait peur.

— Désolé. Es-tu avec quelqu'un ?

— Non, je suis seule. Je me parlais à moi-même. Entre.

Le jeune homme referma la porte derrière lui et se tint un moment sur place, une main tendue en avant.

— Nos voix résonnent étrangement. Fais-tu tes bagages ?

Rhoese prit ses doigts entre les siens et le guida avec précaution.

— Oui. Prends garde, rien n'est plus à sa place. Le coffre est derrière toi. Assieds-toi un moment.

— Je suis venue te voir à cause du livre. Où est-il ? L'as-tu mis en sûreté ?

— Oui, tu es assis dessus. Il est logé entre mes robes, et bien protégé. Mais Neal et toi n'allez pas partir tout de suite avec nous. Nous allons d'abord…

— A Durham, je sais. Jude vient de me le dire.

— Oh, vraiment ?

La voix de Rhoese se rafraîchit, et elle fut heureuse que son frère ne puisse voir l'état de sa chemise, ni celui de sa couche.

— Il t'en dit plus qu'il ne m'en dit à moi, j'ai l'impression.

Elle regretta aussitôt cet aveu.

— Tout va bien, ma douce, déclara Eric pour lisser ses plumes en bataille. Je sais que tout ceci te paraît très dur, mais ton mari n'est pas un mauvais bougre. Je te l'ai déjà dit, je m'entends bien avec lui, et cela continuera tant qu'il te traitera aimablement. S'il ne le fait pas, tu dois me le dire ; je le semoncerai sans pitié.

Rhoese ne put s'empêcher de sourire à cette promesse.

— Merci, mon cœur. Il ne m'a point traitée méchamment, jusqu'ici.

« C'est son indifférence qui me blessera le plus », ajouta-t-elle en elle-même.

— Il n'est pas aussi indifférent qu'il en a l'air, tu sais.

Rhoese avait l'habitude que son frère lise dans ses pensées. Un sixième sens, disaient certains, mais elle était d'un autre avis. Ils étaient si proches qu'ils ne pouvaient rien se cacher, voilà tout.

— Il n'est certainement pas indifférent à mes propriétés, lança-t-elle en passant un peigne dans ses cheveux. Nous verrons ultérieurement pour le reste.

Elle changea vivement de sujet.

— J'avais pensé que je pourrais te confier le livre, mais c'est une responsabilité, et je ferais aussi bien de le laisser où il est. Quand nous serons à Londres, nous aurons une bonne chance de pouvoir le rendre au couvent de Barking, enfin.

— L'archevêque Thomas t'en a-t-il parlé ?

— Juste indirectement.

Rhoese replaça son peigne dans sa bourse et rassembla son épaisse chevelure dans une main pour la séparer en trois.

— Quand notre père n'est pas rentré, il m'a envoyé ses condoléances, mais il était fort curieux aussi de savoir ce que Père avait rapporté de son voyage.

— Pourquoi ne l'a-t-il pas demandé à Warin ?

— Il l'a probablement fait, mais il voulait savoir si nos dires concordaient, je suppose. Plus que cela, il m'a questionnée pour savoir si notre père ne vous avait rien laissé de précieux, que nous voulions laisser à sa garde. Temporairement, bien sûr.

Elle sourit, et Eric le sentit. Il sourit à son tour.

— Bien sûr. Le vieux renard. A croire qu'il avait flairé

cet évangile. Mais tu ne lui as pas dit que nous l'avions, n'est-ce pas ?

Rhoese nattait promptement ses cheveux, qu'elle avait fait passer sur une épaule.

— Non, grand benêt. Père l'avait rapporté de son avant-dernier voyage, pendant que Thomas était à Londres. Sinon, il le lui aurait sans doute livré.

— Et n'aurait pas reçu de paiement en échange.

— Certainement pas. Les archevêques prennent leur temps dans ce genre de choses.

— As-tu découvert son histoire ?

— Oh, oui. Elle a commencé avant ta naissance. Quand le premier roi normand a séjourné à l'abbaye de Barking, juste après la bataille d'Hastings en 1066, ses hommes et lui ont souffert de troubles de la digestion. Quand ils en sont repartis au bout de trois semaines, ils ont pris tout ce qu'ils s'estimaient en droit de prendre, des objets qui avaient été donnés à l'abbaye et d'autres fabriqués par les nonnes. L'évangile faisait partie des trésors dont ils se sont emparés, mais celui qui l'avait volé a eu la sottise de le vendre comptant à un marchand norvégien. L'abbesse s'en est plainte à l'archevêque Thomas.

— Pourquoi pas à l'archevêque de Canterbury ?

— Stigand ? Sa position était trop précaire, mon bon. En tant qu'anglo-saxon, il n'aurait pas voulu avoir d'ennuis avec les Normands. Et il a perdu son poste peu après, d'ailleurs.

— C'est ainsi que l'archevêque Thomas a demandé à notre père de le retrouver.

— Oui, lors de ses voyages en Norvège. Et finalement il a retrouvé le marchand, lui a racheté le livre et l'a rapporté.

— Pendant que Thomas était à Londres.

— Oui.

Rhoese lia sa natte d'un ruban.

— Il devait attendre chez nous jusqu'à ce que l'archevêque revienne à York, mais c'est alors que Père a disparu. Je ne me suis pas sentie encline à en parler à messire Thomas, car frère Alaric et moi sommes d'avis qu'il doit être rendu aux nonnes de Barking, et non enterré dans la bibliothèque regorgeant d'ouvrages d'un prélat normand. Des ouvrages précieux qui nous ont aussi été volés.

— Je crois plutôt qu'il serait envoyé en Normandie, comme tant de nos trésors.

— Probablement. Il est temps que certaines choses soient restituées à leurs vrais propriétaires, pour changer.

Ils pensèrent tous deux, à l'unisson, que Rhoese ne parlait pas que de livres.

— Prends ton temps, ma colombe, dit Eric.

— Le temps ! ironisa Rhoese en rejetant sa natte dans son dos. C'est ce à quoi j'ai cherché à me cramponner ces derniers mois, et regarde où mes efforts m'ont conduite.

— Dois-je t'envoyer Els et Hilda ?

— Oui, mon cœur. S'il te plaît. J'ai besoin d'eau chaude, pour commencer.

N'ayant pas vu Rhoese dans la grand-salle au début de leur dernière journée à Toft Green, le frère Alaric alla la chercher dans sa chaumine et la trouva assise sur le coffre qui contenait ses vêtements. Elle referma le livre qu'elle lisait, plaçant un doigt entre deux pages, mais n'essaya pas d'empêcher le chapelain de le prendre pour voir ce qu'elle récitait tranquillement au chien-loup d'Eric.

— Grands dieux, fit doucement le moine. Je ne m'étonne plus que votre public n'ait pas l'air trop impressionné.

Il s'assit sur une large pierre du foyer, sans se soucier de la fine couche de cendres qui la recouvrait.

— Vous n'avez jamais eu à mettre ces recettes en pratique, n'est-ce pas ?

Rhoese baissa les yeux sur ses mains et tritura son anneau d'or jusqu'à ce qu'il prenne sa place dans un repli de son doigt.

— Non, mon frère, mentit-elle. J'en ai eu encore moins besoin que vous.

Il sourit.

— Voilà qui reste à débattre. Mais des incantations ne vont pas vous aider, vous savez. D'une part, ce sont des sornettes de bonne femme. Et de l'autre…

— Elles vont à l'encontre de l'enseignement chrétien, je le sais, coupa Rhoese. Mais je ne pense pas que vous connaissiez une prière qui pousse un homme à s'éprendre d'une femme, n'est-ce pas ? De préférence aux alentours de Michaelmas.

Le moine ne se montra pas offensé.

— Non, dit-il. Mais ce que vous récitiez dans l'ancienne langue nordique est un charme pour amener une femme à s'éprendre d'un homme. Est-ce ce que vous aviez à l'esprit ?

Devant l'expression choquée de Rhoese, il comprit qu'elle n'en savait rien.

— Grands dieux, répéta-t-il. C'est le problème avec ces écritures des temps anciens. Une lettre peut faire toute la différence.

Pendant quelques instants, il n'appuya pas sur le désespoir de la jeune femme, car il éprouvait de la sympathie pour son problème, en dépit de la solution païenne qu'elle y cherchait. L'ancienne religion envahissait encore tant d'aspects de leur vie qu'il faudrait des siècles avant de s'en débarrasser tout à fait, il le savait.

— Dites-moi, fit-il gentiment. Est-il besoin que vous forciez l'amour de votre mari par des incantations ? Son amour pour vous grandira si vous le nourrissez, ma dame.

— Oui, mon frère. J'en ai besoin, avoua Rhoese au bord des larmes. J'ai absorbé…

Il attendit, puis finit sa phrase à sa place.

— Vous avez absorbé la potion qui lui était destinée, je sais. Je pensais que vous vouliez lui administrer un soporifique.

Rhoese se leva d'un bond, ses yeux bruns luisant comme des topazes polies dans le lit d'un ruisseau.

— C'est vous qui avez fait cela ? Vous avez changé nos coupes de place, et vous avez pris ma flasque ! Pourquoi ? De quel côté êtes-vous donc ?

— De votre côté, mon enfant. En priorité. Pourquoi me demandez-vous cela ?

— Parce que…

— Parce que j'ai peu d'affinités pour ce genre de recettes ? poursuivit le moine en lui rendant le vieux livre usagé. Cet ouvrage a peut-être une belle reliure ouvragée, mais c'est toute la valeur que je lui concède. Ecoutez-moi, ma dame : les potions magiques et les charmes ne sont pas la réponse à votre problème. Vous êtes emplie de ressentiment. Et de colère. Et de chagrin. Et vous avez le sentiment que votre vie tout entière vous est arrachée.

— Il y a aussi Warin, murmura Rhoese.

— Vous tenez toujours à lui ?

— Non, mon frère, mais je n'ai jamais souhaité cette forme de vengeance. Comment puis-je vivre avec cela sur la conscience ? Un homme aveuglé, mutilé, devenu inutile. Ce n'est pas ce que j'ai appelé de mes vœux. Comment puis-je songer à mon propre bonheur, après cela ?

Le chapelain la prit par les poignets et tint ses mains serrées entre les siennes.

— Votre époux a intercédé pour lui auprès du roi, dit-il. Sans Judhael de Brionne, Warin eût été pendu.

— Alors il n'aurait pas dû intercéder ! s'écria la jeune femme. Il ne *l'aurait pas dû !* Je sais que Warin aurait préféré la mort à cette vie d'infirme.

— Vous le pensez maintenant, et lui aussi sans doute, dit le moine. Mais réfléchissez un instant. Il sera aveugle, mais votre frère l'est aussi. Et mène-t-il une vie diminuée pour autant ? Pour le reste, je reste chaste comme il sera contraint de l'être désormais. Mais mon existence ne me semble nullement restreinte, croyez-moi. Le temps arrangera tout.

— C’est ce qu’Eric m’a dit, quand je lui ai rapporté l’horrible châtiment de Warin.

— Nous ne pouvons nous tromper tous les deux, ma dame. Etes-vous d’un autre avis ?

Lentement, Rhoese secoua la tête.

— Qu’y a-t-il d’autre, maintenant ? s’enquit le chapelain.

Elle écarta les mains, et le livre glissa sur le plancher avec un bruit sourd.

— Tout, murmura-t-elle. Ketti, Warin et leur famille vont vivre ici, et vous savez ce qu’il y a tout près d’ici…

Elle désigna l’endroit de l’enclos marqué par la petite pierre tombale.

— Que se passera-t-il si *elle* trouve cette tombe ? Ou son scélérat de fils ? Si jamais ils profanaient ce lieu…

— Chut ! fit le frère Alaric. Laissez-moi faire. Je demanderai aux garçons d’empiler plusieurs pierres du mur romain par-dessus. Cela ressemblera à des vestiges.

— Oh, feriez-vous cela ?

— Oui, et plus encore. Je leur ferai planter par-dessus cette croix celtique, là-bas, si bien qu’ils prendront cet endroit pour un lieu saint. Ils n’oseront pas y toucher. A présent, sortez d’ici et comportez-vous comme si vous n’aviez pas un seul souci au monde, voulez-vous ?

Il se leva et plaça une main sous le coude de la jeune femme.

— Il y a un hongre qui me paraît intéressant, dans la cour, et je crois qu’il est destiné à une dame. Venez voir.

Jude faisait partie du groupe d’hommes attroupés autour d’un beau cheval d’un bai sombre. Dès qu’il vit Rhoese, il la couvrit des yeux.

— Venez, ma dame, dit-il en lui prenant la main.

Elle se réjouit de ce petit geste, car elle n’osait trop le regarder après leur expérience de la nuit. Mais quand elle lui jeta une œillade, elle vit qu’il ne montrait plus aucun signe de leurs débordements. Il était propre et fraîchement rasé, vêtu d’une belle tunique rouge et bleue, et il portait des braies ceintes de lanières de cuir par-dessus des bottines cirées qui lui arrivaient à la cheville. Un léger mantel de drap flottait sur ses épaules, retenu par un large fermail en or incrusté d'une énorme améthyste. Son baudrier resplendissait d'autres gemmes qui reflétaient la lumière du maigre soleil, ainsi que la poignée de son glaive. Il était superbe.

Sa main était ferme et chaude, et il attira doucement la jeune femme dans le cercle de discussion.

Eric passait les mains sur l'encolure et l'échine de l'animal, tandis que Neal et Pierre tournaient autour avec des mines admiratives.

— Vous plaît-il ? s'enquit Jude. Il a presque la couleur de vos cheveux.

— Il est pour moi ? demanda Rhoese.

— Pour vous. Saurez-vous le monter ?

— Je sais monter, messire, mais j'ai déjà une jument.

— Oui, je l'ai vue. Votre chambrière ou votre nourrice pourront la monter. Je préfère vous voir sur une monture plus belle. Le nom de ce cheval est Ar.

— Cela signifie « le cuivre », en anglo-saxon.

— Vraiment ? Il est bien nommé, alors.

— Il a un harnais neuf, de surcroît ?

— Oui, un harnais neuf pour une nouvelle chevauchée, pour un nouveau maître et pour une nouvelle maîtresse.

Jude sourit malicieusement, et Rhoese comprit qu'il ne parlait pas que du cheval.

— Eh bien, ma dame ? Ce jeune homme vous convient-il ?

Par ses images, il avait poussé Rhoese dans ses retranchements, et elle n'avait plus aucune chance de le fustiger comme elle en avait eu l'intention. Elle baissa les yeux sur la grande main qui tenait la sienne et fut contrainte de lui donner la réponse qu'il attendait.

— Oui, messire, je vous remercie. Il me conviendra tout à fait, je pense.

— Il veillera sur vous, lui murmura Jude à l'oreille. Faites-lui confiance.

— Je n'ai pas d'autre choix, n'est-il point vrai ? rétorqua-t-elle tout de même. De possédante à possédée en moins d'une semaine. Ce doit être une sorte de record pour la fille d'un thègne.

— C'est étrange, dit Jude. J'aurais pu jurer il y a fort peu de temps que vous aviez rejeté tous vos griefs à mon encontre. J'ai peut-être rêvé.

Il lui lâcha la main et souleva la bride pendant que Eric passait sous la tête du hongre.

— Il plaît à votre sœur, dit-il.

— A moi aussi, dit le jeune homme en tapotant l'encolure lustrée du cheval. Il sonne aussi clair qu'une cloche. Il durera longt

emps.

— Je me le demande, murmura Rhoese.

Chapitre 12

— Nous ne serons pas absents longtemps, mon cœur, chuchota Rhoese à l'oreille d'Eric, alors qu'ils s'étreignaient pour se faire leurs adieux.

Elle le sentit s'accrocher à elle, tel un enfant, alors qu'il avait pourtant tout d'un homme fait.

— Je pense que nous irons jusqu'au pont du comté avant de nous arrêter pour la nuit, puis jusqu'à Catterick demain soir. Nous devrions être à Durham d'ici quatre jours, et nous en reviendrons promptement.

Ils ne s'étaient jamais séparés auparavant, et tous deux en étaient fort troublés maintenant que le moment de se quitter était venu. La cour était pleine d'hommes d'armes ; seule Rhoese savait que les soldats les observaient d'une distance respectueuse, et elle était la seule à ressentir leur changement d'attitude. Jadis presque hostiles, ils lui témoignaient à présent de la déférence.

En sa qualité d'épouse de leur chef, elle avait certes droit à la plus parfaite courtoisie, mais y avait-il dans leur réserve polie plus que du respect pour la femme d'un supérieur ? Lui exprimaient-ils une forme d'admiration, maintenant que certains avaient gagné leur pari ?

Elle laissa ces questions en suspens.

— Els ne t'a-t-elle pas fait ses adieux ? s'enquit-elle.

Sa jeune chambrière était montée derrière Pierre, le fringant écuyer de Jude, et elle se pressait contre son dos avec une expression de ravissement et de fierté qui faisait rayonner son visage plein de vivacité sous ses boucles blondes, dorées par le soleil.

— Non ! répondit Eric avec un grand sourire. C'est de Neal qu'elle aurait dû prendre congé. C'est lui qui l'intéresse.

— En es-tu sûr ?

Le jeune homme se mit à rire et l'enlaça d'un bras, tandis que Jude approchait.

— Tes vues retardent un peu, ma colombe. Où est ce garçon ?

Neal n'était qu'à quelques pas d'eux, et son expression dépitée reflétait ce qu'Eric venait de dire. Il surprit le regard interrogatif de Rhoese et vint vers eux, levant un sourcil d'un air penaud.

— Les femmes ! bougonna-t-il en s'efforçant de sourire.

— Par tous les saints, dit Rhoese, je ne m'étais pas avisée de ce qui se passait. Ne vous en faites pas, Neal, elle vous reviendra bientôt. Vous savez comment elle est ; elle est encore très jeune.

Neal lui décocha un sourire crispé.

— Oui, dit-il, ses yeux brillants reflétant ses doutes. Dieu vous accompagne, ma dame. Nous nous occuperons bien de Toft Green durant votre absence.

A tout autre moment Rhoese aurait fait une réponse appropriée à cette promesse, mais Jude était maintenant près d'elle et lui rappelait par sa présence qu'il était à présent le maître des lieux. D'ailleurs, il avait prévu de laisser des hommes d'armes en place pour garder un œil sur le domaine.

Il remarqua d'un ton enjoué :

— Et ne faites pas de paris avec les Normands, jeune homme, sauf si vous avez de l'argent à perdre. Ils parient sur tout et n'importe quoi.

Rhoese détourna son visage ; une vive rougeur avait envahi son cou.

La cohorte de chariots tirés par des bœufs, de chevaux de bât, de soldats et de provisions avait déjà commencé à s'ébranler en direction des murs de la ville, du côté de Micklegate. Le même genre de convoi arrivait dans la direction opposée, car c'était jour de marché et les commerçants attendaient depuis l'aube de pouvoir entrer pour être les premiers.

Montée sur son nouveau hongre d'apparat, Rhoese ne put faire autrement que de remarquer les regards que leur jetaient ses compatriotes, alors qu'ils s'écartaient pour laisser le passage à la colonne de Normands. Aucun d'eux ne lançait de saluts plein de cordialité, cette fois, et elle ne put rencontrer leurs yeux pour leur adresser un sourire. C'était comme s'ils la considéraient déjà comme une propriété normande.

Pendant quelque temps, les pensées de la jeune femme furent occupées par l'ancienne voie romaine connue sous le nom d'Ermine Street, une route assez large pour laisser passer les convois assez loin des bas-côtés détrempés par la pluie des jours précédents. Vêtue de bleu, avec un mantelet de drap violet et un joli voile de mollequin blanc, Rhoese attirait sans cesse les regards de Jude, mais il ne fit aucun commentaire sur son apparence. De fait, il s'adressait fort peu à elle, comme s'il n'avait rien à lui dire.

La jument de Rhoese avait été donnée à Hilda, mais c'était une erreur, car la réaction de la femelle à l'intérêt que lui portait l'étalon de Jude provoqua quelques remous. Tout rentra cependant dans l'ordre lorsque Hilda fut reléguée derrière un chariot à bœufs, un endroit où Rhoese ne pouvait plus l'atteindre.

Les nuages s'épaississaient dans le ciel, le vent cinglait les voiles des femmes et leurs larges manches ; il apportait aussi les premières gouttes de pluie qui leur mouillaient le visage. Rhoese attendit que Jude s'enquière de son bien-être, mais il ne le fit pas, et les noms dont elle le traita à mi-voix se perdirent heureusement dans le bruit de la cavalcade et du roulement des chariots.

Mais tandis que le nouvel époux de Rhoese se montrait fort peu communicatif, il y eut quelqu'un qui fut heureux de s'immiscer dans la brèche qu'il laissait et de venir distraire la jeune femme, coincée entre le silence de frère Alaric et les bavardages incessants d'Els qui parlait sans trêve à Pierre. C'était Ranulf Flambard, qui vint se poster près de Rhoese au moment où celle-ci s'adressait vertement à sa chambrière.

— *Genog, Els,* dit-elle en anglo-saxon.

Assez. La jeune fille se tut sur-le-champ, mais l'expression de sa maîtresse ne s'éclaircit point.

— Puis-je vous assister, ma dame ? demanda Ranulf. Voulez-vous vous arrêter ?

Rhoese enroula son voile autour de son cou, une fois de plus, et s'efforça de sourire à la galanterie du chapelain du roi. Elle observa la pâle fourrure qui doublait sa cape, les bordures brodées de sa tunique et la fine toile qui lui couvrait le cou, ainsi que ses bijoux. Il y avait de l'or partout, ainsi que des pierres précieuses. Ses cheveux noirs étaient lisses et coupés comme un bol sur sa tête, la frange qui lui couvrait le front s'arrêtait juste au-dessus de ses sourcils avec une méticulosité qui semblait le caractériser. Il surprit le regard qu'elle lui jetait et le soutint sans la moindre gêne, alors que les hommes d'église détournaient habituellement les yeux lorsqu'une femme les contemplait. Son expression était ouvertement approbatrice.

— Non, je vous remercie, maître Flambard, répondit enfin la jeune femme. Je disais à ma chambrière de se taire, c'est tout. C'est la première fois de sa vie qu'elle quitte York.

— Et vous, ma dame ? Avez-vous voyagé aussi loin que votre père ?

— Mon père n'emmenait pas de femmes avec lui.

— Etait-ce trop dangereux ?

— Ce n'eût pas été convenable. Les navires marchands ne prennent pas de femmes à bord.

— Non, bien sûr que non. Néanmoins, vous montez bien à cheval ; vous êtes une cavalière expérimentée.

— Le contraire eût été gênant. Avec mon père si fréquem-

Répondez GRATUITEMENT à notre Enquête Lectrices et recevez

2 romans
Les Historiques
GRATUITS
+
2 cadeaux
GRATUITS

Sans engagement de durée et sans obligation d'achat

GRANDE ENQUÊTE LECTRICES

1. Quel type de roman préférez-vous lire ?

☐ Suspense/Thriller ☐ Romances historiques ☐ Romances actuelles
☐ Humour ☐ Action/Aventure ☐ Romances fantastiques

2. Qu'est-ce qui vous a le plus attirée lors de votre dernier achat de roman ?

☐ Le titre ☐ La couverture ☐ L'auteur ☐ L'histoire

3. Qu'est-ce qui vous pousse à acheter un roman ?

☐ Une publicité ☐ Un magazine ☐ Une amie m'en a parlé

4. Combien de fois vous connectez-vous à Internet ?

☐ Tous les jours ☐ Une fois par semaine ☐ Une fois par mois
☐ Rarement ☐ Jamais

Voyez vite au dos ! →

Vos 3 privilèges Harlequin

Envoi directement chez vous | Romans en avant-première | 5% de remise systématique

HF3E01

ment absent de la maison et mon frère qui ne peut se déplacer très loin, il fallait quelqu'un pour assumer le rôle de maître — ou plutôt de maîtresse. Certaines de mes propriétés sont…

Rhoese s'interrompit, s'apercevant de sa bévue.

— Vos propriétés sont ? releva le chapelain.

— Je voulais dire qu'elles *étaient* assez éloignées de la ville d'York. Je dois m'accoutumer à ne plus rien avoir à moi. Pensez-vous que je trouverai quelqu'un qui m'enseignera à emplir mes journées d'oisiveté ? A quoi devrai-je m'occuper, à présent ? A des ragots de femmes ? Aux dernières tendances de la mode ? Aux scandales de la cour ? Est-ce que les femmes normandes vont à la chasse, messire ? Lisent-elles de la poésie, lorsqu'elles ne font pas de la couture ? Il va vraiment falloir que j'apprenne l'un ou l'autre de ces arts, sinon je vais devenir folle d'ennui.

Comme maître Flambard ne lui répondait pas tout de suite, Rhoese craignit de lui apparaître comme une femme écervelée, se plaignant de son nouveau statut avant d'avoir eu le temps de l'expérimenter. Mais il était indéniable qu'elle n'avait plus de foyer à elle, et Jude ne lui avait donné aucune indication sur ce qu'elle trouverait à Londres. Y aurait-il beaucoup de serviteurs ? Serait-ce une grande propriété ? Logeraient-ils dans l'un de ces châteaux tout neufs que les Normands érigeaient un peu partout tels de vilains boutons de vérole ?

Le roi lui avait dit qu'elle devrait apparaître à la cour, mais qu'y attendrait-on d'elle, sinon d'être décorative ? Pourrait-elle supporter l'interminable ennui de ce genre de situation ? Serait-elle capable de cacher son mépris pour la débauche du roi, et d'essuyer l'hostilité de ses courtisans ?

— Je pense, ma dame, répondit enfin le chapelain, que vous serez sans doute heureuse d'arriver à la cour avec des amitiés déjà liées, au moins pour un certain temps. Je serai heureux de me considérer comme l'un de vos amis, si vous me le permettez. Je connais mieux que beaucoup le genre de vie dans lequel vous allez vous engager, et je puis vous donner les avis dont vous aurez besoin. Jude serait fort bien placé pour cela, mais en tant qu'officier du roi il sera souvent pris par ses devoirs, alors que les miens sont plus flexibles.

De l'autre côté de Rhoese, le frère Alaric se racla la gorge plus bruyamment qu'il ne le faisait d'ordinaire. Comme la jeune femme pensait mesurer parfaitement les implications de cette offre galante, elle l'ignora. Maître Flambard était un proche ami de Jude, un courtisan indéniablement ambitieux qui lui proposait de la soutenir dans un moment où elle en avait le plus besoin. L'intérêt que son époux lui portait affluerait et refluerait à la façon des vagues de la mer, à ce qu'il semblait, alors que cet homme influent serait toujours disponible pour elle. Et elle serait heureuse de bénéficier de tous les conseils qui lui seraient prodigués. Mieux encore, si quelque chose pouvait bien susciter ne fût-ce qu'un éclair de jalousie chez Jude, ce serait sans doute sa fréquentation quotidienne du chapelain, et elle ne rechignait nullement à en faire l'essai. De fait, ils formeraient un fort beau couple. Ce que cette offre d'amitié lui prodiguerait par surcroît, elle serait toujours à temps de le voir, mais quoi qu'il en soit elle se sentait de force à l'assumer.

— Ainsi que vous le dites, maître Flambard, j'aurai besoin d'avis éclairés sur une foule de choses, et je n'aimerais point causer d'embarras par mon ignorance. Vous pourriez peut-être me dire qui est qui, et m'enseigner les premiers rudiments de l'Etiquette. Je sais combien le protocole est important à la cour.

Elle fixa modestement les oreilles de sa monture et attendit la confirmation de cet accord. Comme Ranulf ne disait rien, elle se risqua à jeter une œillade vers son profil et constata, à son vif étonnement, qu'il souriait largement.

— Excellent.

Ce fut tout ce qu'il dit, et d'une voix si basse que cette réponse aurait presque pu échapper à Rhoese.

Le frère Alaric, dont elle pouvait deviner la réaction à ce pacte, était aussi impassible que de coutume. Mais c'était parce qu'il était fort bien discipliné, elle le savait, et aussi parce qu'il aurait la possibilité de lui parler en privé avant qu'elle ne se place plus avant sous l'influence du chapelain royal.

Par chance pour elle, Rhoese n'eut pas à feindre de l'amitié pour Ranulf Flambard : elle le trouvait d'un contact aisé, et il lui était aussi facile de lui parler que de l'écouter. Durant les deux premières heures de cet humide trajet, il lui expliqua tout ce qu'elle aurait à savoir du vaste réseau d'officiers, de maréchaux, de baillis, de conseillers privés et autres notables dont les places auprès du monarque étaient hautement prisées. Elle se rendit compte par la même occasion que la position occupée par le chapelain était importante, et qu'il la prenait fort au sérieux.

— Comment le roi peut-il donc se passer de vous, fût-ce pour quelques jours ? s'enquit-elle.

— Oh, il a plusieurs chapelains. Nous servons Sa Majesté à tour de rôle. Mais il n'a qu'un gardien du Sceau royal, et c'est moi.

Il tapota la sacoche de selle accrochée derrière lui et sourit, montrant ses dents blanches et régulières.

— Il n'en aura pas besoin avant que nous le retrouvions.

— Vraiment ? Qu'est-ce qui vous rend si sûr de cette allégation ?

— Le roi est à la chasse, ma dame. Il montre plus de passion pour ce passe-temps que pour les affaires de l'Etat.

— Et vous, maître Flambard ? Partagez-vous cette passion ?

— Ma passion à moi est la politique. Et les affaires de l'Eglise, évidemment, ajouta-t-il après une courte pause.

Le frère Alaric, qui écoutait cet échange, fut d'un autre avis. « Le pouvoir, mon ami », songea-t-il en lui-même. « Votre passion est le pouvoir. »

Vu l'allure des bœufs qui tiraient les chariots, la colonne ne put franchir que les cinq ou six lieues qui les séparaient du pont, et à ce moment-là le ciel s'était encore abaissé, estompant le peu de lumière qui restait de cette journée maussade.

Jude avait été pris par ses devoirs, et ses contacts avec Rhoese n'avaient été que fort brefs : un regard par-ci, par-là, pour s'assurer qu'elle allait bien, et quelques ordres lui enjoignant de garder son allure. Avec Flambard, en revanche, il discuta du trajet et des endroits où ils pourraient s'arrêter ; il agréa au fait que des messagers devaient être envoyés en avant-garde pour prévenir les occupants du manoir du vieux village romain d'Aldborough qu'on leur demanderait l'hospitalité, au nom du roi.

Ce ne fut pas tant l'idée de se reposer et de manger qui emplit Rhoese d'une impatience dont elle eut honte, mais celle d'avoir enfin Jude tout à elle. Et bien qu'elle tentât de repousser cette excitation de son esprit, en se répétant qu'elle détestait cet homme, elle n'y parvint point.

Lorsqu'ils atteignirent leur étape, cependant, Jude montra de l'intérêt pour tout le monde ou presque, sauf pour elle. Il s'occupa de son ami Ranulf, de son hôte normand et de sa jeune épouse qui attendait un enfant, de frère Alaric, mais pas d'elle. S'il attendait la dernière minute pour se soucier d'elle, se dit-elle, elle lui dénierait la possibilité de lui parler en se retirant de bonne heure dans la chambre qu'elle devait partager avec Hilda et Els, les seules autres femmes de la colonne avec elle. Pour rien au monde elle ne montrerait à son mari qu'elle recherchait sa compagnie.

— Attendez !

Dans le corridor obscur où elle s'était engagée, cet ordre causa une brève panique.

Les trois femmes s'arrêtèrent.

— Vous deux, avancez, dit Rhoese à sa chambrière et à sa nourrice.

— Non, répliqua Jude. Vous deux, vous pouvez attendre ici.

Il prit Rhoese par le bras et l'entraîna en avant, ouvrant la lourde porte en chêne qui donnait sur une chambre spacieuse, où un feu de bûches brûlait dans une large cheminée en pierre. La maison était neuve, et ce foyer inclus dans le mur était une nouveauté.

Il referma la porte et relâcha la jeune femme, puis il tira de sa cape le livre de recettes relié de cuir et le lui tendit.

— C'est à vous, je crois.

Rhoese s'empara du recueil.

— Oui. Comment est-il arrivé entre vos mains ?

Une torche qui brûlait dans une applique fixée au mur éclairait les replats du visage de Jude, mais laissait ses yeux dans l'ombre.

— Il était sur le sol de votre chaumine. Pierre s'y est rendu pour voir si tout avait été emporté, et l'a trouvé. Il me l'a donné. C'est un ouvrage que je réprouve, ma dame. Avez-vous vraiment besoin de ces charmes, de fait ?

— Seulement pour me donner le courage d'affronter ce que le sort me réserve, messire, répondit-elle, sur la défensive. Quelle serait votre suggestion, si vous étiez à ma place ? Vous m'avez sciemment ignorée toute la journée, alors pourquoi ce soudain intérêt porté à ce que je lis ?

— Ainsi, vous avez été chagrinée que je sois occupé ailleurs ? Eh bien il faudra vous y faire, ma dame. Vous êtes dans un monde d'hommes, à présent, et vous devrez prendre chaque nouveau jour comme il vient. Est-ce clair ?

— Certainement, messire. J'en suis fort capable. Pour autant que vous m'ignorerez, je pourrai agir à ma guise, et vous n'aurez point à protester.

Elle se tourna vers le grand lit dont les tentures vertes, toutes neuves, étaient écartées et montraient des draps blancs, des oreillers et une courtepointe de laine rouge. Il s'agissait de toute évidence de la chambre de leurs hôtes, qu'ils avaient mise à la disposition de leurs invités.

Jude la suivit et la reprit par le bras, l'attirant à lui jusqu'à ce qu'elle soit prisonnière de ses bras, roide et distante, même si son cœur battait la chamade.

— Vous vous trompez, femme. Je ferai plus que protester, à moins que ce qui vous plaise ne me plaise aussi. Je vous ai emmenée avec moi pour vous tenir à l'œil, pas pour passer mes journées en votre compagnie et négliger mes devoirs. Et si mes attentions vous ont manqué à ce point, nous pouvons nous rattraper maintenant, pendant que vos servantes attendent.

Sans attendre de connaître les vues de Rhoese sur cette proposition, il la souleva dans ses bras telle une marionnette et la laissa choir sur le lit douillet, s'empressant de la retenir en place avec le poids de son corps et la fermeté de ses mains.

Pour Rhoese, le moment où elle aurait exprimé une protestation de pure forme avant de capituler était passé. Maintenant, elle était blessée et offensée par ses manières, et convaincue qu'il allait l'utiliser avec mépris, non avec la tendresse qu'elle appelait de ses vœux.

— Otez-vous de moi ! s'écria-t-elle. Je ne veux point de ce que vous appelez vos attentions, et de celle-ci encore moins que du reste. Lâchez-moi !

— Alors dites-moi quel charme vous avez étudié, lass, prononça-t-il contre les lèvres de la jeune femme. Cherchiez-vous à me faire du mal ? A me rendre impuissant ? A perdre l'enfant que vous pourriez attendre de moi ? Et quoi d'autre encore ?

Il ne pouvait se douter de l'impact infortuné de ses paroles sur Rhoese, alors qu'elle avait déjà l'esprit en déroute. Et rien n'aurait pu le préparer à la façon dont son visage se contracta, puis aux larmes qui jaillirent à flots de ses yeux avant qu'elle puisse articuler une réponse cohérente.

Profondément déconcerté, et choqué par sa réaction alors qu'il s'attendait à une explosion de colère, il la prit dans ses bras et se mit à la bercer.

— Je n'aurais pas dû vous poser ces questions, dit-il. Mais quelle que soit l'idée que vous aviez à l'esprit, ne comptez point sur ces sornettes. Si vous voulez m'atteindre, vous pouvez y parvenir en combat régulier, pas par l'entremise de recettes magiques et autres balivernes. Et lorsque vous serez enceinte, je vous laisserai tranquille, si c'est ce que vous désirez. A présent, cessez de pleurer, lass. Je vais vous envoyer vos femmes. Dormez bien. C'est une longue chevauchée qui nous attend demain.

Il posa les lèvres sur le front de Rhoese, en un baiser si tendre qu'elle en sentit l'effet jusqu'au bout de ses pieds.

Quand sa chambrière et sa nourrice la rejoignirent, elles durent se perdre en conjectures sur ce qui s'était passé, car leur maîtresse se montra incapable de le leur dire, et fort peu disposée à le faire. Elles furent encore bien plus affolées quand elles virent les feuilles de parchemin qui se tordaient dans le feu tel un gros champignon aux contours recroquevillés par les flammes, et la belle reliure de cuir qui disparaissait en un tas de cendres. C'était les droits d'un mari d'agir ainsi, convinrent-elles, mais c'était tout de même bien dommage.

— Et n'allez pas dégoiser sur cet incident auprès de son écuyer, dit Hilda à Els, en lui tendant les bottines de Rhoese.

Pour une fois, Els eut la sagesse de ne pas répliquer.

Alors qu'il avait cru avoir pris la mesure de sa nouvelle épouse, Jude de Brionne commençait à être d'un autre avis. De fait, cette idée l'avait effleuré quand son écuyer lui avait remis ce livre, trouvé dans la chaumine de Rhoese. Un livre qu'il avait transporté avec lui toute la journée. Il n'avait pas eu le loisir de l'y confronter avant le soir et, même ainsi, il ne s'était pas attendu à des larmes — mais à une violente querelle qui aurait pu se terminer par une réconciliation bienvenue. Ces pleurs étaient-ils la preuve de sa culpabilité ? se demanda-t-il en tendant les jambes à Pierre pour que son écuyer le déchausse. S'était-il trompé, en pensant qu'elle montrait des signes de dégel après ses fougueuses protestations de déplaisir ?

Il n'en savait rien.

Il se lava le visage et le cou à grande eau, puis il se plongea la tête dans la cuvette et tendit une main sur le côté pour avoir un linge sec. Des gouttes ruisselaient sur son torse puissant tandis qu'il restait debout, à demi nu.

Non, se dit-il.

Elle avait répondu à ses avances, la nuit précédente, et son admission de la matinée prouvait qu'elle n'avait pas trouvé cet intermède déplaisant.

Alors pourquoi avait-elle besoin de charmes ?

S'adonnait-elle à des pratiques magiques, la veille, quand il l'avait vue agenouillée dans un coin de son enclos ?

Récitait-elle des incantations ?

Etait-ce pour cela, qu'elle s'était mise dans un tel courroux ?

Tout cela n'était que des superstitions païennes, de toute manière. Mais ce qui le troublait le plus n'était pas qu'un de ces maudits charmes puisse être efficace : c'était que Rhoese ait besoin d'autre chose que des conseils de son chapelain pour se faire à sa nouvelle vie. En outre, il était bien connu que les sortilèges auxquels les Anglais recouraient contre les Normands n'étaient jamais destinés à leur apporter chance ou bonne santé.

Cette pensée le perturbait.

Comment allait-il être capable de la laisser tranquille, après la nuit dernière ? Et que dire de Flambard ?

Fidèle à lui-même, le chapelain du roi n'avait pas perdu un instant pour s'infiltrer dans cette faille. Une situation qui devrait être surveillée de près.

Les cheveux mouillés, il se laissa tomber sur le lit et rabattit sur lui les couvertures de fourrure. Les nuits étaient déjà froides, dans le nord, et depuis belle lurette il ne rechignait point à se faire réchauffer par une belle femme, quand il en avait une à sa portée.

Mais à présent il ne voulait nulle autre que Rhoese d'York dans son lit. Et, pour une fois dans sa vie amoureuse, il n'était pas sûr que ses plans habituels suffiraient à lui gagner le cœur de son épouse, en plus de son corps.

Il mit longtemps à s'endormir, torturé par le désir qu'il avait de Rhoese, se posant des questions pour lesquelles il avait trop de réponses, et aucune d'entre elles susceptible de le satisfaire.

Chapitre 13

La destruction du vieux livre de recettes de sa mère était une violation que Rhoese était tout à fait incapable d'accepter, et encore moins de pardonner. Rien de ce qu'Hilda essaya de lui dire pour défendre Jude ne parvint à éteindre son courroux.

— Ne me répétez point que c'est le droit d'un époux, clama-t-elle à l'intention de sa placide nourrice. Je ne veux pas en entendre parler. C'était *mon* livre, transmis de génération en génération, et c'était la dernière chose qui me restait de ma mère. Si je pouvais me souvenir des pires sortilèges, je les réciterais tous à la disparition de la prochaine lune, et je lui mettrais des crocs de vipère dans son porridge. Pour le reste, qu'il ne compte plus dormir avec moi. Je ne lui accorderai plus jamais ce droit.

Els et Hilda, les yeux ronds, échangeaient des regards impuissants. Elles étaient debout depuis avant l'aube, pour refaire les bagages et trouver des vêtements plus adaptés à la pluie, et elles rompaient leur jeûne tout en vaquant aux derniers préparatifs d'un trajet qui n'allait rien avoir d'agréable.

Hilda tendit quelque chose à Rhoese.

— Et ceci ? dit-elle. Cela vous vient aussi de votre mère. Vous l'avez toujours gardé avec ses affaires.

Rhoese s'empara du petit objet pointu posé sur sa paume, une tête de flèche en silex pas plus longue qu'un pouce, toujours aussi tranchante qu'un rasoir après plusieurs siècles d'utilisation.

— Ah oui, murmura-t-elle. Je me souviens. Cette flèche a des pouvoirs maléfiques, n'est-ce pas ?

Certaine de ne pas se tromper, elle n'attendit pas de voir l'expression d'Hilda, prête à la mettre en garde contre ce qui risquait de nouveau d'aller de travers. Mais la nourrice décida de ne rien dire. Après tout, que lui importait que le Normand ait les articulations douloureuses ? Ce n'était pas son problème.

— A quoi sert cet objet ? demanda Els.

— Il cause des douleurs dans les articulations, répondit Rhoese. On l'appelle un tir d'elfe. Cela lui donnera quelque chose à penser, pendant qu'il sera occupé à ses fameux devoirs. Au moins, ce seront ses hommes qui essuieront sa méchante humeur, pour une fois.

— Mais il n'est pas de méchante…

Els s'arrêta, l'air blessé, et se massa le bras qu'Hilda venait de pincer.

— Que me voulez-vous, à la fin ?

— Je veux que vous preniez la porte, lui répondit la nourrice d'un ton coupant, en la chargeant d'un panier. Par ici, ma belle. Et revenez chercher les suivants.

Les prières que Rhoese fit avec son chapelain furent fort brèves, et ne firent pas allusion aux pratiques de sorcellerie envers lesquelles le frère Alaric s'était montré si sceptique la veille. La jeune femme ne lui parla pas de la destruction du livre qu'il avait condamné, sachant qu'il ne lui témoignerait nulle compassion.

Néanmoins, le moine la mit en garde à propos de Ranulf Flambard.

— Soyez prudente, lui dit-il. Quand un Normand de pure souche comme lui vous offre le vin de l'amitié, ce n'est généralement pas pour votre profit, mais pour le sien.

— Oui, mon frère.

— Vos devoirs sont envers votre époux, souvenez-vous-en.

— Oui, mon frère.

Il la dévisagea fixement, ses yeux bruns emplis de souci sous ses sourcils droits. Ses cheveux châtains étaient argentés par quelques fines mèches blanches, comme s'il avait repeint un mur à la chaux, et il était assez âgé pour ne pas se laisser berner par l'inhabituelle docilité de sa protégée. Il savait que tout ce qu'il pourrait dire ne la ferait pas plier.

— Jude est par ici, ajouta-t-il. Allez-vous lui souhaiter le bonjour ?

— Oui, mon frère.

Rhoese n'eut aucun mal à glisser la flèche entourée d'un petit chiffon dans la sacoche de selle de son époux : elle prit le prétexte de lui fournir une pomme et des noisettes pour le voyage. Quand elle s'approcha, les soldats s'écartèrent et la laissèrent seule avec son époux, en détournant les yeux. Ils paraissaient encore plus mal à l'aise que la veille. La jeune femme se dit que Pierre leur avait peut-être parlé du livre de recettes. Si tel était le cas, l'écuyer et sa chambrière formaient une dangereuse combinaison.

— Je me demandais…, commença-t-elle en abaissant le rabat de la sacoche.

— Oui ?

— Je me demandais si Els ne pourrait pas monter derrière moi, aujourd'hui, afin de me tenir le dos au chaud.

— Cela aurait l'avantage de régler deux problèmes d'un coup, répondit fraîchement Jude. Pierre vous en serait fort obligé.

— Oh ? Je croyais qu'elle lui plaisait.

— A petites doses seulement, ma dame. Votre chambrière parle trop.

— Je vois. Euh… ceci mis à part, j'ai placé une pomme et des noisettes dans votre sacoche.

— Je vous remercie.

Jude la hissa sur le hongre et ajusta ses jupes sur ses genoux. Les choses en seraient restées là, s'il n'avait pas rouvert sa sacoche pour y prendre la pomme et en donner une moitié à la monture de Rhoese, et l'autre à son destrier. La jeune femme le regarda faire, indignée par ses suspicions.

— A qui allez-vous donner les noisettes ? lança-t-elle, furieuse. Aux oiseaux ?

— Tout dépendra du cheval qui mourra le premier, répondit-il par-dessus son épaule en se mettant en selle.

Il était déjà au milieu de la cour avant qu'elle ait pu riposter. La journée n'avait pas commencé sous les meilleurs auspices, mais le pire était encore à venir.

Le changement imposé à Els lui déplut grandement et elle se mit à bouder, mais Rhoese et maître Flambard n'en eurent cure. Ils continuèrent à converser comme la veille, et du fait qu'ils n'échangeaient point de ragots leur conversation s'avéra vite ennuyeuse au possible pour la jeune fille. Elle promena les yeux sur le paysage, maussade, mais ils n'y firent pas attention non plus. La température se rafraîchissait, la pluie se faisait plus pénétrante et le dos de sa maîtresse inspirait beaucoup moins la chambrière que celui du jeune écuyer. Sa relégation, elle en était sûre, était due à Rhoese, et elle lui en voulait. Pierre et elle s'entendaient si bien !

La pluie qui les transperçait réussit à faire taire même Ranulf Flambard. Les fossés s'emplissaient d'eau boueuse, ainsi que les ruisseaux qu'ils devaient franchir assez souvent, et qui trempaient les chevaux jusqu'aux jarrets. Inévitablement, si une roue devait se briser, il fallait que cela se produise au pire moment, pendant qu'ils traversaient une rivière. Cette catastrophe eut pour effet de renverser le chariot sur le côté et de jeter une partie de ce qu'il contenait dans les eaux tourbillonnantes.

Le chapelain du roi s'empara aussitôt de la bride de Rhoese, tirant son cheval sur le côté pour échapper aux éclaboussures. Els cria tandis que le hongre chancelait, et s'agrippa aux épaules de Rhoese pour ne pas tomber. Mais la jeune femme avait vu tomber son coffre de vêtements, et le couvercle s'ouvrir pour répandre son contenu dans le courant. Ses robes mirent des taches de couleur dans les tourbillons marrons.

— Oh, non ! s'écria-t-elle. Lâchez-moi, Els ! Je vois le livre ! Je vous en prie, que quelqu'un le rattrape !

Elle était sur le point de sauter dans la rivière, quand Ranulf Flambard l'attrapa par le bras et la retint fermement.

— Non ! cria-t-il. Restez en selle, ma dame. Je vais l'attraper. Ne bougez pas !

Rhoese n'aurait jamais cru qu'il serait capable de faire une chose pareille. Même s'il était déjà trempé, un acte d'héroïsme susceptible de gâter ses beaux habits n'était sûrement pas de son goût. A cet instant, le hongre glissa sur des pierres vaseuses et plongea, faisant gicler des gerbes d'éclaboussures tout autour de lui. Els fut déséquilibrée et se raccrocha d'une main à sa maîtresse. Ce fut assez pour déstabiliser cette dernière, et elles tombèrent toutes les deux dans la rivière tandis que leur monture remontait la berge au galop.

Plus concernée par l'évangile enveloppé dans un linge que par les glapissements de sa chambrière, Rhoese se remit péniblement debout, alourdie par le poids de ses jupes mouillées qui la tirait vers le bas comme une ancre. Elle réussit néanmoins à se jeter sur le livre juste avant que le chapelain ne s'en saisisse.

— Occupez-vous de ma chambrière, je vous prie, lança-t-elle d'une voix essoufflée. Elle est emmêlée dans sa cotte.

Le chapelain parut sur le point de discuter de l'intérêt de son intervention, car deux hommes d'armes pataugeaient déjà en direction de la chambrière, arborant de larges sourires.

Mais ce fut une autre paire de bras qui tira Rhoese en arrière, la souleva hors de l'eau et la coinça contre un grand corps musculeux. Un grommellement mécontent résonna à son oreille.

— Vous et vos maudits livres ! gronda Jude d'un ton sourd. De quoi s'agit-il, cette fois ? D'un autre manuel de magie en latin, pour sorcières débutantes ?

Le visage dur, il transporta la jeune femme jusqu'à la berge, la faisant presque crier sous la fermeté de son étreinte.

Elle se raccrochait au paquet mouillé, incapable de parler et combattant une stupide envie de rire, mais elle n'aurait su dire si son hilarité était due au soulagement ou à la colère de son époux. Même ce genre d'altercation était préférable à l'indifférence, se dit-elle.

Ne s'étant pas attendue à ce que le précieux ouvrage soit vu par d'autres yeux que les siens, elle n'avait rien prévu pour s'expliquer et redoutait le pire. Les évangiles n'étaient que rarement détenus par des personnes privées, hormis de rang royal ; même les plus hautes autorités de l'Eglise les empruntaient aux scriptoriums de riches abbayes, et un tel livre en possession d'une femme ne pouvait signifier qu'une chose : un vol.

Il n'y avait pas que la curiosité de Jude qui avait été éveillée ; celle de Ranulf Flambard aussi. Mais le chevalier n'avait pas l'intention de laisser l'avantage à son ami. Il contra les questions du chapelain en pressant les doigts sur la cuisse de Rhoese, pour la faire taire.

— Peu importe ce maudit livre, dit-il d'un ton qui n'admettait pas de réplique. Il est à moi. Je pensais qu'il serait à l'abri dans ce coffre.

Il garda Rhoese dans ses bras, bien qu'ils aient rejoint la berge, et elle comprit qu'il voulait lui épargner d'autres questions indiscrètes.

— Pourquoi emportez-vous cet ouvrage avec vous ? demanda Ranulf.

Il se tenait debout, dégoulinant d'eau boueuse, mais ne voulait pas lâcher le morceau. Ses yeux brillaient d'intérêt.

— Je le porte à mon cousin, si vous tenez à le savoir, répondit Jude. A Durham. Il est le bibliothécaire de la cathédrale, là-bas.

— Hein ?

Ranulf se mit à courir.

— Vous avez un cousin qui est membre du clergé ?

— Il le faut bien, avec sa position. Je pensais que vous connaissiez tout le monde.

Le chapelain s'arrêta, incapable de soutenir l'allure de Jude.

— Non, répondit-il tranquillement. Je ne connais pas tout le monde.

Ils étaient assez proches de la vieille garnison romaine de Catterick pour que Jude ait pu transporter Rhoese dans ses bras à travers champ. Mais son écuyer ramena l'étalon et elle fut hissée derrière la selle, toute mouillée, en tenant toujours contre elle son précieux paquet qui semblait une fois de plus avoir changé de destinataire. Tout ceci à cause d'un essieu brisé.

La situation était devenue critique.

— Avez-vous vraiment un cousin à la cathédrale de Durham ? demanda-t-elle, s'accrochant d'une main au ceinturon de son époux.

— Bien sûr. Il est arrivé il y a huit ans avec l'évêque William. Vous le rencontrerez.

— Il ne pourra avoir mon livre, si c'est ce que vous prévoyez.

— S'il ressemble à l'autre, il n'en voudra point. Un recueil a échoué dans les flammes, un autre dans l'eau. En avez-vous un troisième à mettre en terre ?

— Non.

— J'en rends grâce au ciel. Peut-être que la fin du voyage s'effectuera sans autre incident.

— Je suis sûre que vous ferez de votre mieux pour la rendre aussi inintéressante pour moi que la première moitié l'a été. Pour ma part, je rends grâce au ciel d'avoir la compagnie de maître Flambard.

— Il est de bonne compagnie, en effet.

— Vous ne prenez pas ombrage de l'intérêt qu'il me porte ?

— Pourquoi en prendrais-je ombrage ? Du moment qu'il

limite ses attentions aux heures du jour, je n'y vois nul inconvénient.

— Qui vous dit qu'il se limite à cela ?

La question était si absurde qu'elle ne méritait pas de réponse, et Rhoese ne fut pas surprise de ne point en recevoir. Mais elle soupçonna Jude de rire sous cape, tandis qu'ils franchissaient la poterne du château et traversaient le pont-levis pour entrer dans la cour intérieure.

Le grand manoir en pierre était une autre demeure de style normand, fortifiée par un haut mur suivi d'une douve, et sise le long d'une cour cernée par des dépendances. Les différents toits étaient recouverts de pierres plates du pays. Comme le château de la veille, cette bâtisse était à cent lieues de la maison longue de Rhoese et de sa chaumine, avec leurs humbles granges et écuries.

La jeune femme grelottait de froid, à présent. Mais la courtoisie voulait qu'elle salue ses hôtes avec amabilité, tandis qu'elle redoutait l'explication qu'elle aurait à donner à Jude plus tard. Devrait-elle lui raconter la véritable histoire du livre et risquer de le perdre, ou faire comme si le frère Alaric l'avait emprunté au scriptorium d'York ? Quant au bibliothécaire de Durham, il voudrait à coup sûr mettre ses mains de Normand dessus. De façon permanente.

Contrairement à leurs hôtes précédents, le nouveau seigneur normand de Catterick et son épouse étaient un couple d'âge moyen, doté de fils et de filles adolescents, de cinq chiens bruyants, d'un nombre considérable de serviteurs, d'une troupe de parents âgés avec leurs compagnons et compagnes, ainsi que d'un essaim de jeunes enfants qui semblaient appartenir aux uns ou aux autres selon les moments.

Leur sollicitude à propos de l'incident de la rivière envoya la plupart des hommes sur les berges, pour aider à redresser le chariot endommagé, et les femmes dans leurs chambres pour y trouver des vêtements destinés à Els et Rhoese, en attendant que les leurs soient nettoyés et séchés.

— Otez-vous d'ici et cessez de regarder ainsi lady Rhoese, cria Alicia de Traille, l'épouse du seigneur, en donnant à son fils aîné un soufflet qui le manqua.

Ni Els ni Rhoese n'avaient pu ignorer les regards qui leur étaient jetés, et qui étaient dus aux habits mouillés qui les moulaient du cou aux chevilles. Elles n'y pouvaient rien, hormis se détourner et serrer leurs bras sur leur poitrine. Els foudroya du regard les trois garçons, irritée par leur audace.

Jude avait également remarqué la fascination des jouvenceaux. Il plaça un bras sur les épaules de sa femme, en souriant à demi.

— Faites de votre mieux, dit-il à la châtelaine. Mon épouse a besoin de chaleur, et moi aussi. Pierre ! Venez ici, mon garçon. Occupez-vous de moi !

Tandis qu'ils luttaient avec leurs costumes mouillés et des lacets qui refusaient d'obéir à leurs doigts gourds, le livre resta dans l'ombre, toujours entouré du carré de toile trempé, tandis que les dernières lueurs du jour disparaissaient. Rhoese se prit à espérer que Jude ne s'en souviendrait plus, finalement.

Ils trouvèrent des habits qui leur convenaient dans la pile des meilleurs vêtements de la famille, Hilda partant du principe qu'ils n'avaient pas à se gêner du moment que ces cottes et ces tuniques leur tiendraient chaud et les couvriraient décemment. Puis on les conduisit dans une chambre. Rhoese émergea de ces transformations vêtue d'une ravissante robe couleur de mûre, qu'elle portait sur une cotte de drap rose pâle. Jude, lui, se vit attribuer des braies gris vert, une tunique ivoire et un mantelet assorti. Il n'eut pas le choix des couleurs : c'étaient les seuls vêtements qui s'adaptaient à sa taille.

Il referma la boucle en or de son ceinturon sur ses hanches et surprit le regard de sa femme fixé sur lui.

— Eh bien ? fit-il, glissant ses pouces dans son baudrier.

Rhoese hésita, répugnant à lui concéder une once de chaleur, avec toute l'amertume qu'elle avait accumulée contre lui. Mais elle fut incapable de rester de marbre devant la belle apparence qu'il lui offrait ; le voyageur maculé de boue qui l'avait sauvée des eaux était devenu un homme superbe.

Son air dominateur l'avait naguère intimidée et ennuyée ; maintenant, elle voyait autre chose sous les apparences qu'il donnait. Le souvenir de leur nuit d'amour lui coupa le souffle, et elle répondit d'une voix altérée :

— Allons-nous souper ?

A l'entendre, on eût cru qu'elle venait de courir depuis la rivière.

Il ne répondit pas directement, mais se tourna vers les deux servantes et son écuyer, qu'il congédia d'un geste de la main. Il appuya son regard sur Hilda, qui pensait qu'elle pourrait être admise à rester.

— Je suis capable d'ordinaire de renvoyer mes propres servantes, observa Rhoese d'un ton pincé. Qu'avez-vous à me dire qu'Hilda n'aurait pu entendre ?

— Elle est probablement au courant, déclara Jude en prenant quelque chose dans sa bourse accrochée à son ceinturon.

Il lui présenta la petite flèche, posée sur sa paume.

— Connaissant les sentiments que vous me portez, je juge difficile à croire que vous vouliez me protéger d'un tir d'elfe, ma dame. Je gagerais plutôt que vous désiriez m'incommoder par des douleurs d'articulations. Est-ce que je me trompe ?

Rhoese prit la flèche de silex et l'examina.

— Un homme est à même de régler certaines questions de manière directe, messire. Les femmes doivent s'en remettre à des méthodes plus subtiles. Oui, j'avais à l'esprit de vous incommoder.

— Votre méthode ne me semble guère appropriée, étant donné que cet instrument est destiné à *protéger* des douleurs que vous vouliez me causer. Vous devriez donc laisser ces histoires à des femmes mieux informées que vous.

Pendant que Rhoese prenait une mine dépitée, il lui reprit l'objet et le remit dans sa bourse.

— Cela étant, je suis soulagé de voir que nos montures sont encore sur pieds.

— Il n'y avait rien à craindre de la pomme, ni des noisettes, lâcha-t-elle d'un ton pincé.

— Je le sais. J'ai mangé les noisettes, donc je suis rassuré.

Les bruits qui venaient de la grand-salle leur parvinrent quand quelqu'un ouvrit l'épaisse porte en chêne et la referma aussitôt, mais ni l'un ni l'autre ne parurent s'en soucier.

— Vous les avez mangées ? releva Rhoese. Donc vos soupçons n'étaient que comédie, messire. Vous ne cherchiez qu'à me donner mauvaise conscience, n'est-ce pas ?

Le pas qu'il esquissa dans sa direction la prit de court. Avant qu'elle ait pu lui échapper, il referma les bras sur elle et la serra contre le drap moelleux de son mantelet.

— Vous m'accusez de comédie, ma dame ? s'enquit-il d'un ton dur. De vouloir vous donner mauvaise conscience, alors que vous devriez déjà avoir honte de vos charmes et autres sortilèges prétendument malfaisants ? Qu'y a-t-il dans votre tête ? Du granit ?

Comme s'il voulait démentir cette possibilité, il l'embrassa. Son baiser fut persuasif et tentant, et les émotions hostiles de Rhoese en furent aussitôt réduites à néant. S'il lui avait laissé plus de temps, elle aurait répondu aux caresses de sa bouche et de sa langue, mais il la relâcha aussi vite qu'il s'était emparée d'elle. Elle en conclut que par ses futiles tentatives pour toucher le cœur de son mari, puis pour le punir de rester hors de son atteinte, elle n'avait fait que l'éloigner d'elle davantage. Il ne faisait pas mystère de convoiter son corps, mais pour le reste il se défiait d'elle.

Les choses avaient échappé à son contrôle, et maintenant il ne lui restait plus d'autre moyen de conquérir son amour que de lui offrir le sien en échange — ce qu'elle était bien déterminée à ne pas faire. En outre, il lui avait dit que son cœur ne l'intéressait pas.

— Oui, répondit-elle dans un murmure, tandis que la

bouche de Jude s'écartait de la sienne et qu'elle réclamait en silence qu'il continue à l'embrasser. Oui, j'ai du granit dans la tête et dans le cœur, messire. Vous le saviez. Je vous avais prévenu, vous ne pouvez en être surpris. J'ai été contrainte à ce contrat de mariage contre ma volonté. Qu'attendiez-vous de la part d'une dame anglaise ? Obéissance *et* affection ? Quand vous m'avez pris tout ce que je possédais ?

Les bras de Jude retombèrent et elle vacilla, ayant perdu tout à coup le support qu'il lui prodiguait.

— Oh, ne recommencez pas avec cela, dit-il d'un ton sec, en tournant les talons. La malheureuse gente dame conquise de force par les Normands. Ce genre de chose arrive tous les jours, à notre époque. C'est un fait de l'existence, lass. La plupart des femmes en tirent le meilleur parti possible et en voient les avantages, mais vous semblez vouloir vous arc-bouter sur vos pertes au lieu de voir vos gains. Ce n'est pas n'importe quelle femme anglaise qui jouit de l'hospitalité d'une famille normande, aussi je vous prierais de garder vos *avantages* à l'esprit durant le souper. Et si je découvre que vous essayez encore de me nuire avec vos sornettes magiques, je vous battrai, est-ce clair ?

Il pivota sur lui-même pour lui refaire face, et elle comprit qu'il cherchait à lire dans ses yeux un signe de peur.

— Je sais que les maris normands battent leur épouse comme ils battent leurs chiens et leurs chevaux, messire, parce qu'ils sont incapables de communiquer par d'autres méthodes. Tous les Anglais le savent, et s'en amusent.

— M'avez-vous vu battre mes chiens et mes chevaux, ma dame ?

— Pas encore.

— Dans ce cas, vous feriez bien de réserver votre jugement. Quand je vous battrai, c'est que vous le mériterez. Venez.

Il lui tendit la main et prit ses doigts dans les siens, chaudement, un geste qui rappela plus à Rhoese leurs caresses de la nuit qu'une promesse de châtiment.

Après cela, elle ne fit rien pour retarder leur apparition au souper. Elle était bien trop soulagée qu'il n'ait plus fait mention du livre, et elle espéra qu'avec un peu de chance il n'y penserait plus jusqu'à la fin de leur voyage. Mais elle ne s'était pas préparée à l'admiration enthousiaste et plutôt embarrassante des deux fils aînés de la famille, qui rivalisaient l'un avec l'autre pour requérir son attention. Bien qu'ils doivent servir leurs hôtes, comme c'était l'usage pour les jeunes gens, leur rivalité fut remarquée même par Ranulf Flambard qui était assis près de Rhoese et la taquina malicieusement à ce sujet.

Trois des filles étaient également affectées par les invités en provenance d'York. Agées de douze à quinze ans, environ, elles considéraient visiblement Judhael de Brionne comme le chevalier de leurs rêves, et perdaient l'usage de la parole chaque fois qu'il s'adressait à elles. Henriette, l'aînée, était pleinement consciente de sa beauté blonde et de son corps avenant. Et alors que Rhoese pardonnait volontiers au chapelain du roi les coups d'œil fréquents qu'il lançait à cette jeune séductrice, elle se trouva en train de surveiller Jude pour voir s'il réagissait de la même façon. Sur cette lancée, elle se demanda s'il congédierait ses deux servantes, un peu plus tard, afin de partager sa couche un moment. Mais cette pensée fut bientôt dissipée par son voisin.

— Eh bien, ma dame, dit maître Flambard. Est-ce que *quelqu'un* va accepter de me parler de ce précieux livre ? A-t-il été gravement endommagé ?

— Il appartient à mon époux, répondit Rhoese. C'est à lui que vous devez poser cette question.

— C'est pourtant vous qui avez risqué la noyade pour le sauver.

— Oui, murmura-t-elle. Chut ! Le harpiste va se mettre à chanter.

— M'en direz-vous davantage un peu plus tard ?

— Oui, bien sûr, mentit la jeune femme.

Elle décida que toute tentative du chapelain d'en savoir plus sur l'évangile serait étouffée dans l'œuf. Tranquillement assise près de Jude, elle était prête à dire à Ranulf de se mêler de ses affaires. Et si la jolie Henrietta se risquait un peu trop loin, elle serait également renvoyée aux siennes.

Chapitre 14

Ranulf Flambard était aussi tenace que curieux, et plusieurs fois au cours de la soirée il fit des tentatives pour écarter Rhoese de son mari et l'engager dans un tête-à-tête. Pour différentes raisons, et l'époux et l'épouse refusèrent de se plier à ses tactiques, et pour finir la jeune femme fut fermement remise entre les mains de son propre chapelain, ce qui coupa court à toutes les manigances de Flambard. Sa dame allait dire ses prières et se mettre au lit, lui décréta Jude sans mâcher ses mots.

Bien qu'elle fût intimement soulagée de cette sortie, Rhoese ne put s'empêcher d'exprimer son indignation au frère Alaric.

— On ne m'a plus ordonné d'aller me coucher depuis que j'ai cessé d'être une enfant, se plaignit-elle en anglais. Me dira-t-on quand je devrai *penser*, la prochaine fois ?

— Hu-um…, fit le moine en jetant un coup d'œil à Jude. Vous devez respecter les désirs de votre époux en toute chose, ma dame. Le mieux est que vous lui souhaitiez une bonne nuit. Dans sa langue.

— Pour qu'il revienne dans la grand-salle afin de reluquer cette stupide enfant, voulez-vous dire.

— Henrietta et ses sœurs sont sorties il y a un moment. Et pourquoi vous souciez-vous de ce détail ?

— Je ne m'en soucie point. Cela m'agace, c'est tout.

Jude sembla perdre patience.

— Parlez français, ordonna-t-il.

— Non, c'est à vous de parler anglais, lui rétorqua sa femme en s'éloignant. Vous êtes en Angleterre.

*
* *

Après cela, son entretien avec le frère Alaric dura plus longtemps que de coutume. Mais le sermon du chapelain sur le respect dû par une femme à son mari n'obtint point les promesses d'amélioration qu'il eut été en droit d'attendre, et Rhoese gagna sa chambre sans se repentir ni avoir sommeil, tout en redoutant le reste du voyage. Si le Normand souhaitait une épouse douce et soumise, se dit-elle, il n'avait pas choisi la femme qu'il lui fallait. Toutefois, les menaces de châtiment corporel n'étaient pas à prendre à la légère. Et bien qu'elle ne fût pas lâche, elle n'était pas non plus écervelée.

A la suite de cette sévère mise au point du moine, Els et Hilda s'attendaient à de l'irritation de la part de leur maîtresse. Son mariage avec le beau chevalier normand n'avait visiblement pas amélioré l'état de ses nerfs, depuis quelques jours, et elles ne furent point étonnées de la voir s'occuper du précieux évangile au lieu de se mettre au lit comme on le lui avait commandé.

Elles avaient déjà vu l'ouvrage. A la suite de son séjour dans l'eau, sa reliure de cuir incrustée de pierres précieuses et d'ornements en forme de diables à longues queues était noire d'humidité et le bord des pages s'était gondolé, ce qui faisait qu'on ne pouvait plus le fermer correctement. Par chance, cependant, l'encre n'avait pas coulé ; aussi les efforts de restauration de Rhoese se réduisirent à intercaler entre chaque page des morceaux d'étoffe arrachés à une vieille chemise. C'était tout ce qu'elle pouvait faire.

Il lui semblait inévitable, à présent, que le cousin de Jude devrait voir ce livre, ne fût-ce que pour lui éviter des dégâts définitifs. Mais il lui semblait tout aussi certain que Jude n'en était pas autrement curieux, sans quoi il s'en serait soucié davantage. Avant de se coucher, elle décida donc qu'elle le rangerait dans sa sacoche de selle pour la dernière étape de leur voyage.

Finalement, l'appréhension de la jeune femme fut un

peu allégée : la suite de leur trajet fut retardée d'un jour entier à cause du nouvel essieu qui devait être taillé dans les ateliers d'Hubert de Traille. Comme le seigneur était lui aussi vassal du comte Alan, comme Jude, il lui devait aide et hospitalité. Ce jour de répit leur donnerait l'occasion de se sécher complètement, de se reposer et de refixer les fers des chevaux, déclara le jeune homme.

Rhoese ne trouva rien à redire à cette décision. Elle se rendit dans le jardin d'Alicia de Traille, exposé au sud et riche de buissons de fruits qui portaient des mûres, des groseilles et des framboises. Les tiges étaient encore courbées sous le poids de la pluie, mais le soleil matinal lui réchauffait les épaules et promettait une bonne chaleur à venir. De la vapeur se dégageait des tuiles des toits et les rayons faisaient fumer le tas de fumier qui se trouvait dans la cour des écuries.

Elle emprunta le sentier couvert de paille, suivie à distance par Els et les deux plus jeunes filles de leurs hôtes. Leurs bavardages s'ajoutaient à la cacophonie des cris des hommes, des aboiements des chiens, des beuglements des bœufs, des ordres donnés dans les cuisines, des caquètements des oies et des marteaux qui claquaient dans la forge. Deux écureuils traversèrent devant elle et disparurent dans le potager situé au-delà, ignorant la silhouette dégingandée qui approchait en jonglant sans grand succès avec trois pommes.

En l'apercevant, Rhoese regretta de n'être pas restée à l'intérieur avec Hilda, qui réparait leurs habits.

Gilbert de Traille, le fils aîné d'Hubert, était avec ses seize ans sur le point de devenir un homme, mais il manquait encore du discernement qui caractérisait les adultes. Aussi, l'absence de salutation et de sourire de la part de la femme qu'il espérait rencontrer ne lui servit nullement d'avertissement. Il était blond, couvert de taches de son, fort bavard et fort content de lui-même ; de ce fait, il pensait à tort que Rhoese se réjouirait de sa compagnie une fois qu'il aurait réussi à l'aborder.

Se jetant à l'eau, pour ainsi dire, il enjamba les herbes hautes et humides pour la suivre de près, tandis qu'il jetait ses pommes à un hérisson et déclarait non sans fierté et non sans amusement qu'il était sur le point de gagner un pari passé une heure plus tôt avec les hommes de son époux.

Il se vit rétribuer d'une réplique cinglante :

— *Quel* pari ?

Ravi d'avoir obtenu ces deux mots, au moins, il se mit à rire.

— Ah, que je réussirais à m'approcher assez près de vous pour vous parler, sans… euh…

Il fit une grimace, quand il sentit qu'il s'était aventuré un peu trop loin. C'était le problème avec les mots.

— Sans quoi ? releva Rhoese.

Elle s'arrêta près d'un banc de bois et s'assit à un bout.

Si elle posait les bonnes questions, se dit-elle, ce garçon maladroit pourrait peut-être lui éclaircir le mystère qui la turlupinait depuis qu'elle avait quitté York : l'attitude des soldats de Jude à son égard. Elle tapota le banc et s'enquit plus aimablement :

— Sans rougir ?

— Non.

Gilbert rit de nouveau et s'assit prudemment près d'elle.

— Sans que vous me jetiez un sort.

Il lui jeta une œillade de côté, guettant le signe d'un sourire.

— Ils n'étaient pas sérieux, bien sûr, affirma-t-il.

Rhoese ne sourit pas.

— Je l'espère, dit-elle. Mais pourquoi ferais-je une chose pareille, dites-moi ?

— Parce qu'ils disent que vous en êtes capable. Pour s'amuser, évidemment.

Il ramassa une autre pomme tombée entre ses pieds et la considéra, grattant de l'ongle de son pouce un endroit gâté.

— Ils disent que leur maître a dû être ensorcelé, pour épouser une Anglaise alors qu'il aurait pu choisir entre un tas d'héritières normandes. Ils prétendent que vous êtes dangereuse. Mais, encore une fois, seulement pour rire.

— Vraiment ? riposta Rhoese. Et que disent-ils encore ? Que je suis une sorcière, pour rire ?

— Il y a un peu de cela.

Encouragé par ces réponses dont il ne percevait pas le cynisme, le jouvenceau continua :

— Est-il vrai qu'un homme a été assassiné par amour pour vous, et qu'un autre a perdu… euh… la vue ?

Il tourna vers Rhoese un regard qui exprimait la même espèce d'admiration qu'elle avait vue chez les hommes de Jude. Mais l'admiration des soldats semblait de fait teintée de crainte, alors que ce garnement ne montrait qu'une audace naïve.

— J'ai parié avec eux que ce n'était pas vrai, dit-il.

— C'est vrai en partie, reconnut Rhoese. Vous avez probablement perdu ce pari.

Chagriné, il la dévisagea.

— Vous vous gaussez de moi.

— Non, Gilbert. Etait-ce le seul pari ?

D'un air blessé, il laissa tomber la pomme qu'il avait écrasée.

— Ils disent qu'il y en a eu d'autres.

— D'autres quoi ?

— D'autres hommes. Un marchand qui a été trouvé mort, lui aussi. Est-ce vrai ?

— Quoi ? Que dites-vous ?

— Ils prétendent que vous semez le désastre derrière vous. Mais je ne les crois pas, bien entendu.

— Gilbert ! De quoi parlez-vous ? Quel marchand a été trouvé mort ? Quand ? Où ?

Il ramassa une autre pomme, mais Rhoese la lui prit et la jeta de côté, l'obligeant à la regarder.

— Un marchand d'York, répondit-il. Un dénommé Murdac, je crois. On l'a trouvé mort chez lui. Il y a aussi un prêtre, qui a confessé pour vous des choses qu'il n'avait pas faites.

En outre, il paraît que vous possédez des livres de magie que Pierre a vus. Et que vous vous êtes jetée dans la rivière pour en repêcher un.

— Arrêtez ! supplia Rhoese en baissant la voix, car les jeunes filles s'approchaient. Ecoutez : tout ceci n'est que balivernes. Quand de tels désastres se produisent les uns après les autres, cela ne veut pas dire que quelqu'un les *provoque*. Quant aux livres de magie, vous pouvez les oublier. Je ne suis pas une sorcière, Gilbert. Et pour ce qui est de ce marchand trouvé mort, ils ont sans doute exagéré pour se gausser de vous.

— Non, riposta le jouvenceau. Je ne le pense pas. Il a été découvert dans sa chambre, de l'écume aux lèvres et tout seul, le jour où vous avez quitté York.

— Je suis sûre que ce n'est qu'une méchante plaisanterie, dit la jeune femme en se levant. Voici venir une jeune personne qui sera ravie de vous entendre parler de votre formation de chevalier, et d'autres choses encore. Profitez bien de sa compagnie : elle sera partie demain.

Gilbert jaugea Els des pieds à la tête, comme il avait vu les hommes le faire, et son attention se porta vers elle à la façon d'une girouette. Cela fournit à Rhoese l'opportunité de continuer son chemin en direction du potager, au bout duquel la rivière grossie par la pluie se ruait vers les pales d'un moulin qui tournaient bruyamment.

Murdac mort ? songea-t-elle. Tout seul, et la bouche écumante ?

Il avait été de fort méchante humeur lorsqu'il l'avait quittée, plusieurs jours avant leur départ. Elle avait découvert une facette de son caractère sanguin qu'elle n'avait jamais vue auparavant, un courroux qui l'avait poussé à la fustiger rudement, mais il n'était pas homme à se supprimer pour autant. Elle en était certaine. Peut-être avait-il été victime d'une attaque d'apoplexie ? Mais pourquoi personne ne lui avait rien dit ? Et que se passerait-il lorsqu'ils retourneraient à

York en rentrant de Durham ? Serait-elle accusée et arrêtée ? Devrait-elle subir un procès, pour établir la vérité ?

Pourquoi Jude ne lui avait-il parlé de rien ? Parce qu'il la croyait coupable, ou le contraire ?

L'eau brune tourbillonnait devant elle, arrachant des herbes aux berges et les étirant dans ses flots en furie, emportant des feuilles mortes tels de minuscules vaisseaux. Des morceaux de ciel bleu se reflétaient dans l'eau à la façon de rubans de soie, déformant le visage et le buste de la jeune femme qui se penchait au-dessus d'eux, décontenancée.

— Que m'arrive-t-il ? murmura-t-elle. Tout ceci ne me ressemble pas. Je ne suis pas une sorcière. Pourquoi ma vie a-t-elle ainsi viré à l'aigre, depuis la disparition de Père ?

Elle avait peut-être viré à l'aigre, mais elle était teintée à présent d'une sorte d'amère douceur qui envahissait Rhoese et dissipait ses désirs de vengeance. Qui pénétrait son esprit d'images extatiques, celles d'un grand corps d'homme se joignant à elle, celles de mains fortes et d'une bouche chaude posées sur elle et lui prodiguant leurs caresses. Elle sentait certains recoins de sa personne qu'il n'avait pas encore explorés, et qu'elle brûlait de lui confier. Mais comment se comporterait-il avec elle, à présent ? Et ces échanges signifieraient-ils davantage pour lui que pour les autres ?

Il avait offert beaucoup plus que de Lessay pour l'avoir. Mais pourquoi *elle,* s'il avait eu la possibilité d'épouser une héritière normande ? Ses biens ne représentaient sans doute presque rien, à côté de ce que ces femmes possédaient. Serait-elle obligée de rencontrer ces rivales à la cour ? Et la nouvelle réputation qu'elle s'était faite, si blessante, la précéderait-elle jusqu'à Londres ?

— Vous êtes songeuse, ma dame, dit une voix familière.

La vision que Rhoese fixait d'un air absent se dissipa, remplacée par un autre reflet. Le reflet d'un homme de haute taille, dont les cheveux noirs étaient coupés selon la forme d'un bol.

— Oui, dit-elle. Et vos jolies chausses vont souffrir de ces longues herbes mouillées, messire Ranulf. Votre mission doit être importante, pour risquer d'abîmer ainsi vos beaux habits.

Elle ne demanda pas au chapelain pourquoi il l'avait suivie jusque-là, persuadée qu'il ne ferait que continuer son interrogatoire de la veille.

Maître Flambard baissa les yeux sur ses chausses, puis tendit une main pour aider la jeune femme à se redresser.

— Et vous, vous semblez attirée par les endroits humides, ces derniers temps. Pouvons-nous nous retirer en un lieu plus sec, où le bruit sera moins constant ?

En dépit de la splendeur étudiée de son costume, il était très fort et son bras avait la dureté de l'acier. Rhoese se dit que sa vocation de chapelain ne devait pas l'empêcher de s'adonner aux plaisirs masculins en général, et à ceux qui concernaient les femmes en particulier. Les avertissements de Jude avaient été clairs.

Il la guida vers une porte ouverte dans le haut mur d'enceinte, et qui donnait sur un petit jardin clos où fleurissaient encore quelques roses blanches. Un chèvrefeuille était couvert de baies rouges. Il y avait des carrés d'herbe, des sentiers recouverts de gravier et une rangée de bancs adossés à un mur ensoleillé.

Tandis qu'il écartait des feuilles mortes, Rhoese songea qu'elle allait avoir droit à un autre interrogatoire sur le livre, si elle ne posait pas ses questions la première.

Elle arrangea sa cotte de drap et les plis de sa robe de dessus sur ses genoux, et regarda le chapelain qui faisait la même chose avec sa tunique d'un bleu profond. Elle nota qu'il se figeait, offrant son visage au soleil et fermant à demi les yeux de plaisir. Une ombre noire couvrait ses joues rasées de près, et sa pomme d'Adam montait et descendait tandis qu'il déglutissait.

Il se rendit compte qu'elle l'observait et sourit d'un air satisfait.

— Eh bien, ma dame ? lança-t-il.

— Je viens de découvrir…, commença Rhoese en ménageant son effet.

— Oui ?

— Que j'ai une réputation.

Il se tourna complètement vers elle.

— Oui, fit-il.

La jeune femme s'attendait à des explications plus complètes.

— Vous le savez, n'est-ce pas ?

— Oui, je le sais.

— Vous *savez* qu'on pense que je dispose de pouvoirs particuliers, de charmes et de sortilèges ?

Ranulf Flambard déguisa bien son amusement.

— Toutes les femmes disposent de certains pouvoirs et de certains charmes, ma dame, mais je dirais que vous en avez plus que votre part. Est-ce ce que vous voulez dire ? Et qui est ce « on » ?

— Vous savez fort bien que je ne parlais pas de ces choses-là, messire. Je parle de ce que disent les hommes de mon époux, à propos de ce qui s'est passé à York. Et je viens d'apprendre, par le plus grand des hasards, que le marchand Murdac a été trouvé mort et que je suis impliquée dans son trépas. Le saviez-vous ?

— Bien sûr que je connaissais la mort de Murdac, répondit le chapelain. Jude ne vous en a-t-il point prévenue ?

— Non, et je ne comprends pas pourquoi.

Ranulf Flambard s'adossa de nouveau au mur, la tête à demi tournée dans la direction de la jeune femme.

— Eh bien, je suppose qu'il avait ses raisons. Peut-être attendait-il le moment propice pour vous faire part d'une nouvelle aussi dérangeante. Pour un nouvel époux, annoncer à sa femme la mort soudaine d'un de ses anciens prétendants à quelques jours de son mariage est quelque peu délicat, vous devez en convenir. Et si vous étiez impliquée dans cette affaire, comme vous le dites, vous en seriez certainement informée à cette date, je puis vous l'assurer. Mettez-vous à la place de votre mari, ma dame.

— Oui, mais que penser des autres accusations qui me visent ? Ils disent que j'utilise la sorcellerie, la magie, et c'est un grave péché, messire. Ils pensent que la mort de de Lessay et le châtiment de Warin sont le résultat de je ne sais quelle absurdité.

Le chapelain posa une main sur la sienne, un bref instant, avant de la retirer.

— Les soldats, dit-il, sont une engeance à part. Ils s'ennuient aisément et sont avides de tout ce qui peut les distraire. Ils parient, boivent, se battent entre eux et vont voir des ribaudes. Ils inventent ce qui leur plaît quand les faits ne leur suffisent pas. Ils sont loyaux envers leur chef, mais ils ne sont pas connus pour être raisonnables. Ils sont à même de supporter les pires duretés de l'existence et se soucient fort peu de ce qu'ils imposent à autrui. Quand ils trouvent un jouvenceau aussi naïf que Gilbert, ils lui font avaler des bobards et le délestent de son argent avant même qu'il ait compris qu'il a été attiré dans un pari. Ce jeunet apprendra vite à faire la part des choses, je présume, même s'il ne possède pas l'esprit le plus vif qu'il m'ait été donné de voir.

Rhoese l'observait pendant qu'il parlait, comme elle l'avait fait durant leur chevauchée. Elle était impressionnée par sa connaissance de la nature humaine.

— Comment savez-vous que c'est Gilbert qui m'a rapporté ces ragots ?

Le chapelain sourit largement, avec un petit rire.

— Il parle à tort et à travers, n'est-il point vrai ? Et il vient d'avoir l'honneur de s'asseoir près de lady Rhoese d'York, et de lui parler en privé. Il va à coup sûr s'en vanter haut et fort. Que vous a-t-il dit d'autre ?

— Rien, répondit Rhoese. Je commence à comprendre, je crois. Mais, d'une manière ou d'une autre, j'aimerais que l'on cesse de parler de moi en ces termes.

— Laissez-moi m'en occuper. Je ferai taire ces bavardages, si c'est ce que vous désirez.

— Merci. Je l'apprécierais grandement.

— Il y a une alternative, cependant.

Une abeille paresseuse interrompit son vol et vint se poser sur la manche brodée du chapelain pour se frotter les pattes, mais il ne fit rien pour la déranger.

— Quand vous découvrez que l'on vous attribue une certaine forme de pouvoir, quelle qu'elle soit et que vous y croyiez ou non, il peut s'avérer quelquefois très utile de laisser dire pour utiliser ce pouvoir à votre profit, et non à votre détriment. Dans votre cas, ces soldats peuvent avoir envie de croire que vous êtes capable de magie parce que les femmes, pour eux, se répartissent en cinq catégories : les déesses, les figures maternelles, les épouses, les sœurs et les catins. Vous avez été placée de toute évidence dans la catégorie des déesses, ma dame, ce qui vous donne un avantage considérable. A votre place, je ne le rejetterais pas légèrement.

Intriguée, et assez excitée par cette façon de voir les choses, Rhoese dévisagea Ranulf Flambard.

— Par tous les saints, voici ce que l'on appelle une alternative, messire. Dites-m'en davantage, je vous prie.

L'abeille s'envola, écartée par un index pointé sur elle.

— Pas maintenant. Pour l'heure, regardez donc votre époux pourchassé par une prétendue déesse. Jouissez de ce spectacle. Et venez dans ma chambre après souper, ma dame, je vous en dirai plus sur la façon de profiter de votre réputation. Apportez le livre avec vous.

Quelque peu choquée par une invitation aussi directe, Rhoese se demanda s'il l'aurait exprimée avec plus de déférence, s'ils n'avaient pas été interrompus par une scène qui ne manquait certainement pas de sel : avançant à grands pas dans l'allée, Jude semblait sur le point de se mettre à courir pour échapper aux collantes attentions d'une jouvencelle vêtue de rouge, et dont le teint était de la couleur de sa robe. Elle tenait ses jupes d'une main pour avancer plus vite, et tendait l'autre en avant afin d'attraper la large manche de Jude qui flottait derrière lui.

Cette démonstration était si pleinement à l'opposé de ce que Rhoese avait craint, qu'elle eut du mal à respecter l'ordre de Ranulf Flambard lui recommandant le silence.

Quand Jude s'arrêta soudainement, la jeune Henriette le heurta de plein fouet et son visage exprima le triomphe de la victoire — jusqu'à ce qu'elle s'aperçoive qu'ils avaient des témoins. Alors, étouffant un cri de sa main libre, elle tourna les talons et s'enfuit à vive allure, ses cheveux dansant derrière elle. Jude la suivit des yeux, le regard fixe, puis se détourna pour faire face à sa femme et au chapelain. Il se mit à rire à gorge déployée, les mains sur ses genoux, soulagé d'être délivré mais incapable de trouver les mots pour expliquer la scène.

— Judhael de Brionne fuyant devant une femme ? lança maître Flambard. Je ne pensais pas voir cela un jour. Est-ce le mariage qui vous a transformé, mon garçon ?

— Par le ciel ! s'exclama Jude en les rejoignant d'un pas vif.

Riant toujours, il s'assit près de Rhoese et se passa les mains dans ses cheveux noirs, qui avaient l'éclat doux de la soie.

— Non, Ranulf, je ne fuyais pas devant une femme mais devant une enfant furieusement obstinée. On pourrait penser que ces jouvencelles n'ont jamais vu d'homme auparavant, à la façon dont elles se conduisent. Vous feriez bien de vous montrer prudent, vous aussi. Je jure qu'elle m'aurait mis sur le dos, si elle l'avait pu.

— Et cela vous aurait-il déplu ? demanda Rhoese d'une voix douce.

— Rien de ce que cette gamine a à m'offrir n'aurait l'heur de me plaire, ma dame.

Le chapelain se pencha vers Rhoese avec la mine d'un conspirateur.

— Notre Jude préfère s'affronter à un défi. J'ai ouï dire qu'il allait y avoir certains jeux sur la prairie, dans un moment : tir à l'arc, lutte et autres divertissements. Je me demande si notre héros va y prendre part, ou si le mariage l'a définitivement amolli ?

Jude s'adossa au mur et ferma les yeux.

— Je vais y prendre part, après quoi je réclamerai ma récompense.

Les sourcils du chapelain se haussèrent et il décocha un clin d'œil à la jeune femme.

— Avoir une trop grande confiance en soi peut receler des dangers, mon bon ami.

— Pas cette fois, répondit Jude avec assurance.

Chapitre 15

— Je dois avouer, dit Rhoese à Hilda, un peu plus tard, que j'ai été assez surprise d'entendre un chapelain du roi parler de déesses et de catins.

Sa nourrice laissa choir une brassée de vêtements pliés dans le coffre que l'on avait séchés et se redressa avec une grimace, en se tenant le dos.

— C'est un homme, ma mie. Il n'y a pas à se laisser surprendre par ce qu'un homme peut dire, penser ou même faire, de fait. Ce qui est sûr, c'est que celui-là a l'intention d'arriver où il veut par la route la plus courte. Il n'est pas du style à mâcher ses mots ; cela lui prendrait trop longtemps.

— C'est ce que vous pensez ? s'enquit Rhoese.

— Oh oui, ma douce. Et si vous voulez entendre mon avis, vous feriez bien de ne pas vous laisser entortiller par lui.

Elle tendit à la jeune femme un petit mantelet de drap gris, lui en ouvrant le col pour qu'elle pût y passer la tête.

— Tenez. Si vous devez ressortir, il faut vous couvrir.

— La couleur ne va pas avec celles de ma cotte et de ma robe, objecta Rhoese.

Hilda insista.

— Que cela soit le moindre de vos soucis, dans cette famille aveugle aux couleurs. Je n'ai jamais vu un tel assortiment de teintes de toute ma vie.

La tête surgissant du mantelet, Rhoese dégagea ses longues nattes de l'encolure.

— Ce Gilbert commence à m'incommoder aussi vivement

que la peste le ferait, dit-elle, mais que dois-je faire de sa sœur ? Elle m'irrite et me fait pitié en même temps.

— Ne vous apitoyez point sur elle, mon cœur, sinon elle pensera que vous lui ouvrez la porte toute grande. Ce qu'elle comprendra le mieux, c'est la fermeté, pas la sympathie. Les lasses de son style prennent un yard, si vous leur accordez un pouce. Seul le ciel sait où elle s'arrêtera.

Le ton sans réplique de la nourrice exprimait clairement qu'elle en savait autant que le ciel dans ce domaine, malgré ses dires.

Prête à suivre ses conseils en ce qui concernait les caprices d'Henrietta, parce que cela semblait la chose la plus aisée à faire, Rhoese était moins sûre de ce qu'elle avait avancé au sujet de maître Flambard. Pour une part, le chapelain ne lui déplaisait point et elle jouait avec l'idée d'un badinage qui rendrait Jude jaloux de son ami. Ceci, au moins, lui indiquerait si son mari ne la considérait que comme une partie de ses possessions ou comme quelque chose d'autre. Ce pari, cependant, lui semblait assez osé et elle en redoutait l'issue, qui pouvait être amère. Mais elle était presque prête à risquer d'être battue pour découvrir s'il avait un cœur, et plus encore pour savoir si elle avait le moyen de le réchauffer. Si elle parvenait à ses fins, elle disposerait d'un vrai pouvoir, le seul qui l'intéressait. Et quand elle briserait ce cœur, lentement, douloureusement, elle tiendrait enfin sa douce vengeance pour la souffrance qu'elle avait endurée.

Les mots qui s'agitaient dans sa tête lui paraissaient à la fois sauvages et mélodieux. Et pourtant, quand elle écoutait cette même harmonie farouche monter de son cœur, au lieu d'en jouir elle ressentait une incertitude qui la fit s'asseoir pesamment sur le lit et serrer son mantelet autour d'elle. Durant quelques instants, pendant qu'Hilda s'affairait dans la chambre, elle se laissa prendre par la douceur de certains souvenirs récents qui lui promettaient d'autres plaisirs à venir. Cela lui rappela la potion qu'elle avait avalée, et qui la tenait en son pouvoir jour après jour. Elle se sentait impuissante, sans antidote possible.

Il y avait aussi la pitié qu'elle éprouvait pour Warin, dont les terribles blessures ne lui avaient pas prodigué la satisfaction qu'elle aurait pu en attendre. Etait-ce bien le pouvoir qu'elle convoitait, celui de ruiner la vie d'un homme ? Et n'avait-elle pas éprouvé le plus suave des plaisirs à s'abandonner à un mâle plus expérimenté qu'elle dans l'art d'aimer ?

— Eh bien, dit Hilda. Allez-vous voir ces joutes ?

— Pardon ? Oh, oui. Venez-vous aussi ?

— Quand j'en aurai fini avec ce que j'ai à faire ici. Tenez Els à l'œil, ma dame. Elle s'est prise d'un béguin pour le jeune Gilbert, il faut la surveiller.

Rhoese émit un grognement.

— Oh, Hilda ! Je ne sais plus où donner de la tête, avec tout cela.

Malgré ses dires, Rhoese s'acquitta fort bien de ses tâches, comme elle avait été entraînée à le faire par son rôle de maîtresse d'une vaste maisonnée. Elle ne vit que peu de mal aux enfantillages de Gilbert et d'Els. Elle prit part au jeu de quilles et gagna presque, puis se mit de côté quand les garçons s'engagèrent dans une rixe qui se termina dans les rires et les pleurs.

Les quatorze familles qui vivaient sur les terres du seigneur de Catterick vinrent participer aux joutes, ainsi que dix petits tenanciers et leur prêtre. Ce dernier était accompagné par sa concubine, qui tenait dans ses bras un jeune enfant si ressemblant à l'ecclésiastique que ses protestations de n'être qu'une simple gouvernante tombèrent à plat.

Les fêtes des récoltes étaient plus tardives dans le nord, les grains et les fruits mûrissant bien avant dans les mois de septembre et d'octobre. Mais cette année avait connu des inondations et des moissons abîmées, et ces jeux constituaient une petite compensation pour le travail supplémentaire qui avait été requis des fermiers avant les premières gelées et la famine inévitable de l'année à venir.

En dépit des rivalités entre Anglais et Normands, qui s'arrêtaient de justesse avant que de vrais dommages ne soient causés, il y eut quantité de jeux qui placèrent tout le monde sur le même pied tant que les amusements durèrent. Mais le plaisir de Rhoese fut modéré par la présence incessante de Gilbert, qui tournait autour d'elle comme son ombre et guettait l'occasion d'entériner son premier succès si seulement elle acceptait de le regarder. La jeune femme incita Els à parler au jeune homme et s'éloigna pour aller se poster près de Jude, espérant le décourager. Il n'en fut rien. Le jouvenceau la suivit et se campa sur son autre flanc, lui décochant des regards plaintifs.

Son malaise avait dû se communiquer à Jude. Sans cesser de prodiguer ses encouragements aux jeunes combattants à l'épée, il la prit par le bras et l'attira fermement devant lui, si bien qu'elle sentit sa chaleur dans son dos. Puis, glissant les mains sous son mantelet sans tenter de se cacher, il fit glisser ses doigts sur les côtes de la jeune femme, la tenant assez serrée contre lui pour la sentir trembler dans son étreinte.

Avant qu'elle ait pu s'accoutumer à cette nouvelle démonstration de tendresse, elle sentit que ses doigts remontaient jusqu'à ses seins pour en englober la rondeur ; de ses pouces, il en caressa lentement les pointes jusqu'à ce qu'elles se dressent sous l'étoffe de son corselet et de sa cotte. Les genoux de Rhoese faiblirent. Le regard troublé, elle s'arqua contre Jude, son souffle perdant soudain son rythme régulier. Par-dessus son épaule, elle le supplia de s'arrêter, retenant ses mains sous les siennes.

— Je vous en prie, murmura-t-elle. Pas ici…

Les caresses s'interrompirent, mais les bras de Jude se refermèrent sur elle, l'empêchant de s'échapper.

— Cela a marché, lui chuchota-t-il à l'oreille. Regardez son visage.

Si Rhoese avait été capable d'anticiper l'expression blessée du jeune Gilbert, elle n'aurait pas aggravé les choses en lui laissant voir qu'il était observé. Mais elle n'était pas en état d'y songer, et quand Jude et elle prirent conscience de l'expression douloureuse du jouvenceau, suivie par son départ précipité qui le poussa à bousculer des gens sur son passage, elle s'avisa qu'il s'était agi d'une manigance impitoyable pour se débarrasser de lui. En outre, alors qu'elle cherchait la protection de son époux, elle avait été utilisée comme un outil, et elle dut démêler par elle-même les émotions contradictoires qui l'envahirent à cette idée.

Bien sûr, le jeune garçon avait vu ce qui s'était passé. Mais Jude eût-il utilisé le même vil procédé pour décourager Henrietta ?

— Lâchez-moi ! chuchota-t-elle d'un ton courroucé. Vos agissements ont été méchants. Cet enfant ne peut comprendre.

— Tenez-vous tranquille ! maugréa Jude dans son voile de mollequin. S'il ne comprend pas dans l'immédiat, il le fera bientôt. Bravo ! cria-t-il aux jeunes gens qui s'exerçaient à l'épée. Allez-y, mon garçon ! Repassez à l'attaque ! Maintenant !

— Vous *n'avez pas* de cœur, coupa Rhoese d'un ton sec. Vous êtes comme les autres, dur et sans pitié.

— Oui, ma beauté. Vous allez bientôt vous en rendre compte en me voyant passer à l'action, riposta Jude. Allez, les garçons ! Tenez bon !

Mais Rhoese ne se débattit pas pour se libérer, après cette escarmouche. Voyant Henrietta qui les regardait d'un œil noir, de l'autre côté du cercle de spectateurs, elle adopta une expression de contentement. Juste pour la jouvencelle, se dit-elle.

Les luttes entre les hommes étaient toujours le point fort de ce genre de jeux. C'était une affaire sérieuse, durant laquelle ils pouvaient régler des comptes anciens et où des réputations se bâtissaient ou s'écroulaient en public. Avoir des invités prêts à s'y mêler ne faisait qu'accroître l'intérêt de la chose, et l'on attendait des hommes du comte Alan qu'ils battent les villageois à plate couture. Dans chaque clan s'affrontaient des hommes durs, à l'air belliqueux.

Rhoese sentit que c'était ce que Jude espérait, car sa main droite remonta jusqu'à son menton et il lui fit lever la tête pour l'embrasser avant qu'elle ait pu réagir. Il l'enlaça étroitement, avant de lui murmurer d'un ton pressant :

— Juste pour cette fois, vous êtes autorisée à me mentir. Dites-moi que vous souhaitez que je gagne, et que vous m'encouragerez. En êtes-vous capable ?

— Je puis le faire, juste pour cette fois, accorda la jeune femme. Je vous encouragerai et vous vaincrez.

Elle avait adopté un ton parfaitement convaincant et Jude ne put deviner si elle disait ou non la vérité, car elle ferma les yeux en se laissant embrasser derechef devant tout le monde, les envieux, les curieux et les furieux.

— Je vaincrai, assura-t-il.

Il la relâcha vivement et alla rejoindre ses hommes qui l'appelaient, riant aux applaudissements qui l'acclamaient comme s'il venait de gagner sa dame sur tous ceux qui avaient en vain tenté de s'emparer d'elle. Quant à Rhoese, après avoir feint de remettre de l'ordre dans ses vêtements elle nota ce que Jude avait manqué en se détournant : le coup d'œil courroucé que lui lançait Gilbert, avant d'aller rejoindre les compétiteurs.

La prairie fut nettoyée de ses pierres, les équipes formées et des insultes échangées. Des insultes qui n'omettaient nul détail anatomique, et les femmes se montraient aussi inventives que les hommes, mais il n'y avait pas d'yeux qui ne s'attardaient point sur le magnifique Normand qui venait d'embrasser sa jeune épouse et dont le torse puissant rutila au soleil lorsqu'il lança sa tunique à son écuyer.

— Juste ciel ! Quel beau morceau que voilà ! s'exclama Hilda avec son franc-parler de femme du nord. Il n'y a pas une seule femme ici qui le refuserait, j'en mettrais ma main au feu. Et regardez le reste, ajouta-t-elle en donnant un coup de coude à sa maîtresse. Regardez !

Henrietta et ses sœurs se tenaient au bord de l'assistance, les yeux caressants et la bouche parfaitement immobile, pour une fois. Leurs pensées étaient aussi transparentes que de l'eau claire, tandis qu'elles observaient le superbe dos tourné vers elles. L'une des plus jeunes se pencha pour murmurer quelque chose à son aînée, mais celle-ci continua à regarder Jude, figée sur place, et ne répondit pas.

Rhoese se détourna, soudain protectrice de l'homme qui lui appartenait en théorie.

— Qu'elles regardent tout leur soûl, dit-elle. C'est tout ce qu'elles auront.

Elle se demanda alors s'il importait vraiment à Jude qu'elle l'encourage, et se dit qu'elle le ferait sans avoir à lui mentir.

— Attendez ! lui chuchota Hilda. Regardez de ce côté, à présent !

— Quoi ? Où ?

— Vous avez manqué ce que je voulais vous montrer. Le jeune Gilbert prépare un mauvais tour. Il vient de faire un signe à Henrietta, qui a hoché la tête. Ces deux-là n'ont rien de bon à l'idée, j'en suis sûre.

— Ce n'est pas grave, dit Rhoese.

— C'est ce que nous allons voir, mais j'en suis moins certaine que vous.

Les hommes pénétrèrent dans l'arène deux par deux, se battirent et repartirent en boitant ou en vacillant, quand ils n'étaient pas jetés à terre par leur adversaire. Jude s'adonna à deux rixes farouches, l'une contre un Anglais, l'autre contre un Normand, les vainquant tous les deux par sa superbe agilité, par ses ruses et par sa force. De toute évidence, il était le concurrent favori pour remporter le concours.

Ainsi qu'elle l'avait accepté, Rhoese cria aussi fort que les autres et fit en sorte que Jude voie qu'elle respectait leur marché, même si elle priait en elle-même qu'il ne reçût pas de coup trop méchant.

C'est alors qu'un vacarme se leva à l'arrière de la foule. Il y eut des cris, des bras agités, et finalement la silhouette rose de Gilbert de Traille s'engagea dans le cercle, provoquant un Jude réticent qui fut poussé en avant par des glapissements d'encouragement.

— Si c'est ce que veut ce blanc-bec, qu'on le lui donne ! crièrent plusieurs hommes à tour de rôle.

La mère du jouvenceau protesta autant que Jude, alléguant que c'était absurde, mais Hubert de Traille ne vit rien de mal à ce que son fils aîné apprenne à perdre face à plus fort que lui.

— Allez-y ! cria-t-il. Qu'on en finisse !

Troublée par l'intensité du ressentiment de Gilbert et par sa témérité, Rhoese essaya en vain d'accrocher le regard de Jude. Il gardait déjà les yeux fixés sur son jeune adversaire, alors que le signal de la lutte n'avait pas encore été donné, comme s'il se doutait que le jouvenceau allait tricher pour le blesser. Si Jude lui avait présenté son dos, songea Rhoese, nul doute qu'il lui aurait sauté dessus tel un léopard, règles ou pas règles, car ils étaient aussi mal assortis que c'était possible.

Au début, Jude joua avec Gilbert, parant chaque tentative du jeune garçon pour le renverser, tournant autour de lui en se ramassant sur lui-même, esquivant chaque coup de pied et chaque crochet du bras, se détendant quand il le fallait en répliquant sans faire de mal au jeune homme qui était de plus en plus furieux. Promptement, et de belle manière, Jude mit fin à cette première phase du combat en attrapant Gilbert dans ses bras quand ce dernier se rua sur lui. Il le balança sur son épaule et le jeta au sol aux pieds de son père.

La foule hurla son approbation, tandis que Jude, les mains sur les hanches, attendait que son adversaire recouvre ses forces pour repartir à l'attaque. Grand et imposant, il dominait la scène comme Rhoese l'avait vu la dominer, elle, à plusieurs reprises lorsqu'ils étaient encore à York.

Soudain, par-delà l'assistance, il y eut des hurlements et des cris affolés. Les têtes se tournèrent et exprimèrent la plus pure frayeur quand deux taurillons noirs bondirent dans l'arène parmi les corps allongés par terre et ceux qu'ils renversaient. Ils avaient les yeux fous, les épaules et les flancs en sang. Une autre paire d'animaux surgit après la première, semant la terreur parmi les spectateurs qu'ils piétinaient comme ils auraient piétinés des épis de blé. Puis les quatre bêtes, voyant une silhouette solitaire dressée face à elles, se ruèrent dessus comme si elles la tenaient pour responsable de leur épouvante.

Sautant, bondissant et beuglant, les taurillons chargèrent Jude qui écartait les bras dans une vaine tentative de les détourner des enfants qui se trouvaient derrière lui. Les quatre bestiaux le prirent entre eux et le renversèrent telle une quille, avant de le piétiner en passant sur lui au grand galop.

Hurlant à pleins poumons tandis qu'elle se précipitait vers Jude, Rhoese se trouva plus près des naseaux roses d'un taurillon qu'elle ne l'avait jamais été. Elle le frappa de ses poings, sauvagement, l'obligeant à reculer.

— Ote-toi de lui ! clama-t-elle. Va-t'en, espèce de brute !

Poussant de toute la force de ses épaules contre l'arrière-train de l'animal, elle essaya d'empêcher qu'il continue à piétiner Jude recroquevillé sur lui-même de ses quatre sabots. Mais il fallait bien qu'il pose les pattes quelque part, et il les posa sur le dos du Normand tandis qu'il s'efforçait de rejoindre ses compagnons.

Saisie de fureur, Rhoese lui frappa encore l'échine de ses poings, et se fit mal au poignet en tambourinant sur ses os aigus. Puis elle l'attrapa par la cuisse, pour éviter qu'il ne heurte Jude derechef. Sa patte arrière ainsi emprisonnée, le taurillon se défendit de l'autre en lui donnant un coup de sabot, et elle fut renversée en arrière sur Jude tandis qu'une autre forme noire fondait de nouveau sur eux, affolée par les bras qui s'agitaient de tous côtés. D'instinct, Rhoese changea de position et se jeta sur la tête de son époux qu'elle appuya au sol.

— Ne vous relevez pas ! cria-t-elle sur sa nuque. Restez allongé !

Le visage enfoui dans les cheveux de Jude, elle ne vit pas repartir les taurillons qui s'étaient une nouvelle fois rués sur eux. Bientôt, des bras et des mains la relevèrent, tandis que des enfants pleurnichaient, que des mères apeurées criaient et que les chiens aboyaient d'excitation.

Etrangement, ce ne furent pas ses propres blessures qui retinrent le plus son attention, ni celles de Jude ou d'autres personnes. Elle se demanda pourquoi elle était là, protégeant ce Normand auquel elle avait été vendue et pour lequel elle avait si peu d'importance qu'il la traitait comme si elle n'avait aucun sentiment. Un Normand qu'elle s'était juré de blesser, d'une manière ou d'une autre.

Jude détourna alors la tête, et elle vit le sang qui coulait sur son front d'une coupure. Un hématome se formait déjà sur sa pommette, et ses braies étaient en lambeaux.

— Parlez-moi ! dit-elle d'un ton pressant, soudain malade de peur.

Il ouvrit son œil valide.

— Je puis faire davantage que de vous parler, murmura Jude. Etes-vous blessée ?

Elle s'écarta de lui.

— Pas où cela se voit, répondit-elle tranquillement.

Le souper fut servi plus tard que de coutume dans la vaste grand-salle des de Traille, et dans une atmosphère tendue qui surprenait vu le nombre des commensaux. Alicia de Traille avait fait de son mieux pour ne pas commenter l'absence de Gilbert et d'Henrietta, mais elle se trouva dans l'impossibilité de jouir de son repas, sachant que ses deux aînés étaient privés de manger. Son chapelain, en revanche, n'avait pas de problème d'appétit après les coups de martinet qu'il avait donnés à Henrietta, nota-t-elle. Et le pauvre Gilbert, après avoir été battu, avait été envoyé dans la pièce la plus froide du donjon, alors que les nuits étaient si fraîches. Malheureux petits, songea-t-elle avec tristesse. Quel démon avait-il pu les posséder, pour qu'ils fassent une chose pareille ?

Son regard dériva vers lady Rhoese de Brionne, et elle vit que la jeune femme montrait quelque difficulté à manger, elle aussi.

Dès qu'elle le put, Rhoese appela Els et Hilda assises en bas de la table et elle se retira dans sa chambre sous le prétexte qu'elle avait besoin de repos. Jude s'était inquiété de ses meurtrissures ; en réponse à ses premières questions il savait qu'elles n'étaient pas graves, mais il savait aussi que même si elles l'avaient été la jeune femme ne lui en aurait rien dit.

Pour sa part, il n'avait pas été grièvement blessé. Il avait aidé Rhoese à transporter plusieurs des enfants qui avaient été piétinés ou renversés, avant de laisser panser son front et son dos. Mais il avait mesuré combien cet incident avait ébranlé Rhoese, et loin de se réjouir de ses performances de l'après-midi, le manque de courtoisie chevaleresque qu'il lui avait témoigné pesait lourdement sur sa conscience.

La façon dont il l'avait traitée pendant qu'il la tenait devant lui avait été égoïste et insensible ; ce n'avait été qu'une manière disgracieuse de répondre à un garçon qui aurait presque pu être son fils, et il s'en voulait. Rhoese s'était tournée vers lui pour qu'il la protège et il avait tiré profit de la situation, sottement, sans prendre en compte l'antipathie qu'elle lui vouait ni le délicat équilibre des réactions qu'elle lui témoignait.

Elle avait tous les droits d'être en colère, et désormais les lents progrès qu'il avait faits à son encontre seraient encore plus difficiles à maintenir.

Sans joie, il la regarda s'éclipser dans un bruissement de velours vert et doré, de drap ivoire et de mollequin blanc. Il supposa que son désir de repos n'était qu'à moitié vrai, sa politesse glacée révélant plus qu'il ne l'aurait voulu le dégoût qu'elle avait de lui. Et, cependant, il se remémorait le doux poids de son corps sur le sien, lorsqu'elle s'était jetée sur lui pour le protéger, allant même jusqu'à affronter un taurillon pour lui éviter plus de mal. C'eût été à lui de la protéger, et non le contraire.

Quelle femme rare et complexe !

Ranulf Flambard se pencha vers lui, cachant sa bouche derrière un abricot à moitié mangé.

— Je vous suggère d'aller la rejoindre, mon ami, dit-il en suivant le regard de Jude. Vous avez tous les deux des récompenses à réclamer, je crois, et qui sait ce qui arrivera demain ?

Sans répondre, Jude essaya de décrypter l'expression du chapelain. Il pensait plus que ce qu'il ne disait, de cela il était certain.

Souriant à son abricot, Ranulf poursuivit :

— Allez lui demander à qui elle porte le livre. Elle vous le dira sans doute, à présent.

Il jeta une œillade à Jude, toujours souriant.

— Comment je le sais ? C'est parce qu'elle et moi avons un rendez-vous. Non, ne me regardez pas ainsi, mon garçon. Je lui ai demandé à voir cet ouvrage, et elle a accepté.

— Elle doit venir vous voir seule, ce soir ?

Ranulf mordilla le fruit.

— Probablement. Et oui, elle sera seule.

Il se tourna vers son ami, redevenu sérieux.

— Elle et moi avons parlé pendant deux jours, Jude. C'est vous qui l'avez permis, et vous sembliez en être content. Vous n'attendez tout de même pas que je n'aie pas appris certaines choses sur les sentiments qu'elle vous porte ?

Le silence du chevalier ne le découragea pas.

— Je suis heureux de l'entendre, reprit-il malicieusement. Sinon, j'aurais cru devenir sénile. Elle était en colère contre les hommes avant de vous avoir rencontré, savez-vous. Je vous l'ai dit quand vous l'avez vue pour la première fois. Elle va essayer tous les tours possibles et imaginables pour vous faire payer le fait que vous l'avez achetée, aussi ne vous attendez point à ce qu'elle vous tombe entre les mains tel un fruit mûr. Il va vous falloir faire quelques efforts.

— Je ne me souviens pas que vos premiers conseils aient été fort inventifs, répliqua Jude.

— Non, mais ce n'est pas moi qui ai la réputation que l'on vous fait, ni la femme qui est la vôtre. D'autres objectifs retiennent mon attention. Laissez-moi cependant vous répéter ceci : elle essaiera tout ce qui sera en son pouvoir pour vous blesser. Et quand je dis « tout », je le pense.

Jude se renversa en arrière, jetant une longue jambe par-dessus le banc capitonné, et tapota le bas du chapelain.

— Posez cette chose et venez avec moi, dit-il. Je pense que nous ferions mieux de poursuivre cette conversation en privé.

Sans quitter la grand-salle, il guida son ami vers une petite alcôve creusée dans l'épaisseur du mur ; un étroit escalier en spirale en partait pour mener à la galerie sise au-dessus. Un banc de bois était appuyé contre un mur et ils s'assirent de concert, posant un pied sur les coussins, le visage à demi éclairé par des torches distantes.

— Maintenant, dit Jude, vous allez me dire exactement de quoi vous parlez.

— Je lui plais, déclara Ranulf d'un air candide. Elle est prête à initier un sérieux badinage avec moi. Ne vous tourmentez point, cela ne conduira à rien. Mais si vous êtes au courant avant que cela ne se produise, vous pourrez réagir de façon adéquate, n'est-il point vrai ? Au lieu de vous conduire d'une manière déplacée, je veux dire.

Il attendit un commentaire qui ne vint pas.

— Oh, allez, Jude ! Vous ne vous montrez pas aussi buté, de coutume. Ces petits taureaux vous ont-ils labouré la tête, en plus du dos ?

Touchant son front avec précaution, Jude fronça les sourcils.

— Que voulez-vous dire par « de façon adéquate » ? Et par « d'une manière déplacée », qui plus est. Que suis-je censé faire ?

— Je pensais que vous n'alliez jamais me le demander. Vous voulez vraiment la conquérir, n'est-ce pas ? La conquérir totalement, veux-je dire.

— Que savez-vous encore que je ne vous ai point dit ?

— Je suis un *chapelain,* Jude. La nature humaine n'a aucun secret pour moi.

— Désolé, je le sais. Pensez-vous par hasard que je pourrais la battre ? Est-ce la « manière déplacée » dont vous parliez ?

— Non, je sais que vous n'êtes pas disposé à vous comporter de la sorte. Et permettez-moi de vous dire qu'une bonne menace de temps à autre n'est pas à négliger non plus. Mais ce que j'essaie de vous faire comprendre, mon ami, c'est qu'elle a besoin de savoir où elle en est avec vous. Elle ne s'est pas vraiment sentie en sécurité cette dernière année, à ce que j'ai cru saisir, et tant que vous lui laissez croire que vous ne ressentez rien pour elle, elle aura un certain mal à se sentir en confiance pour vous avouer ses propres sentiments, ne pensez-vous pas ? Est-ce ce que vous souhaitez ?

Se penchant en avant, Jude noua ses deux mains autour de son genou et inspira fortement avant de soupirer. Il secoua la tête avec réticence.

— Ecoutez-moi, Ranulf : je sais que vous avez étudié les êtres humains et leurs faiblesses, mais les choses ne sont pas aussi simples que vous semblez le penser. Ainsi que vous le disiez, quelque chose a monté Rhoese contre les hommes. Tous les hommes, et n'importe lequel d'entre eux. Ce ne peut être simplement le benêt qu'elle envisageait d'épouser. Il y a davantage dans sa haine ou dans sa méfiance de la gent masculine ; bien davantage.

Il se tut un instant, avant de reprendre :

— Le fait que je sois un Normand n'aide en rien à la

chose, non plus, car aux yeux des Yorkistes il n'y a guère de bon Normand. Nous ne sommes que tolérés, vous le savez, et encore à grand-peine. Ce n'est pas non plus parce que je l'ai dépossédée de tout ce qu'elle avait : elle aurait perdu ses biens tôt ou tard au profit d'un mari, que je sache.

Ranulf poursuivit dans la défense de Rhoese.

— Cette dépossession ne s'est pas passée d'une manière fort digne, vous devez l'admettre.

— Elle a été loin d'être digne, je le reconnais. Mais si je lui montre que je m'amollis, Ranulf, elle va me mépriser. Si je lui laisse voir qu'elle peut toucher mon cœur, elle va essayer de le briser. Quelque chose ou quelqu'un l'a profondément blessée, et elle ne songe à rien d'autre qu'à rendre la pareille. Elle a déjà essayé, aussi je vous parle en connaissance de cause.

— Oui, et tout ce qu'elle y a gagné, c'est une réputation qu'elle ne sait comment prendre. Vous avez entendu comment ce jeune coquelet l'a appelée devant son père, non ? Il l'a traitée de sorcière, et elle le sait.

— Ah, tout cela n'est qu'absurdités. Elle ne peut le croire.

— Elle n'y croit pas, mais elle en est affectée. Peu de femmes sont chaudes pour avoir ce genre de réputation. Vous pouvez vous montrer ferme et maître de la situation sans pour autant être froid et dur, Jude. Comportez-vous davantage en époux. Un baiser en public est une chose, mais donner l'impression que vous appréciez sa compagnie en est une autre. Je vous laisse juge.

— Pendant qu'elle badinera avec le chapelain du roi ?

— Essayez, insista Ranulf en ignorant son sarcasme. Vous n'avez pas vu comment elle vous suit du regard. Et se serait-elle portée à votre secours, cet après-midi, si elle voulait vraiment que vous soyez blessé ? Je connais peu de femmes normandes qui en auraient fait autant pour leur époux. Par ailleurs, je ne pense pas qu'elle soit femme à souhaiter de la « mollesse » chez son mari. Une femme capable de lutter avec un taurillon est capable de camper sur ses positions dans une dispute conjugale. Je ne vous demande point de lui céder sur tous les points, mais nous n'avez pas besoin de la battre si elle s'oppose à vous. Ce n'est pas cela qu'il lui faut.

Ce qu'il *fallait* à Rhoese d'York, ils ne l'exprimèrent ni l'un ni l'autre, mais ils pensaient tous les deux avoir une assez bonne opinion sur la réponse à cette délicate question. Et le fait que Ranulf Flambard aille aussi loin dans ses conseils à Judhael de Brionne sur l'état d'esprit de son épouse pouvait bien être, de fait, le pivot d'une relation conjugale qui semblait s'être figée à quelques jours du mariage.

— Que vouliez-vous que je lui demande ? reprit Jude. Ah, oui.

— Le livre, déclarèrent-ils à l'unisson.

— Cet ouvrage pourrait être un outil fort utile, observa le chapelain.

— De quelle manière ? s'enquit Jude.

Maître Flambard se leva et ôta soigneusement un cheveu tombé sur sa tunique.

— Oh, trouvez-le vous-même, mon garçon ! Faut-il vraiment que je vous dise tout ?

— Non, merci. Il y a certaines choses que je puis régler par moi-même.

Ils regagnèrent la partie éclairée de la grand-salle.

— Et, Jude..., reprit le chapelain.

— Qu'y a-t-il ?

— Ce n'est pas elle qui m'a demandé ce rendez-vous, mais moi qui le lui ai suggéré. Faites comme si vous n'en saviez rien. Cette possibilité de badinage est une manifestation de son désespoir, pas de sa dépravation, conclut Ranulf d'un ton légèrement pompeux.

— Voulez-vous dire qu'une femme devrait être dépravée pour badiner avec vous ? Non, mon ami, sûrement pas.

Patiente, peut-être, mais pas dépravée, précisa Jude en souriant largement.

Ranulf porta le revers de son index à son nez, pour cacher son propre sourire.

— Peut-être, en effet. En tout cas, il s'agirait d'une femme fort peu conventionnelle, c'est le moins que l'on puisse dire.

Chapitre 16

Contrairement aux suspicions de Jude, la fatigue de Rhoese était véritable, et son départ de la grand-salle pour retrouver le calme de sa chambre lui fut un soulagement après lequel elle avait soupiré durant tout le souper. L'intimité pour quiconque, de haut rang ou non, était une rare commodité : chaque pièce de la demeure avait plusieurs fonctions, et la solitude devait être recherchée n'importe où. Avec Hilda et Els, Rhoese s'en approchait d'aussi près qu'elle pouvait en rêver, même si sa chambrière boudait au sujet de la punition imposée à Gilbert et si sa nourrice exprimait une bordée de remarques désobligeantes à l'égard d'Henrietta.

— Cette petite séductrice, marmonna Hilda. Si elle lâche des taureaux sur les invités de son père, elle ne trouvera jamais un époux. Le ciel soit loué que vous ne vous soyez jamais mise dans une telle fureur, ma mie !

Rhoese ne pensait pas qu'Henrietta ait l'habitude de se comporter de la sorte, mais elle fut incapable de répondre dans cette veine. Une fois de plus, des gens avaient été blessés pour quelque chose qu'elle n'avait si souhaité ni incité, mais dont elle avait été responsable en étant tout simplement elle-même. Cela étant, elle n'avait qu'un désir : quitter dès que possible cette famille mouvementée.

Et puis il y avait Jude, qui l'avait remerciée poliment de s'être portée à son secours, mais qui n'avait vanté ni son courage ni son magnifique sacrifice. Il s'était contenté de lui dire sévèrement qu'elle avait été par trop téméraire, et qu'elle ne devrait jamais recommencer une chose pareille.

Elle lui avait assuré qu'elle ne le ferait plus jamais, et elle le pensait. En le disant, elle s'était imaginé combien il lui aurait plu de raconter à ses amis d'York que son époux normand avait été tué par un troupeau de taurillons lâchés par une fillette de quinze ans amourachée de lui et par le frère de cette dernière, dont le cerveau n'était pas plus gros qu'un petit pois.

Elle ramena ses pensées sur le rendez-vous qui l'attendait.

L'idée qu'elle aille passer un certain temps en compagnie de maître Flambard à cette heure de la soirée ne plairait sûrement pas au frère Alaric. Quant à Jude, même s'il l'apprenait, elle doutait qu'il en fasse cas. Mais la situation avait empiré, pour le moins, et elle avait plus besoin de conseils sur le pouvoir dont elle pouvait disposer que de sommeil.

Elle prit dans ses bras le livre enveloppé d'étoffe.

— Donnez-moi ce châle en laine, Els, et pour l'amour du ciel faites bonne figure, ma fille. Allez plutôt préparer mon lit.

Hilda pinça les lèvres.

— Est-ce sage, ma douce ? demanda-t-elle.

— Probablement pas, mais peu m'importe.

Le loquet de la porte se releva une seconde avant que Rhoese puisse le saisir. L'huis s'ouvrit et lui heurta le revers des doigts, ce qui lui fit lâcher le livre qui glissa jusqu'à ses genoux. Jude le rattrapa et le lui prit.

— Ah, fit-il en tapotant l'enveloppe humide. C'est juste ce que je venais voir.

— Naturellement, fit la jeune femme en léchant ses articulations meurtries. Pourquoi un mari visiterait-il la chambre de son épouse, la nuit, sinon pour voir un livre ?

Regardant Hilda et Els, Jude tint la porte ouverte.

— Mes dames, fit-il, je crois qu'il y a dans la grand-salle une troupe de jongleurs particulièrement intéressante. Ce serait dommage que vous manquiez ce divertissement.

Ignorant leur réticence à sortir, il referma la porte derrière elles et replaça l'évangile dans les bras de Rhoese.

— Maintenant, ma dame, dites-moi ce que vous alliez faire avec cet ouvrage, je vous prie, de façon que je sache à quoi m'attendre lors des prochains jours.

— Si vous tenez à le savoir, messire, j'allais porter ce livre à maître Flambard. Il m'a demandé si j'accepterais de le lui montrer.

Elle se débarrassa de son châle qu'elle jeta sur le lit, puis elle tendit le recueil à son mari.

Jude parut sur le point de sourire, mais y renonça.

— Il vous a vraiment demandé cela ? A cette heure de la nuit ?

Il la prit par le coude pour l'éloigner de la porte.

— Eh bien, ce n'est pas un subterfuge bien original. Il faudra que je lui en indique d'autres.

D'un geste courroucé, Rhoese lui arracha son bras.

— Je suis sûr que vous n'aurez aucun mal. Mais ce n'était pas un subterfuge, messire. Je vous l'ai dit, je trouve la compagnie de Ranulf agréable, ce qui est chose rare pour moi ces temps-ci. Et je crois me souvenir que vous m'avez dit, récemment, que vous ne prendriez pas ombrage de ses attentions.

— Permettez-moi une correction, ma dame. J'ai dit : aussi longtemps qu'il se contenterait des heures du jour. Or nous sommes après souper, et j'en prends ombrage.

— Pourquoi, grands dieux ?

Il prit le paquet et alla s'asseoir sur le banc molletonné qui se trouvait près de la cheminée. La lueur des flammes se refléta sur sa joue. Sur son front, une coupure rouge sang brillait sous l'effet du baume qui avait été passé dessus.

— Cet entretien vous déplairait, lass. Ranulf devient fort bavard, après le souper. Je le sais d'expérience.

Il avait déjà commencé à libérer l'évangile de son enveloppe, et il exposa le livre sur ses genoux. Les gemmes qui ornaient la coûteuse reliure étincelèrent, renvoyant leur éclat sur les aplats dorés à l'or fin.

Jude leva le livre, le tournant d'un côté et de l'autre.

— Pour l'amour du ciel ! murmura-t-il. D'où vient cette merveille ?

Rhoese ne répondit pas à sa question, mais releva ce qu'il avait dit auparavant.

— Je pense que je pourrais tolérer les bavardages de maître Flambard, lâcha-t-elle. Cette idée me plaît davantage que d'être réduite à l'état de bagage dans une caravane.

En souriant, Jude referma le livre et lui tendit une main.

— Venez ici, dit-il. Venez. Je ne vous laisserai pas aller trouver Ranulf, autant que ce soit clair. Il a bénéficié de votre compagnie deux jours durant, maintenant c'est à mon tour.

Rhoese détourna les yeux, tendue par la colère.

— Je n'accorde pas des *tours* aux hommes qui en expriment l'envie, messire. Je suis lady Rhoese d'York et je vous ai sauvé la vie aujourd'hui. Je n'apprécie nullement votre condescendance à m'accorder une bribe de votre temps quand cela vous plaît. Prenez ce maudit livre. Tout est à vous, mais ne vous attendez point à ce que je m'asseye près de vous en étant satisfaite de mon sort. Vous êtes aussi maladroit en paroles que vous l'êtes de vos mains. Il ne vous est certainement pas venu à l'esprit que ce qui s'est passé tantôt a été provoqué par *vous*. J'ai eu mon tour avec vous cet après-midi, et je ne l'ai pas apprécié autant que j'apprécie la compagnie de maître Flambard. Pour lui, je suis une dame. Pour vous, je ne suis qu'une femme parmi d'autres. Maintenant, veuillez me laisser seule.

Avec beaucoup de lenteur, Jude posa le livre et se leva, son sourire remplacé par une expression que Rhoese aurait pu prendre pour de la tendresse, si elle ne l'avait pas mieux connu.

— Et vous m'avez encouragé, par-dessus le marché. Etait-ce un mensonge, ma dame ? Vouliez-vous vraiment que je vous entende ?

Elle s'écarta vivement quand il tendit la main pour l'attraper, mais il fut plus prompt qu'elle et elle fut arrêtée dans son geste, frémissante de fureur.

— Les jeux stupides des hommes ! lança-t-elle en tentant de se dégager. Quelle importance cela a-t-il pour vous ? Oui, c'était un mensonge pour sauver la face, rien de plus. Si je ne vous avais pas encouragé, ma réputation en aurait souffert. Voilà la vérité.

La tenant solidement, Jude la ramena à lui tel un poisson pris au bout d'une ligne.

— C'est bon, ma beauté. Je puis accepter cela. Aussi longtemps que vous continuerez à me dire la vérité et à mentir quand je vous le demanderai, ce sera un début satisfaisant pour moi. Oui, j'avoue que je me suis montré maladroit cet après-midi, en vous caressant de la sorte, mais cela ne se reproduira plus en public. Vous avez ma parole. Tenez-vous tranquille, Rhoese.

Il serra les poignets de la jeune femme sur son torse, la maintenant fermement en place.

— Mais nous reparlerons de cela plus tard, dit-il.

— Non. Nous ne reviendrons plus là-dessus.

— Tout d'abord, je veux tout savoir de ce livre. Où l'avez-vous eu ? Je suis prêt à vous écouter.

— Ah ! Il vous faut un livre pour m'écouter, alors que vous disiez tout à l'heure qu'il ne s'agissait que d'un piètre subterfuge. Il semble cependant avoir fonctionné avec vous. Mais je n'ai nulle envie de vous parler de quoi que ce soit.

— Si vous voulez aller vous coucher ce soir, ma dame, vous avez intérêt à le faire. Allons !

Il relâcha un poignet de Rhoese et l'attira par l'autre, la forçant à s'asseoir sur le banc.

— Maintenant que vous avez aiguisé votre langue sur moi, mettez-la donc en action.

Il rouvrit le livre sur son genou, écartant les chiffons qui séparaient les pages de vélin pour les admirer. C'était un chef-d'œuvre de calligraphie, chaque page représentant des semaines d'un long et patient labeur, et toute l'habileté de l'artiste qui l'avait rédigée. En totalité, cet évangile n'était pas plus gros qu'un coffret à bijoux épais de trois pouces, mais il contenait les quatre évangiles écrits en latin d'une belle écriture ronde, avec d'énormes lettrines très ornées et des enluminures de toute beauté. Des couleurs vives éclataient à chaque page, les mots n'avaient pas souffert de l'eau et les illustrations dorées à l'or fin resplendissaient toujours avec leur éclat d'origine.

A l'exception des pages cornées sur les bords et des coins ramollis de la couverture, les dommages étaient minimes.

— C'est un joyau, déclara Jude. Comment l'avez-vous eu ?

Comme Rhoese restait muette, il se tourna pour la regarder. Il nota le pli rebelle de sa bouche et les taches rouges qui marbraient ses joues. Il prit une de ses mains dans la sienne.

— Rhoese, dit-il, Flambard pense que cet ouvrage m'appartient. C'est ce que je lui ai dit, vous en souvenez-vous ? Il ne comprend pas que je ne lui en ai pas parlé plus tôt, c'est pourquoi il vous a interrogée, vous. Il pense que je le porte à mon cousin de Durham, qui me demandera à son tour comment je me le suis approprié. Ranulf se fera sans doute un devoir d'être là quand je le lui montrerai, et il paraîtra assez étrange que je ne puisse en retracer la provenance. Ne le croyez-vous point ?

— Pas du tout. Vous pourrez répondre sans mentir que vous possédez à présent tous les biens de votre épouse anglo-saxonne, et que vous n'avez pas encore eu le temps de tous les dénombrer. Ni même de les regarder, dans ce cas.

Jude poussa un soupir.

— Très juste, dit-il. Il y a autre chose que je possède et que je ne me lasse point de contempler, à dire vrai. Merci de me l'avoir rappelé.

Il referma le livre, le posa sur le coffre, se leva et tira sur la main de Rhoese.

— Eh bien, ma dame ? Répondrez-vous à mon attente ?

— Non !

— C'est non à tout, si je comprends bien. Ne m'avez-vous pas promis obéissance, le jour de notre mariage ?

— C'était sous la contrainte.

— Alors nous allons continuer dans cette voie, je suppose.

Il tira de nouveau sur la main de sa femme.

— Non… Non ! Je vais vous parler du livre, et vous pourrez vous en aller.

— M'en aller où ?

— En enfer ! marmonna Rhoese. Que voulez-vous savoir ?

Finalement, elle fit à son mari le même récit que celui qu'elle avait fait à Eric. Cela ne prit guère de temps, car Jude ne l'interrompit pas une seule fois. Il la regarda simplement, une ou deux fois, quand sa voix trembla alors qu'elle parlait de son père.

— Des nonnes ? releva-t-il quand elle eut terminé.

Il observa de nouveau une page richement ornée.

— Pensez-vous vraiment que les religieuses de Barking ont pu donner naissance à quelque chose d'aussi beau ?

Rhoese s'efforça de ne pas montrer son enthousiasme.

— L'abbaye de Barking a toujours eu la réputation d'un lieu de savoir, dit-elle. J'ignore si la communauté actuelle est toujours à la hauteur de cette réputation, car Barking est plus proche de Londres que d'York et je n'ai pas eu de contact avec les nonnes. Ce que je sais, en revanche, c'est que l'abbaye a été fondée par un évêque de la capitale pour sa sœur, et qu'elle a toujours attiré les dames les plus nobles et les plus riches. Les religieuses ont toujours entretenu d'importantes relations avec les abbayes du continent et la cour royale. C'est peut-être pour cela que Guillaume de Normandie…

— Le roi William, la corrigea doucement Jude.

— Oui. C'est peut-être pour cela, disais-je, qu'il y a séjourné après l'invasion. J'ignore quelles autres choses ont été volées à cette époque, mais l'abbesse tenait particulièrement à recouvrer cet évangile. C'est un miracle s'il a échoué en Norvège plutôt qu'en Normandie. Ce qui finira par arriver, je suppose, si vous laissez savoir à l'archevêque Thomas que vous l'avez.

— Pensez-vous qu'il le gardera, au lieu de le rendre à ses premières propriétaires ?

— N'est-ce point ce que vous feriez à sa place ?

— S'il appartient vraiment à l'abbaye, je le rendrais probablement. J'ai certains scrupules, ma dame, en dépit de ce que vous croyez. Mais comment savez-vous qu'il s'agit bien de cet ouvrage ?

— Mon père en semblait tout à fait certain.

Elle lui reprit le livre et l'ouvrit aux dernières pages.

— Il y a quelque chose, ici, qui a été ajouté au texte. Une sorte de glossaire. De traduction. Regardez : c'est écrit d'une toute petite écriture entre les lignes et c'est en anglais, ce qui fait que vous ne pourrez pas le lire et votre cousin de Durham non plus. Si vous examinez ce texte avec attention, vous pouvez déchiffrer le mot d'*abbodisse,* qui signifie abbesse, suivi du nom de *Baercinge,* ce qui signifie que cet ouvrage a pu être rédigé par une ancienne abbesse. Certaines d'entre elles étaient des scribes et des artistes, vous savez, tout autant que le sont les moines.

— Pouvez-vous décrypter le reste de ce glossaire ?

— Avec du temps, je le pourrais sans doute. Comme il est écrit très fin, je ne l'ai jamais fait.

— Qui vous a appris à lire ?

— Le chapelain que vous avions avant frère Alaric. Mon père disait que l'un de ses enfants au moins devait savoir lire, et comme ce ne pouvait être Eric, ce fut moi.

— Votre père était un homme sage, dit Jude en lui reprenant le livre. Y a-t-il quelque chose d'autre que je devrais savoir, avant que je permette à quelqu'un de le voir ?

— Non… Seulement que…

— Seulement quoi ?

Rhoese observa les dernières flammes paresseuses qui

jouaient dans les bûches calcinées. Il y avait peu de chose qu'elle pouvait dire, à présent, pour changer la destinée de ce précieux objet.

— Si vous pensez que mon père était sage, vous pourriez peut-être respecter ses vœux et laisser cet ouvrage entre des mains anglaises.

Jude resta silencieux un moment, et Rhoese pensa qu'il réfléchissait à ce qu'elle venait de dire. Sa question la surprit.

— Rhoese, dit-il, cela fait maintenant bien plus de vingt ans que ce livre a quitté l'abbaye de Barking, et durant ce laps de temps bien des choses ont changé. Ne se pourrait-il pas que les nonnes en aient oublié l'existence ?

— C'est possible, je suppose. Cela fait assez longtemps que l'archevêque Thomas avait demandé à mon père de le chercher, et tout a pu se produire depuis cette époque. Néanmoins, je pense qu'il doit être retourné là-bas plus que n'importe où ailleurs.

Jude changea abruptement de sujet.

— Votre père était-il un bon époux ?

Ce fut une autre question inattendue à laquelle Rhoese n'avait pas de réponse toute faite, malgré l'amour qu'elle avait porté à son père. Elle avait encore dans la tête les véhémentes complaintes de Ketti, mais avaient-elles eu pour objet les longues absences de Gamal, où n'étaient-elles dues qu'au caractère acariâtre de la Danoise ? Avant de se remarier, n'avait-il point laissé ses enfants sans mère pendant de longs mois d'affilée, alors qu'il aurait pu envoyer d'autres personnes à sa place dans ces voyages ? Et l'avait-il avertie du caractère inconstant de Warin, alors qu'il aurait pu le faire aisément ? Plus encore, ne lui avait-il point laissé la charge de s'occuper de l'avenir d'Eric ?

N'y avait-il pas eu chez son père un fort côté aventureux, frisant l'irresponsabilité, qui avait vite tué l'enthousiasme que Ketti avait pu éprouver pour lui au début de son mariage ?

— Je l'aimais, répondit-elle enfin. C'est tout ce que je sais.

Peut-être était-ce le fait de reparler ainsi de son père, ou cette journée emplie d'émotions, ou encore la chaude pénombre dans laquelle elle était aussi proche de Jude. A moins que ce ne fût le pressentiment d'une autre querelle qu'elle ne voulait pas perdre, ni gagner non plus. Ou son pied meurtri par un taurillon, ou toutes les courbatures qui la brisaient. Quoi qu'il en fût, elle vacilla quand elle se remit debout sur ses jambes douloureuses, et elle tendit une main pour rétablir son équilibre.

Jude se dressa sur-le-champ, la soutenant d'un bras autour de sa taille.

— Venez, ma dame, vous avez répondu à suffisamment de questions pour un jour, je pense. Il est temps que vous alliez vous coucher.

Son bras se resserra autour d'elle.

Pour l'esprit contradictoire de Rhoese, cela ne pouvait signifier qu'une chose. Et malgré son extrême fatigue, la coléreuse flamme de révolte qui couvait en elle la poussa à protester. Elle essaya de se dégager du soutien de Jude, mais la main de ce dernier appuya alors sur un autre bleu qu'elle avait au côté, et les mots qu'elle cherchait pour le congédier se changèrent en un cri de douleur qu'elle ne put retenir.

Empoignant son bras, elle l'ôta d'elle avec brusquerie.

— Partez ! cria-t-elle. Partez… avant de causer d'autres dommages.

Des larmes d'énervement lui montèrent aux yeux. Elle les essuya vivement d'un revers de main.

— Je vous en prie, laissez-moi seule.

Il était trop tard pour se lancer dans une autre querelle, mais, de par sa fierté blessée, la jeune femme se refusa à se soumettre à la domination de son époux, qu'il exerçait sur elle par sa simple force physique et sa détermination.

— Vous êtes blessée, courageuse lass. Vous ne m'avez point tout dit, n'est-ce pas ?

Il la reprit dans ses bras et la souleva de terre telle une enfant, malgré ses protestations.

— Non… Non, laissez-moi ! Hilda et Els vont…

— Elles trouveront un autre endroit où dormir. Vous avez besoin de moi.

— C'est faux ! Je n'ai pas besoin de vous. Posez-moi par terre.

— Je vais vous poser, et je chercherai ces meurtrissures.

Il la déposa sur le lit, sans la lâcher pour autant.

— Non, non, je vous en prie, murmura-t-elle. Ce n'est rien.

Jude prit ses mains qui tentaient de le repousser et les maintint sur la courtepointe, tandis qu'elle se débattait pour lui échapper. Ses cheveux défaits se déployaient devant son visage telles des spirales de feu. Ses yeux élargis, très noirs, scintillaient de larmes de vexation.

Pantelante, elle finit par s'immobiliser et le foudroya du regard. La douce lueur rose du feu mourant jouait sur le visage de Jude. Il attendit, sentant qu'elle se calmait. Les paupières lourdes de la jeune femme s'abaissèrent et elle battit de ses épais cils sombres, ce qui donna à ses prunelles humides la profondeur et le charme fascinant de trous d'eau dans une rivière.

— Allez-vous me combattre chaque fois, Rhoese d'York ? Devrai-je vous maîtriser, pour vous forcer à vous soumettre à moi ? Est-ce votre intention ?

Quand elle lui répondit, sa voix était lasse et vibrante de colère.

— Je vous ai dit, Normand, que je ne veux point de vous. Je ne veux d'aucun homme. Ils sont trop inconstants, trop peu dignes de confiance…

— Après ce que vous m'avez dit ce soir, ma dame, il semble qu'il y ait des exceptions. Voulez-vous que je vous le prouve ?

— Vous voulez me prouver votre constance, *vous ?* Avec votre réputation ?

Il lui lâcha les mains et s'appuya sur ses coudes. Ses yeux brillaient d'amusement.

— Les réputations nous sont faites par d'autres, n'est-il point vrai ? Aussi, si j'ignore la vôtre, ne pourriez-vous faire la même chose pour moi ? Ainsi, nous arriverons chacun à nos propres conclusions comme deux personnes raisonnablement intelligentes. Passons-nous un accord en ce sens ?

— Je puis essayer. Mais cela ne veut pas dire que je vous accepte dans mon lit.

Jude sourit derechef, faisant presque fondre le cœur de Rhoese.

— Je vous ai dit plus tôt qu'il y a certaines choses sur lesquelles vous ne pouvez me mentir, et *cela,* ma beauté, en fait partie. Je suis heureux de constater que la comédie n'est pas l'un de vos points forts.

— Ce n'est pas un mensonge, rétorqua-t-elle à mi-voix. Vous êtes arrogant et ingrat, et je ne lèverai jamais un autre doigt pour vous protéger. Jamais.

— Et moi, si jamais je vous revois vous jeter au milieu d'une horde de taureaux pour quelque motif que ce soit, je vous battrai jusqu'à vous faire entendre raison. Je veux que vous soyez la mère de mes enfants, et je n'ai pas subi tous ces ennuis pour que vous deveniez infirme avant même d'avoir commencé.

L'éclair de fureur qui s'alluma dans les yeux de Rhoese incita Jude à lui reprendre les mains avant qu'elle ne cherche à l'aveugler ou à le griffer. Il la força à rester dans ses bras et la fit taire en posant sa bouche sur la sienne. Elle n'eut ni la force ni la volonté de lui résister longtemps.

Ce baiser représentait tout ce qu'elle avait voulu de lui depuis des jours. Il entraîna son esprit à un autre niveau et concentra son attention sur ses sensations, plutôt que sur ses blessures. Pendant que les lèvres de Jude réchauffaient et séduisaient les siennes, le monde s'obscurcit et bascula sur le côté, le temps s'arrêta, et le corps de Rhoese commença à fondre tel le redoux au printemps après un rude hiver.

Elle avait toujours les yeux fermés quand il ralentit son baiser et s'écarta, et elle ne fit aucun geste pour l'arrêter ou pour l'aider quand il commença à la défaire de ses vêtements, qui étaient maintenus par sa longue ceinture de satin.

— Où sont ces meurtrissures ? Montrez-les-moi, Rhoese, chuchota-t-il contre sa bouche, sans espérer qu'elle le ferait.

Il la dévêtit pièce par pièce, lui ôtant sa robe de velours, sa cotte de drap et son chainse de fin linon. Puis il la tourna d'un côté et de l'autre, pendant qu'elle essayait de cacher son ventre et ses seins de ses deux mains. Il les écarta, la soumettant à de tendres caresses qui n'avaient rien à voir avec les gestes audacieux et provocants de l'après-midi.

Lentement, avec délicatesse, il promena ses mains sur elle, n'omettant nul endroit, ne manquant nul détail, ne négligeant pas une courbe ni un repli caché de sa personne. Quand il découvrit des meurtrissures, il y posa les lèvres, doucement, pendant que ses doigts se jouaient d'elle comme des cordes d'un luth, et que la conscience de Rhoese se brisait en mille fragments lumineux pareils à des reflets sur l'eau.

Il reprit enfin la parole.

— Eh bien ? dit-il. Est-ce toujours non, ou puis-je faire autre chose pour vous ?

Déjà enivrée par ses caresses, elle lui toucha l'épaule.

— Allez-vous garder vos vêtements sur vous ?

— Voulez-vous que je les garde ?

— Je vais vous répondre par un autre « non », je le crains.

Souriant à cette joute verbale, Jude se souleva et se dévêtit avec une telle promptitude que le corps de Rhoese vibrait encore de ses caresses lorsqu'il la rejoignit. Il s'allongea sur elle, s'emparant de sa bouche avec une ardeur qui la transporta derechef dans ce monde de délices et d'ombres à l'attrait duquel elle ne pouvait résister. A son tour, elle promena les doigts sur la peau nue de son époux, se réjouissant de sentir ses muscles frissonner sous sa touche. Il lui semblait donner une autre dimension à ce magnifique corps masculin qui était tout à elle, en cet instant.

Elle le sentit frémir quand elle effleura ses blessures, mais, aussitôt après, elle ne songea plus qu'au vide de son ventre qui appelait une complétude dont elle ne se lasserait jamais, elle le savait déjà. Quand Jude prit un sein dans ses doigts pour le porter à sa bouche, elle se sentit fondre tout entière tel du miel chaud. Elle se mit à pousser des gémissements de plaisir, enfouissant ses doigts dans ses cheveux et se tordant sous lui pour appeler cette délivrance magnifique qu'il lui avait fait découvrir, contrairement à Warin.

Elle pensa au début qu'il allait prolonger ses caresses et repousser la consommation de leur union, comme la première fois, mais quand il lui écarta les jambes et la sentit prête, il pénétra en elle sans la faire attendre, rapide et sûr, et elle sentit bientôt le plaisir qui montait en elle de la façon la plus enivrante qui soit.

Des vagues de la joie la plus pure la submergèrent tandis qu'il allait et venait en elle, ses mains prenant son visage dans leur coupe tandis qu'il l'embrassait jusqu'à plus soif. Puis il reprit ses caresses pour augmenter l'extase de Rhoese et elle le laissa faire, vibrante de volupté. Comme elle criait de nouveau devant la montée inexorable du plaisir qu'il provoquait en elle, il se souleva sur ses bras tendus et la noya dans un flot d'énergie qui ne laissait nullement apparaître qu'il s'était battu une partie de l'après-midi.

Des pensées s'emmêlèrent dans l'esprit de Rhoese. Elle songeait combien cet homme était différent de Warin, et à tout ce qu'elle avait perdu jusqu'à ce jour, et à ce qu'elle pourrait mettre dans ces actes d'amour si seulement il voulait bien lui donner son cœur. Puis elle fut emportée dans un dernier assaut qui la laissa pantelante, et plus avide que jamais d'atteindre l'extase qu'il lui promettait.

— Continuez… Continuez ! lui cria-t-elle d'une voix altérée.

Elle se saisit de la tête de Jude pour l'abaisser jusqu'à elle et se fondre dans un nouveau baiser, tandis que son corps entrait en transe et commençait déjà à voltiger en mille éclats de bonheur.

Jude étouffa un grognement dans ses cheveux, et ses bras se raidirent autour d'elle. Il l'étreignit tel un lutteur, la berçant d'un côté à l'autre, tant et si bien qu'ils arrivèrent au bord du lit et tombèrent sur le sol où étaient répandus leurs vêtements. Jude prit juste le temps de glisser un paquet d'étoffe sous la tête de Rhoese, puis il passa un bras sous sa cuisse et se remit à la posséder avec une fougue qui la transporta hors d'elle-même.

L'extase les envahit avec la puissance d'un ouragan. Ils crièrent ensemble, soumis à une force que nul n'aurait pu arrêter, et Rhoese se rendit compte qu'elle balbutiait des mots d'amour et d'abandon dans sa propre langue, tandis que Jude lui murmurait sa satisfaction en français. Mais elle n'eut cure de cette imprudence, sachant qu'il ne comprenait pas l'anglais.

Elle le retint en elle quand il s'arrêta enfin, mais elle s'aperçut qu'elle n'avait nul besoin de l'inciter à prolonger leur étreinte. Contrairement à Warin, il n'était pas le genre d'homme à se retirer une fois comblé, et durant un long moment elle savoura sa chaleur en elle et autour d'elle.

— Dormez-vous ? s'enquit-elle doucement, certaine que la réponse était non.

Il releva la tête, écartant les cheveux de Rhoese qui collaient à son visage.

— Dans cette position, ma dame, je m'en voudrais grandement.

— Vous disiez que vous me laisseriez tranquille, quand je serai grosse. Le pensiez-vous ?

— Je n'en pensais pas un mot. Pourquoi ?

— Je me posais la question, c'est tout.

— Le voudriez-vous ?

Ces réponses satisfirent la jeune femme plus qu'elle n'aurait su le dire. Mais pouvait-elle le croire ?

Elle répondit à son tour, un sourire dans la voix.

— Oh, je crois que cela me sera égal, messire.

Il se remit à bouger en elle, lentement.

— Pour ma part, ma dame, je vais mettre une limite à vos mensonges. A dater de maintenant, ce sera un par jour, pas plus. Et je crois que par ces mots vous venez de franchir amplement les bornes que je vous ai fixées.

Chapitre 17

Après les bourrasques automnales et les pluies de chaque jour, la campagne s'était changée en un beau tableau doré sous le soleil étincelant. L'air était rafraîchi par les vents d'ouest qui poussaient des feuilles mortes sur les cavaliers et les Anglais soucieux de respecter *Winterfylleth,* l'entrée de l'hiver, prenaient leurs précautions. Des villageois et leurs garçons pataugeaient dans les fossés qu'ils récuraient avant la prochaine averse. D'autres ramassaient du bois qu'ils empilaient sur des charrettes. Tous s'interrompaient dans leurs tâches pour regarder passer le lent cortège ; en réponse aux salutations que Rhoese leur lançait en anglais, ils portaient une main à leur front et souriaient timidement.

Chevauchant aux côtés de la jeune femme, Jude et Ranulf Flambard ne firent aucun commentaire quand elle rompit le silence qu'elle s'était imposé depuis leur départ. C'était la première fois qu'elle prononçait plus de deux mots d'affilée, et même les questions souriantes du chapelain n'avaient pu la tirer de sa rêverie. Il ne s'en montra point blessé, et sa discrétion était trop grande pour qu'il se réjouisse ouvertement du fait que son ami, apparemment, avait suivi ses conseils. Des conseils qui semblaient avoir réussi aux deux jeunes époux.

Pour ce qui était de Jude, nul ne pouvait dire ce qui s'était passé exactement entre son épouse anglaise et lui-même. Selon toute apparence, rien n'avait changé, sauf qu'il ne la quittait plus des yeux et qu'il ne la laissait plus seule avec le chapelain du roi.

Ses hommes pensaient que cela avait un rapport avec ce qui

s'était passé la veille. Ils avaient essuyé une verte semonce, ce matin-là, parce qu'ils s'étaient gaussés du fils de leur hôte. Et leur chef leur avait promis des coups de fouet si jamais ils reparlaient des sortilèges de Rhoese, de sa lutte à mains nues avec les taurillons ou du fait qu'elle avait sauvé la vie de son époux sans en porter de traces apparentes.

Ce qui ne les empêchait pas de continuer à croire dans les surprenants pouvoirs de la jeune femme, bien sûr. Et les menaces de Judhael de Brionne elles-mêmes ne purent les dissuader de la regarder, d'admirer son magnifique port de tête et de contempler la riche natte de cheveux dorés qui lui battait le dos. C'était une femme rare, murmuraient-ils. Peut-être même une déesse. Elle était allée jusqu'à laisser de l'argent aux familles de ceux qui avaient été blessés. Il n'était pas étonnant que les paysans la saluent et lui sourient.

Rhoese fut soulagée de quitter Catterick et de se diriger vers le nord, le long de Dere Street, avec le soleil dans le dos. Mais elle gardait pour elle ses pensées, des pensées très privées, très féminines, qu'elle n'avait pu partager avec frère Alaric lors de ses prières du matin.

Le moine était à plusieurs pas derrière elle, maintenant, en compagnie de Pierre, d'Els et d'Hilda. Et même l'observateur le plus négligent aurait pu noter l'absence de bavardage entre eux quatre. Un véritable mutisme s'était emparé de la petite chambrière depuis la veille, car Pierre s'était lassé d'elle avant qu'elle ne se lasse de lui.

Quand il n'y avait eu personne encore pour l'écouter, Rhoese avait de fait parlé à Jude. Elle lui avait demandé pourquoi il ne lui avait pas rapporté la mort étrange et si soudaine de Murdac. Pourquoi avait-il fallu qu'elle l'apprenne par un étranger de seize ans ? Jude lui avait répondu avec fort peu de sympathie. Murdac, lui avait-il dit, avait trépassé d'une attaque d'apoplexie provoquée par une violente colère — un danger dont il avait été averti plus d'une fois. Le médecin du roi était certain qu'il ne fallait pas y chercher d'autre cause.

Pour sa part, il n'avait pas jugé utile de lui en parler ; et s'il avait su que Gilbert lui rapporterait les ragots des soldats, il lui aurait volontiers brisé le cou.

Là-dessus, Jude l'avait quittée si abruptement et avec une expression si sévère qu'elle n'avait eu aucun doute : quelle que fût la passion qu'il mettait dans leurs nuits, il n'allait pas laisser ces débordements influer sur son attitude de la journée. Elle en était soulagée, en un sens. Il était assez déconcertant d'avoir à chevaucher près de lui sans être obligée, de surcroît, d'avoir à lui répondre avec une fausse amitié.

Les lieues se déroulaient en silence, et Rhoese se réfugia de nouveau dans ses rêveries. Jude l'avait possédée deux fois encore, au cours de la nuit, chaque fois de façon différente, avec une maîtrise qui n'excluait pas la tendresse. Mais ils s'étaient peu parlé, même quand il était resté allongé entre ses bras. C'était peut-être compréhensible, mais la jeune femme aurait voulu savoir si son cœur était aussi impliqué que son corps. Vu les circonstances, pensa-t-elle, elle pouvait en déduire que non.

Il n'avait pas cherché non plus à entretenir la conversation au matin, alors que leur chambre était envahie par leurs serviteurs. Mais les craintes de Rhoese qu'il fût en colère contre elle s'étaient dissipées quand il était venu la prendre dans ses bras pour l'embrasser sans douceur, alors qu'elle nattait ses cheveux. Sa voix avait été en accord avec son humeur.

— Nous nous mettrons en route avant que le soleil ne touche les arbres, avait-il grommelé. Hâtez-vous. Je serai dans la grand-salle, rejoignez-y moi pour faire nos adieux à nos hôtes. Venez, Pierre !

Cette fois, Rhoese avait fait exactement ce qu'il lui avait demandé, tout en ignorant les regards gênés de la rougissante Els et le visage curieux d'Hilda.

Maintenant, à plusieurs lieues au nord de Catterick, elle observait son mari à la dérobée. Elle contempla ses longues jambes serrées dans ses braies, ses bottes armées d'éperons, sa forte main brune qui reposait sur le bord de sa selle et tenait la bride de son destrier. Sa manche était bordée de vert, sur le fond mordoré de sa tunique qui se confondait avec la couleur des champs, et ses cheveux soyeux étaient d'un noir de jais. Un fermail en or retenait sa cape sur son épaule, aussi gros qu'une pomme, et bien qu'il ne montrât point la même ostentation que Ranulf Flambard, la jeune femme eut le souffle coupé devant sa fière allure.

Qu'étaient donc les mots qu'elle avait prononcés en anglais, la nuit dernière ? « Mon bien-aimé », « mon adoré », « mon cœur de brave »… Grâce au ciel il n'avait pu la comprendre, car la veille encore le chapelain du roi lui avait rappelé que Jude aimait les défis. S'il découvrait la traîtrise de son cœur, il perdrait tout intérêt à son égard et irait chercher fortune ailleurs, même s'il lui avait dit le contraire au cours de la nuit. Les hommes n'aimaient point les femmes gagnées d'avance. Sinon, pourquoi Warin l'aurait-il quittée pour Ketti, si ce n'était pour le plaisir d'une autre conquête ? Sans oublier l'argent, bien entendu. Au fond, ils n'étaient pas fort différents l'un de l'autre.

— Nous allons nous arrêter près du pont, cria Jude aux cavaliers qui chevauchaient en tête.

Devant eux, les flots bleus de la rivière Tees dessinaient un large croissant à travers les bois et les champs. Au-dessus d'humbles chaumines, des panaches de fumée étaient déviés par le vent. Rhoese était sûre que Jude ne les laisserait pas s'attarder longtemps en cet endroit.

Il vint l'aider à démonter avant que Ranulf Flambard pût l'atteindre, et lui désigna un bouquet de sureaux qui se dressait près d'un amas de rochers moussus.

— Vous trouverez un endroit privé par ici, si vous vous donnez la peine de chercher.

C'était toujours la première chose dont les femmes avaient besoin, après plusieurs heures passées en selle.

Difficiles, les trois femmes mirent un moment à trouver

ce qu'elles voulaient. Puis, quand Els et Hilda se furent éloignées, Rhoese resta en arrière et s'adossa à un gros rocher pour contempler la rivière et se laisser bercer un moment par le bruit de l'eau. Une rafale de vent fit tourbillonner des feuilles mortes à ses pieds, masquant tout bruit de pas. Quand elle vit apparaître Jude, elle pensa qu'il était venu là pour se soulager aussi et se redressa pour le laisser tranquille.

Mais il la retint, et elle en fut si étonnée qu'elle ne songea pas à lui résister quand il la prit par les deux bras.

— Pourquoi êtes-vous si silencieuse en ma compagnie, ma dame ? murmura-t-il. Est-ce que vos pensées rejoignent les miennes ? Vous remémorez-vous comme moi nos caresses et nos baisers ?

Il n'attendait vraisemblablement pas de réponse, car il posa sa bouche sur celle de Rhoese avant qu'elle ait pu articuler un mot. Elle comprit aussitôt qu'elle n'avait ni à parler, ni à penser.

Comme c'était exactement ce qu'elle avait expérimenté et qu'elle ne désirait qu'une chose, recommencer, elle jugea qu'il n'y avait pas à argumenter. Son corps fondait déjà entre les mains dures de Jude, sous le deuxième baiser sans tendresse qu'il lui donnait de la journée, et il était trop tard pour qu'elle pût lui cacher le besoin qu'elle avait de lui.

Emportée comme feuille au vent par la bourrasque de sa pension, elle se laissa faire, ses bras lui enlaçant d'abord le cou, puis les épaules. Sa félicité était totale de le sentir de nouveau pressé contre elle, ses longues jambes la dominant et la maîtrisant comme il avait dominé et maîtrisé son destrier un moment plus tôt.

Ivre du goût de lui, savourant la pression de ses lèvres sur les siennes, elle sentit qu'il faisait glisser sa bouche le long de son cou et de sa gorge. Puis il lui dénuda une épaule et sema d'autres baisers sur sa peau nue, avant d'aller jusqu'à s'emparer de son sein et d'en taquiner la pointe de sa langue. Elle ne protesta pas, bien qu'ils fussent dehors et en plein jour.

Elle ne savait plus où elle était, ni qui elle était, le besoin qu'elle avait de lui la rendait folle. Ses caresses faisaient monter en elle un désir qui devenait douloureux et elle gémissait, la bouche dans ses cheveux.

— Encore ! s'écria-t-elle en anglais, oubliant qu'il ne pouvait la comprendre. Encore… Aimez-moi, mon adoré. Prenez-moi où nous sommes.

Comme s'il avait deviné ses supplications, Jude remonta ses jupes et plaça ses mains sous ses fesses, la calant contre le rocher, défaisant les lacets de ses braies sous sa tunique.

— Placez vos bras autour de mon cou, lui commanda-t-il d'une voix rauque. Ouvrez vos cuisses pour moi, ma beauté. Oui, comme cela…

Et là, le rocher dans le dos, avec la rivière qui déferlait devant eux et le vent qui sifflait dans les arbustes chargés de baies, elle s'abandonna à la turbulente passion de son époux. Le soleil qui jouait entre les dernières feuilles était à l'image de son cerveau : tacheté d'un jeu de lumière qui éparpillait ses pensées aux quatre vents et lui faisait tout oublier, hormis la volupté qui coulait furieusement dans ses veines.

Il ne fut pas question de délicatesse ou de finesse, cette fois. Leur étreinte se passa de séduction, les ordres que lui donnait Jude remplaçaient les mots tendres de la nuit précédente. Ils étaient mus par la même urgence, ils ne voulaient que la satisfaction immédiate de leur désir. Un désir aussi sauvage et aussi brut que le paysage qui les environnait.

En un instant, leur ardeur animale les enflamma jusqu'au point extrême du plaisir, et les submergea telle une digue qui se serait rompue. Leurs cris d'extase se mêlèrent au bruit du courant. Le temps se suspendit, leur coupant le souffle, puis il revint à pas de loup et ils entendirent de nouveau leur halètement, leurs gémissements, leurs petits cris de béatitude. Tandis que la réalité reprenait le dessus, Rhoese éprouva de la honte. « Que fais-je avec cet homme ? se demanda-t-elle.

Au nom du ciel, quelle folie m'a prise ? Je l'aime. J'ai besoin de lui. Je suis stupide, comme cela m'est déjà arrivé. »

Tandis qu'elle enfouissait son visage dans l'épaule de Jude, une larme s'échappa de ses yeux devant l'aveu désastreux qu'elle venait de se faire.

Quelque chose dans sa respiration entrecoupée attira l'attention de son mari. Il s'écarta et lui prit le visage entre ses mains.

— Que se passe-t-il ? demanda-t-il. Vous ai-je blessée ? Ai-je été trop rude ?

— Non, chuchota-t-elle. Ce n'est rien. Juste une chose dont je viens de me rendre compte.

— Ah, fit Jude. Une découverte, ou une admission ?

— Les deux, je crois. Nous devons rejoindre les autres.

Pendant un précieux instant, il hésita.

— Rhoese, dit-il enfin, nous nous joignons à la perfection, vous et moi. Il n'y a pas à en avoir honte, puisque nous sommes mari et femme. Je veux dire qu'il n'est point honteux d'éprouver du désir l'un pour l'autre.

Il la tint contre lui, essuyant ses larmes de sa main libre. Jamais il n'avait paru aussi tendrement concerné, même après l'épisode des taurillons.

— Est-ce une partie de votre problème ?

Encore à moitié engourdie par ce qu'ils venaient de vivre, et sans réfléchir à ce qu'il en penserait, Rhoese lui baisa les doigts, puis en taquina les articulations de ses lèvres.

— Ce n'était pas ce que je prévoyais à votre sujet, avoua-t-elle. Pas du tout.

— Bien, dit-il en souriant. Alors je ne vais pas gâcher ce doux aveu en vous demandant ce que vous aviez à l'esprit pour moi. Pour ma part, ma beauté, c'est exactement ce que j'avais en tête *pour vous* depuis quatre heures.

Un petit sourire satisfait flottant autour de ses lèvres et de ses yeux, il s'écarta enfin d'elle et la laissa se remettre sur pieds.

— M’avez-vous administré une potion, ma dame ?

— Oui, messire, je l’ai fait.

Elle baissa la tête pour arranger sa robe, et il ne vit pas le léger froncement de sourcils qui plissait son front lisse. Il dut prendre sa réponse pour une plaisanterie, et c’était l’impression qu’elle voulait lui donner.

Quand ils rejoignirent leurs compagnons, Jude avait repris son air sévère. Mais, au fond de lui, il savait que quelque chose avait changé, et cela lui donnait quelque espoir sur la suite de sa relation avec sa femme.

Chapitre 18

Lorsqu'ils atteignirent Durham, il fut clair pour Rhoese que ses froides ambitions de vengeance la perturbaient *elle* beaucoup plus qu'elles ne perturbaient Jude. S'étant avoué avec réticence qu'elle était follement éprise de son époux, qu'elle le veuille ou non, elle se trouva dans l'incapacité de se persuader du contraire. Le ciel savait pourtant qu'elle avait nombre de raisons de ne pas l'aimer et fort peu de raisons de s'attacher à lui, mais rien de tout cela n'avait de sens à la froide lueur du jour.

Cet homme était un Normand, par tous les saints, quelqu'un qui désirait posséder tout ce qui était à elle, qui lui avait assuré qu'elle ne pourrait jamais atteindre son cœur — et qui se doutait qu'elle avait déjà essayé, avec ses allusions à une supposée potion.

Cela lui prodiguerait sans doute quelque amusement. Rhoese se représenta la façon dont il rirait, s'il devinait qu'elle l'aimait après toutes les menaces et les prédictions qu'elle lui avait assénées. Pis encore, quelle serait sa jubilation s'il apprenait qu'elle subissait tous les tourments qu'elle lui avait destinés, parce qu'elle avait avalé son propre philtre d'amour !

La situation qu'ils avaient connue la nuit précédente n'avait pas été faite non plus pour accroître sa tranquillité d'esprit : les hommes de Jude avaient chassé une famille anglaise de sa demeure, à Bishop's Oakland, afin qu'ils puissent l'occuper. La jeune femme avait été choquée par cette façon d'agir, mais n'avait rien pu faire pour s'y opposer — et ils avaient passé la nuit dans une grand-salle couverte de chaume qui ressemblait à la sienne à Toft Green, avec des alcôves garnies de tentures et la lueur du feu qui s'infiltrait au travers de ces rideaux.

Elle avait passé la nuit sur une pile de fourrures, dans les bras de Jude, entendant chaque toux ou chaque ronflement montant du reste de la salle, et craignant que leurs propres activités ne soient entendues de la même manière. Mais à part quelques caresses fort intimes, son époux avait endigué son désir d'elle ; il s'était contenté de lui rappeler dans un chuchotement qu'elle avait besoin de lui, ce qui n'avait fourni aucun espoir à Rhoese que ses sentiments fussent impliqués dans leur relation, comme les siens l'étaient.

Il avait raison. Elle avait besoin de lui.

Les expressions hostiles de la famille délogée encore à l'esprit, la jeune femme s'était efforcée de prendre un air d'excuse et d'impuissance lorsqu'ils étaient repartis pour la dernière étape de leur voyage. Mais, cette fois, elle n'avait pas osé proposer de l'argent à titre de dédommagement ; elle savait que son offre lui serait renvoyée à la figure.

Ils avaient atteint Durham vers midi et avaient été installés dans le palais de l'évêque, reconstruit après le fameux incendie de 1069 qui n'avait pas seulement détruit le bâtiment jusqu'à ses fondations, dans le plus pur style anglo-saxon, mais avait aussi brûlé les gens qui se trouvaient à l'intérieur. Les victimes de cette nuit tragique avaient toutes été normandes, et elles avaient compté dans leur nombre le brutal nouveau gouverneur envoyé pour étouffer dans l'œuf la rébellion des habitants du nord.

Cet acte de vengeance avait amené à Durham toutes les forces de l'armée du roi William, conduites par le monarque en personne, afin d'éradiquer le moindre village, le moindre paysan, le moindre animal et toutes les récoltes entre York et la cité épiscopale. Dix-neuf ans après, la campagne s'efforçait encore de se remettre de cette destruction. Et même si Rhoese était trop jeune pour se souvenir de ces méfaits, maints yorkistes les avaient gardés à la mémoire et s'étaient juré de ne jamais les pardonner. A l'exception de quelques renégats qui s'étaient réfugiés dans les marécages proches d'Ely sous la conduite de leur chef, un dénommé Hereward, cela avait été la dernière rébellion fomentée contre le nouveau souverain normand. Mais qui pouvait dire combien de révoltes avaient avorté depuis, faute de suffisamment d'argent pour lever une armée ?

Le nouveau palais de l'évêque était beaucoup plus important que celui qui avait été détruit ; il se composait d'épaisses murailles de pierre, trouées d'arches arrondies supportées par des colonnes richement ornées, de hauts plafonds aux poutres massives et d'un large escalier extérieur qui les conduisit directement à un premier étage comportant plusieurs halls, des chambres qui s'ouvraient sur les côtés, des chapelles et des pièces de travail. Rhoese ne put s'empêcher de comparer cette fastueuse demeure avec la modestie chaleureuse de sa grand-salle, de sa chaumine et de leurs humbles dépendances.

Nul ne s'attendait à ce que l'évêque en personne vînt les accueillir, mais ce fut pourtant ce qu'il fit, comme s'il s'attendait à leur arrivée. Et il s'y attendait sans doute, averti par un complexe réseau de messagers qui étaient fort bien payés pour lui dire ce qui se passait et ce qui était sur le point de se produire.

Comme si rien ne l'affectait, il sourit courtoisement à l'arrivée de la troupe de cavaliers, de chariots tirés par des bœufs et de chevaux de bât qui envahit sa cour sur le coup de midi. Il sourit avec plus de chaleur encore à Rhoese, car il était un fervent admirateur des belles femmes, et nul témoin extérieur n'aurait pu deviner à son attitude bienveillante qu'il allait être arrêté pour trahison.

Le cortège était arrivé juste à temps pour la collation de la mi-journée. Là encore, il n'y eut aucun signe que cette invasion de dîneurs supplémentaires pût causer des problèmes aux cuisiniers, ni que la bonne centaine de postérieurs à caser sur les bancs de la grand-salle pût troubler les prévisions du chambellan. Et si Rhoese avait cru qu'elle serait la seule dame présente, elle se rendit vite compte de l'homme qu'était l'évêque quand il lui présenta Anneys d'Abbeville, que ses manières impérieuses et sa grande beauté imposaient de toute évidence à l'ensemble de la maisonnée comme une personne de grande importance.

Anneys d'Abbeville et l'évêque William formaient un couple incongru, comme cela se produit souvent chez les amants : elle le dépassait d'un ou deux pouces, était plus élancée que lui et paraissait nettement plus jeune que le prélat, d'âge plus que moyen. Les cheveux gris et le crâne dégarni, ce dernier avait néanmoins un visage avenant, et ses yeux profondément enfoncés brillaient d'intelligence. Alors que sa concubine, véritable Junon aux cheveux noirs, portait une expression acide que Rhoese vit comme une franche hostilité à leur égard. Mais maître Flambard mit cette aigreur sur le compte de l'incertitude de sa position — ce qui, pour le résultat, revenait au même.

Telles des bougies vacillantes, Anneys d'Abbeville promena son regard aux paupières lourdes sur les hôtes principaux et l'arrêta sur Rhoese, comme si elle voulait évaluer la compétition qui s'imposait à elle. Elle jaugea la jeune femme de la tête aux pieds avec un air de supériorité, pour le cas où cette dernière aurait pu avoir des doutes.

Que ce fût parce qu'elle était sur la défensive parmi des Normands, ou parce que les vingt-quatre dernières heures lui avaient donné de l'assurance en tant qu'épouse de Jude, Rhoese soutint son regard sans ciller, ce qui eut pour effet de le détourner avec une soudaine incertitude. Par-dessus l'épaule glacée de sa rivale, Rhoese surprit le lent clin d'œil appréciateur que Ranulf Flambard lui dédiait ; de toute évidence, elle avait remporté selon lui une épreuve dans cette lutte pour le pouvoir qu'il n'avait pas encore eu l'heur de lui expliquer.

Encouragée, elle poursuivit dans cette voie.

— D'Abbeville ? releva-t-elle d'un ton suave. Où se trouve exactement Abbeville ?

— Pas très loin d'Amiens, fut la réponse réservée qu'elle s'attira.

— Ah, sur la rivière Somme, alors. Près de Saint-Valéry, où je crois que le duc William a rassemblé des troupes avant que le vent ne change ? Les paysages y sont très plats, je crois.

— Mais il y fait plus chaud qu'ici, répliqua Anneys d'un ton pincé.

— Dans ce cas, vous serez heureuse de regagner votre pays, je suppose.

Sur cette brève escarmouche, qui s'était soldée par sa victoire, Rhoese se tourna vers maître Flambard et vit que ses yeux pétillaient de rire, même s'il gardait la bouche sérieuse.

— C'est certainement la maîtresse de l'évêque, lui dit-il à voix basse tandis qu'on les escortait le long du hall surpeuplé.

— Vous ne la connaissez donc pas ? demanda Rhoese.

— Non, mais votre époux la connaît.

Ils franchirent ensemble une arche voûtée, puis marchèrent l'un derrière l'autre dans un corridor qui menait à une autre grande salle.

— Comment le savez-vous ? s'enquit la jeune femme en se remettant à la hauteur du chapelain.

— J'ai vu la façon dont ils se regardaient. Ils se sont reconnus.

Rhoese éprouva un malaise insidieux à ces paroles, et la crainte qui s'éveilla en elle était hors de proportion avec la réflexion bénigne de son compagnon. « Etaient-ce les effets de ce que l'on appelait la jalousie ? se demanda-t-elle. Maudit soit cet homme à qui rien n'échappait. Pourquoi avait-il fallu qu'il lui dise cela ? Pouvait-il se tromper ? »

— Oh, vraiment ? fit-elle. Et ils se sont retrouvés à Durham ? Quel hasard !

— C'est une fort belle femme, renchérit le chapelain, comme si cette explication était suffisante. Et Abbeville n'est pas loin de Brionne, même si elle a eu la prudence de ne pas le dire.

Rhoese refusa de se laisser entraîner sur cette pente.

— Mmm. Je suppose qu'elle ne va pas accompagner l'évêque à Londres, n'est-ce pas ?

Flambard jeta un regard circulaire sur la chambre où les bagages de la jeune femme étaient apportés.

— La question est intéressante, ma dame. Ou elle acceptera de l'accompagner en exil, ou elle ne l'acceptera pas, si vous voyez ce que je veux dire.

— Pas vraiment, mais cela m'importe peu, répondit Rhoese qui souhaitait qu'il s'en aille.

Il s'inclina et tourna les talons pour s'éloigner.

— En effet, cela a fort peu d'importance, conclut-il en ouvrant la porte et en la refermant derrière lui.

Elle fixa le panneau d'un air furieux.

— Où est donc frère Alaric quand j'ai besoin de lui ? lança-t-elle d'un ton coupant.

— Ici, ma dame, répondit une voix tranquille qui venait du renfoncement d'une croisée. Venez donc voir ce paysage.

La mine penaude, Rhoese le rejoignit.

— Je suis marrie, murmura-t-elle. Je crois que je me laisse trop affecter par tout ceci. Je ne le devrais point, n'est-ce pas ?

— J'ai entendu ce que maître Flambard vous a dit. Vous vous en êtes fort bien tirée.

Depuis la haute croisée, la vue donnait sur un aplomb rocheux qui tombait droit sur la rivière au bleu argenté. Des fragments d'herbes ou de bois étaient emportés par le courant. Au-delà du cours d'eau, les toits de chaume de petites maisons brillaient au soleil, près d'enclos et de chemins qui conduisaient aux collines et aux bois voisins. Tout cela appartenait désormais au comte Alan de Richmond et à l'évêque William de St Calais, et non plus au comte anglais de Northumberland et à ses descendants.

Rhoese soupira, devant les efforts que fournissait son chapelain pour la réconforter.

— Que faisons-nous ici ? demanda-t-elle. Il y a peu encore, nous prenions ce qui nous était dû et nous occupions de nos propres affaires. Alors que maintenant…

Le frère Alaric demeura immobile.

— Il y a des gens, par ici, qui ont perdu beaucoup plus que vous, ma dame.

— Vous voulez que j'en exprime de la gratitude ? rétorqua vivement la jeune femme.

— Chut ! Asseyez-vous, dit-il en prenant place dans l'embrasure garnie de coussins et en tapotant le siège pour qu'elle l'y rejoigne. Dites-moi ce qui vous chagrine. Ce que nous faisons ici n'a point à nous préoccuper. Ce qu'il vous faut, c'est remettre un peu d'ordre dans votre cœur. Il est tout chamboulé, n'est-il point vrai ?

Bien qu'elle pressât les lèvres pour empêcher les larmes de lui monter aux yeux, le tableau que le moine lui présentait la fit rire.

— Vous pouvez le dire, accorda-t-elle d'une voix étranglée. Est-ce aussi évident ?

Du bout du pied, elle souleva quelques jonchées et les laissa retomber.

— Seulement pour moi, mentit son chapelain afin de la ménager, parce que je vous connais mieux que beaucoup. Ne pensez-vous pas qu'il serait temps de dire à votre époux ce que vous éprouvez pour lui ? Cela pourrait vous aider.

— Il sait ce que je ressens, dit-elle.

— Il sait que vous l'aimez ?

— Non, cela ne va pas si loin, mon frère. Et je ne pourrais jamais lui dire cela.

Elle se raidit dans l'attente du « pourquoi pas ? » qui allait sans doute venir, mais il ne vint pas.

— Vous n'avez plus à l'esprit d'idées de revanche, n'est-ce pas ? N'avons-nous point franchi ce cap, désormais ? Vous n'avez plus à vous soucier de Warin, ni de Ketti, ni du fiasco qui s'est produit à Catterick. Est-il nécessaire de vous appesantir là-dessus ?

Le silence de Rhoese lui indiqua qu'elle ne partageait pas son avis.

— Ecoutez, reprit-il à voix basse. Les choses changent, les gens aussi. Cela s'est toujours produit, et nous devons l'accepter. S'arc-bouter pour refuser ces changements ne conduit à rien de bon.

— J'ai changé, c'est ce que vous voulez dire ?

— Pas vraiment, puisque vous freinez des quatre fers pour rester dans votre situation actuelle. Et quand vous voyez le chemin à prendre, vous vous refusez à l'emprunter.

— C'est trop tôt, répondit Rhoese en fixant ses mains qu'elle tordait nerveusement. Je ne suis pas prête.

« Pas prête à faire confiance à Jude, ajouta-t-elle en elle-même. Je ne sais rien de lui. »

Un silence tomba, qui leur était familier. Le moine semblait entendre les réserves qu'elle émettait en son for intérieur, et chercher à résoudre son problème. Quand il reprit la parole, son changement de sujet surprit Rhoese.

— Vous avez passé beaucoup de temps avec maître Flambard, dit-il en observant Els et Hilda qui vidaient des paniers d'osier et étalaient les vêtements de leur maîtresse sur le lit.

— Vous pensez que je n'aurais pas dû ?

— Je pense que vous devriez être prudente. Non, je ne suggère point que vous évitiez soudainement sa compagnie. Cela paraîtrait fort étrange. Mais vous devez vous souvenir qu'il est un chapelain du roi, avide de s'élever à un poste plus haut encore. Ces personnages ambitieux ne se soucient guère de la façon dont ils gravissent les échelons, aussi longtemps que tout se passe bien pour eux. Voyez-vous ce que je veux dire ?

— Non, mon frère. J'ai pleine conscience de tout cela. Est-ce que j'encours un danger quelconque ?

— J'ai surpris ce qu'il vient de vous dire au sujet de votre mari et de lady Anneys. Vous en souvenez-vous ?

— Il est si perceptif, remarqua Rhoese. Il étudie la nature humaine, et…

— Perceptif ? releva le moine avec vigueur. Il ne l'est pas plus que mes pieds ! Passons cela. Je ne prétends point qu'il cherche à susciter des problèmes, mais il n'avait aucune raison de suggérer comme il l'a fait que messire Jude et lady Anneys étaient de vieilles connaissances. Et même si tel est le cas, quelles étaient ses raisons de vous le dire, hormis le désir de vous troubler ? Car il savait que ce détail vous troublerait. Oui, ou non ? conclut-il en contemplant Rhoese d'un œil acéré.

— Eh bien…, commença la jeune femme.

— Bien sûr, qu'il vous a troublée ! Ne le laissez pas faire. Quoi que maître Flambard ait à l'idée, vous pouvez être sûre que c'est dans son intérêt. Ni dans celui de Jude, ni dans le vôtre, mais dans le sien.

— Il vous déplaît, n'est-ce pas ?

Le chapelain marqua une brève hésitation avant de répondre.

— Oh, on ne peut s'empêcher de le trouver agréable. Il est intelligent, mais je n'admire pas les gens de son espèce. Il ira tout droit où il veut aller, sans se soucier de ce que l'on pense de lui. Mais s'il vous donne des conseils, ma dame, vous pouvez être certaine qu'il en tirera profit.

— Il m'en a déjà donné quelques-uns, mon frère.

— A quel propos ?

— A propos de ma prétendue « réputation ». Savez-vous ce que l'on disait de moi ?

— Oui, je le sais. Quel genre de conseil vous a-t-il prodigué dans ce domaine ?

— De ne point la nier, mais de me servir du pouvoir qu'elle est susceptible de me donner, en résumé.

— Le pouvoir. Oui, bien sûr. Mais aussi longtemps que vous l'utilisez en bien, et non en mal. J'espère qu'il vous l'a précisé ?

— Oui, répondit Rhoese, mais elle n'en était plus très sûre.

— Eh bien, n'est-ce point ce que vous avez fait ? Hier, vous avez utilisé les cendres de cette mue de serpent que vous avez trouvée pour traiter une blessure. Et vous avez cueilli des mûres pour calmer la gorge irritée de Ned, et cela a marché. Et regardez comment cette fauvette est venue se percher sur votre doigt, ce matin ! Je n'ai jamais rien vu de pareil, et les hommes de Jude non plus. Tout cela les a impressionnés, certes, mais il ne faut pas que vos succès vous montent à la tête.

— Alors comment dois-je charmer Anneys d'Abbeville ? En étant aimable avec elle ?

— Bien entendu, ma dame. C'est vous qui êtes l'épouse de Jude, pas elle. Vous n'avez rien à craindre. Elle n'est que la concubine d'un évêque rebelle, et je serais fort étonné qu'elle trouve à son goût l'amertume de l'insécurité. D'ici la fin de l'année, elle aura beaucoup plus perdu que vous et son histoire personnelle ne sera guère recommandable. En outre, elle commence à perdre sa beauté.

Rhoese se mit à rire, amusée par cette remarque peu charitable. Son chapelain l'imita, puis redevint sérieux et posa le bout des doigts sur son bras.

— Vous avez besoin de votre époux, mon enfant. Vous ne pouvez vous permettre d'ignorer ou de rejeter ce qu'il vous offre.

— Oui, mon frère. Mais je sais si peu de chose sur lui ! Et si je n'ai point cherché à me renseigner, c'était à dessein, juste pour lui prouver mon désintérêt.

— Bon. Si vous répugnez à l'interroger, questionnez donc son cousin. Nous allons lui porter l'évangile, pendant que nous serons ici. Profitez-en pour assouvir votre curiosité.

— Vous viendrez aussi ?

— Bien sûr que oui. Pour l'heure, je vous suggère que nous descendions dîner au lieu de rester à bouder ici. Vous jouerez le rôle de la parfaite épouse et moi celui du parfait chapelain. Pas vrai ?

— Oui, mon frère, acquiesça Rhoese en souriant. Accordez-moi juste un moment. J'ai besoin d'acérer mes talents.

Si le prieur Turgot n'avait pas été occupé par ailleurs à la cathédrale quand le cortège d'York était arrivé, il aurait accueilli les arrivants avec l'évêque. Ses excuses, quand ils se retrouvèrent pour la collation de la mi-journée, furent exactement ce qu'il fallait — sincères, mais pas serviles. Le frère Alaric se montra séduit par lui sur-le-champ, comme il n'avait jamais été séduit par Ranulf Flambard. Le fait qu'il soit un homme du Lincolnshire n'avait rien à voir là-dedans, se dit le chapelain, ni celui qu'il avait été élu prieur au bout de treize années seulement de monastère. Une carrière météorique qui était digne du respect de maître Flambard lui-même.

Rhoese fut également impressionnée par le prieur bénédictin qui avait été jadis l'un des hommes de loi de Lincoln, avant d'être dépossédé comme elle de tout ce qu'il avait au profit d'une famille normande. Il avait résisté aux envahisseurs et avait été pris en otage, avant d'embrasser la vie monacale dans le Northumberland. Et bien que ses capacités crevassent les yeux du premier venu, il se présentait sous un jour modeste qui offrait un vif contraste avec la flamboyance du chapelain du roi.

Assis à la haute table à côté de Rhoese, alors que Jude la jouxtait sur son autre flanc, il s'exprimait dans son anglais natal.

— Oui, j'ai été dépossédé, ma dame, répéta-t-il en souriant devant l'étonnement de la jeune femme. Ma famille jouissait de terres sises dans l'Oxfordshire et dans le Lincolnshire, ainsi qu'ici dans le nord. Cela arrive, ajouta-t-il d'un air de regret. Il faut accepter ce qui advient et aller de l'avant.

« Toujours le même refrain, songea Rhoese. Accepter les changements et aller de l'avant. »

— Cela est remarquable, dit-elle tout en observant ses grandes mains de travailleur qui portaient un bout de pain à sa bouche.

Elle pouvait tout à fait imaginer comment il s'était battu pour retenir ce qui lui appartenait. Son visage était fort et ridé comme un morceau de lin, sa peau piquetée montrait qu'il aimait la bonne vie, la bonne chère, et qu'il avait enduré moult épreuves. Ses yeux verts contemplaient Rhoese, tandis qu'il mâchait et avalait.

— Non, ma dame, la contredit-il gentiment. Des centaines, ou plus justement des milliers de personnes ont dû réagir comme moi. Prenez la reine Margaret, par exemple. Elle est *vraiment* remarquable.

Jude se pencha en avant pour offrir à Rhoese un morceau d'oie, car ils partageaient le même tranchoir.

— De quoi parlez-vous ? demanda-t-il.

Rhoese accepta la viande qu'il lui tendait.

— De la reine d'Ecosse, qui est anglaise, répondit-elle en français. L'épouse du roi Malcolm.

Elle se retourna vers le prieur.

— Pouvons-nous parler dans la langue de mon époux ?

— Certainement, agréa-t-il. La reine Margaret a été forcée d'épouser un homme en qui elle n'avait nulle confiance, et qu'elle n'aimait pas. C'est son frère, le prince Edgar, qui l'a persuadée qu'elle devait accepter la proposition du roi, bien qu'elle ait toujours protesté qu'elle ne voulait se marier avec quiconque. De fait, elle eût préféré entrer dans un couvent.

Rien ne semblait échapper à son regard fort vif, mais il ne vit pas que Jude prit la main de sa femme sous la nappe blanche et la tint sur ses genoux.

— Elle est beaucoup plus jeune que lui, poursuivit le prieur, et profondément chrétienne. C'est une femme merveilleuse. J'ai l'honneur d'être son conseiller spirituel.

— Voilà qui ne me surprend point, dit Rhoese. Toute femme dans une situation aussi abominable doit pouvoir bénéficier de tous les conseils disponibles.

La main de Jude pressa la sienne, et elle comprit qu'il riait sous cape.

— A-t-elle réussi à surmonter sa répugnance de ce mariage, mon père ? demanda-t-elle.

Le prieur s'adossa à sa chaise et s'essuya soigneusement les lèvres avec sa serviette.

— Oh, certes, répondit-il en souriant. Ils sont ensemble depuis 1070, elle lui a donné une vaste famille et a fait de lui un bon chrétien.

— Voulez-vous dire qu'il était païen ?

— A la limite. Il se comportait comme tel, en tout cas.

— Quelle horreur ! Et maintenant ?

— Maintenant sa femme l'a dompté, ma dame. Il lui mange dans la main comme un agneau et ils s'adorent. Mais cela lui a demandé de grands efforts et elle devait faire de son mieux pour lui plaire en même temps. Cela n'a pas été facile. Elle a vu ce qu'il y avait lieu de faire, quand beaucoup d'autres femmes se seraient avouées vaincues dès le début. Mais ma lady Margaret est d'une autre trempe. Elle a pris le taureau par les cornes, comme on dit. Je suis certain qu'elle sera canonisée un jour ou l'autre, pour ses bonnes actions.

— Vraiment ?

Jude tira leurs mains jointes de sous la nappe et les posa sur la table.

— Eh bien je suis heureux de dire que nous n'aurons jamais à en passer par là. N'est-ce pas, ma douce amie ? Le taureau excepté, cela va sans dire. Allez-vous écrire la vie de la reine, messire prieur ?

— Je serai prêt à le faire quand elle me le demandera, messire Judhael, répondit modestement Turgot. Mais à présent je vais vous demander de m'excuser, car je voudrais dire un mot à notre bon évêque. C'est peut-être la dernière fois où je pourrai m'entretenir avec lui.

Il se leva et défroissa sa robe de bure.

— Par le ciel, dit-il encore, cette affaire est bien triste.

Rhoese garda les yeux fixés sur la tranche de pain gorgée de graisse qui était devant elle.

— Si vous pensez l'avoir dupé, dit-elle, détrompez-vous.

— Du calme, ma femme, dit Jude en lui secouant doucement la main, ou je vous conduirai dans le corridor adjacent pour vous faire l'amour avec passion avant que ce repas ne soit terminé, au risque de scandaliser nos hôtes. De fait, je me demande si je ne vais pas le faire.

Il fit mine de se lever et de l'entraîner par la main, et elle dut s'agripper à son bras avant de comprendre qu'il la faisait marcher.

— Oh, *vous !*

Elle voulut lui donner un coup de poing dans les côtes, mais il retint sa main avant qu'elle y parvienne. Les deux mains prises, elle dut attendre qu'il l'ait embrassée pour retrouver sa liberté. Ce n'étaient pas les meilleures manières de table, certes, mais nul ne parut prendre offense de la tenue des jeunes mariés, et personne n'aurait pu se douter de l'excitation qui avait envahi Rhoese tandis que son mari la serrait dans ses bras.

Jude prenait-il autant de plaisir à sa douceur qu'elle en tirait de sa force ? se demanda-t-elle.

Elle regarda les visages autour d'elle, lorsqu'il la relâcha, et se rendit compte que le regard qui restait fixé le plus longtemps sur eux était celui d'Anneys d'Abbeville. Un regard qui ne montrait pas le moindre signe d'amusement. Mais le goût du baiser de Jude était encore sur ses lèvres, et sa menace amusée lui enfiévrait le sang, lui rappelant leurs étreintes.

— Comment ? dit-elle d'un air égaré, en s'apercevant qu'il lui avait parlé.

Son rire tonitruant explosa dans la grand-salle et la rougeur de Rhoese dura bien plus longtemps que les regards qu'ils s'attirèrent.

Chapitre 19

Echappant enfin à la bruyante grand-salle, emplie des odeurs masculines des soldats, des moines, des clercs et des serviteurs, Hilda et Rhoese franchirent une porte latérale qui donnait sur un frais corridor menant au jardin privé de l'évêque. Un jardin qui lui manquerait beaucoup, avait-il confié avec tristesse à la jeune femme.

Le jardin resplendissait sous le soleil d'automne, et il était beaucoup mieux entretenu que celui de Catterick. Il était grand et regorgeait d'herbes sur le point de grainer, ainsi que de massifs de camomille qui formaient d'odorants coussins de verdure.

Des treillis en osier le divisaient en petites alcôves extérieures où l'évêque et d'autres ecclésiastiques pouvaient venir méditer en paix. Certaines étaient recouvertes de tonnelles sur lesquelles s'enroulaient des volubilis et des rosiers grimpants. A quelque distance de là, des moines se promenaient lentement près de petits canaux, tandis que d'autres se dirigeaient vers la cathédrale.

Hilda chuchota comme si elles étaient des intruses.

— Nous allons devoir laisser la jeune Els à York, savez-vous ? Elle a déjà la nostalgie de Toft Green. Elle ne s'accoutumera jamais à Londres.

— Son problème vient plutôt du manque de mâles attentions, observa Rhoese en se dirigeant vers un treillis recouvert de branches de poirier qui avaient été étalées pour offrir leurs fruits mûrs au soleil. Les hommes de Jude eux-mêmes ne lui accordent pas un regard. Je pense que vous avez raison : nous devrons nous arranger sans elle. Mais nous y parviendrons.

— Si vous voulez mon avis…

— Chut !

— Qu'y a-t-il ? s'enquit la nourrice à voix basse.

— C'est la voix de Jude.

— N'était-il point dans la grand-salle ?

— C'est lui, j'en suis sûre. Et il est avec cette femme, Hilda.

Lentement et en silence, elles s'avancèrent à pas de loup vers le treillis jusqu'à ce que la conversation qui se tenait derrière leur parvienne à travers les feuillages jaunis. Arrivée là, Rhoese s'immobilisa, incapable de s'empêcher d'écouter.

— Je puis à peine le croire, disait Anneys d'Abbeville. Vous, marié ? Quelle mouche vous a-t-elle piquée, Jude ?

La voix enflait et désenflait, comme si sa propriétaire allait et venait avec agitation.

— Aviez-vous à l'épouser ?

— Oui, je le devais, répondit le chevalier. J'ai plus de trente ans, Anneys, il me fallait prendre une épouse. Vous savez comment était mon père.

Il y eut un petit rire sec.

— Je suis bien placée pour le savoir. Qui le connaissait mieux que moi ? Bien des choses se sont produites depuis ce temps, Jude, mais vous savez, vous, ce que j'ai toujours ressenti pour vous. Rien n'a changé.

— Vous vous trompez, ma mie. Tout a changé. En huit ans, c'est normal. Vous n'avez cessé de vous élever jusqu'à ce que vous atteigniez l'échelon le plus haut, et maintenant tout va s'achever pour vous. Comment pouvez-vous dire que rien n'a changé ?

— Vous savez ce que je veux dire, Jude. Ne soyez pas cruel. Je parlais de mes sentiments pour vous. Nous pourrions tenir votre femme à l'écart, elle n'en saurait rien.

— Vous vous raccrochez à des fétus de paille, Anneys. Je n'ai rien à vous offrir. J'ai une épouse et j'ai bien l'intention de la garder. Une maîtresse engendrerait des complications et c'est la dernière chose dont j'ai besoin en ce moment, croyez-moi.

— Vous en aviez toujours deux ou trois en même temps.

— Ces jours-là sont dépassés. Si vous êtes absolument sûre de ne pas vouloir vous exiler avec l'évêque, pourquoi n'essayez-vous point de séduire Flambard ? Il pourrait être intéressé.

— Encore votre cruauté, Jude ! Vous me donnez l'impression d'être un paquet que l'on se repasse de main en main.

— C'est votre choix. Jetez votre dévolu sur celui qui s'élève, au lieu de miser sur celui qui descend. Flambard et l'évêque William ont été amis pendant des années, depuis qu'Odon de Bayeux les a fait se rencontrer, mais Ranulf n'a aucun problème à arrêter des amis aussi bien que des ennemis. Et il sait comment s'y prendre avec une femme, de surcroît.

— Vraiment ? Vous le saviez aussi, Jude. Est-ce toujours vrai, maintenant que vous êtes marié ?

— Posez la question à ma femme, elle vous répondra.

— Tss ! Je me rendrai donc à Londres avec vous.

— Nous devons d'abord conduire William à Sarum, pour qu'il y soit jugé.

— Sarum ?

— C'est dans le Wiltshire. Je vous suggère de vous montrer agréable avec le chapelain du roi. C'est une issue possible pour vous, et l'évêque n'aura pas besoin de l'apprendre.

— Je préférerais que ce soit vous, Jude. Dois-je vous supplier ? Vous implorer ? Votre nouvelle épouse n'a guère l'air de se soucier de ce que vous faites.

— Ce serait dangereux, Anneys.

— Dans ce cas, nous la tiendrions dans l'ignorance. Je puis être discrète, vous le savez.

Aimant Rhoese comme elle l'aimait, Hilda ne put supporter que sa maîtresse en entendît davantage. Elle lui prit le poignet d'une main ferme et l'entraîna loin du poirier, derrière lequel le silence s'était fait. Le visage dur, la nourrice fit asseoir Rhoese près d'une mare où des truites batifolaient. Elle aurait voulu la prendre dans ses bras maternels, car son cœur saignait de pitié.

Elle contempla le visage pâli de la jeune femme et fut choquée par le vide tragique qui s'y lisait. Cette expression lui rappelait l'époque où sa protégée avait tout perdu en l'espace de quelques jours. Et maintenant, soupçonnant ce qui se passait dans le cœur de Rhoese, elle se rendit compte que tout était sur le point de recommencer. La douleur la tuerait.

— Courage, mon ange, dit-elle doucement. Courage. Ce n'est peut-être pas ce qu'il semble. Il faut que nous soyons fixées.

La réponse mit longtemps à venir.

— Il la connaissait donc bien, déclara Rhoese d'une voix rauque. Ils se connaissent depuis des années. Ils se sont connus en Normandie et elle veut le reprendre. Maître Flambard avait raison et frère Alaric avait tort. Et il m'a épousée parce que son père voulait qu'il se marie, c'est ce qu'il a dit. N'est-ce point flatteur, ma bonne amie ? N'est-ce point magnifique ? N'est-ce pas la meilleure raison à ce mariage que j'aurais pu entendre ?

Elle rit, d'un petit rire sec qui ressemblait à des sanglots. Et quand elle leva les yeux pour suivre du regard un vol de colombes qui tournoyaient autour du palais, ses prunelles étaient emplies de larmes de colère, qu'elle chassa d'un revers de main avant qu'elles coulent sur ses joues.

— Pourquoi ? demanda-t-elle. Pourquoi cela m'arrive-t-il encore ? Et pourquoi si vite ? Je m'y attendais dans le futur, mais pas si tôt. Sûrement pas maintenant, alors qu'il semblait que tout allait mieux et que je pensais avoir capté son intérêt, sinon son cœur. Qu'est-ce que j'ai donc ? Qu'est-ce que j'ai donc qui ne va pas, Hilda ?

— Rien, ma colombe. Rien, dit Hilda en lui prenant la main.

— Je pense que je devrais rentrer à York. Je connais la route, et nous pourrions aller plus vite qu'à l'aller.

— Cela ne vous ressemble guère de fuir, mon ange.

— Je sais, mais je ne puis rester ici les bras croisés, à observer ce qui se passe entre eux. Le trajet jusqu'à Londres va prendre des semaines, et pendant tout ce temps elle essaiera de reconquérir Jude. Je le sais. Elle l'a quasiment dit.

— Alors vous devez vous battre en retour. Vous n'aviez ni la volonté ni l'énergie de combattre Ketti pour garder Warin après la mort de votre père, mais à présent les choses sont différentes. Vous êtes redevenue vous-même, alors battez-vous pour celui que vous aimez si vous le voulez assez fort. Le voulez-vous ?

— Si je le veux, lui ? J'y pense nuit et jour, Hilda.

— C'est bien ce que je pensais. Votre cœur s'est radouci, donc.

Rhoese plaça une main sur sa poitrine pour sentir les battements de son cœur sous l'étoffe de son mantelet et de sa cotte.

— Je n'ose lui faire savoir ce qui l'attend, dit-elle. Cela va le briser pour de bon, cette fois.

Hilda lui pressa la main.

— Voyez-vous, ma douce, le meilleur moyen d'attendrir le cœur *de votre époux* est de lui montrer que vous tenez à lui, et non le contraire. Vous êtes de taille à affronter cette femme. A quoi vous servira-t-il de rester en arrière et de paraître impuissante ? C'est votre mari, pas le sien. C'est lui qui va engendrer vos enfants. Un homme a beau paraître fort, vous ne pouvez le laisser disponible pour une autre femme comme cela. Elle croit que vous ne vous en souciez guère, mais montrez-lui — montrez-leur à tous les deux — à quel point ils se trompent. Les hommes sont si stupides, en ce qui concerne les femmes et leur cœur !

— Il m'a dit qu'il ne saurait où regarder pour trouver le mien.

— Voyons, lass ! Combien de mensonges avez-vous inventés, *vous*, dans l'intention de le blesser ?

Rhoese n'eut pas à répondre à cette question épineuse. Deux ombres tombèrent sur l'allée, se dirigeant vers elles, deux moines bénédictins dont l'un était familier et l'autre non. La jeune femme devina tout de suite qui était l'étranger, à cause de son apparence distinguée qui tranchait sur la simple humilité de frère Alaric.

Hilda et elle se levèrent pour saluer les deux hommes.

De la même façon, il n'avait fallu qu'un coup d'œil au cousin de Jude pour reconnaître le caractère privé que revêtait l'entretien des deux femmes. L'une d'elle, dont la réputation de beauté n'était nullement exagérée, avait les yeux emplis de douleur ; avant de se lever, elle avait brusquement retiré sa main qui reposait sur les genoux de sa nourrice. Jude, songea-t-il, avait fait un choix excellent, cette fois. Mais ces signes de désarroi étaient inquiétants.

Son compagnon, le chapelain de la dame, fit les présentations.

— Ma dame, dit-il, permettez-moi de vous présenter le frère Gerard, cousin de votre époux.

Lors de telles présentations, la coutume était de saluer n'importe quel homme par un baiser sur les deux joues. Mais certains ecclésiastiques normands étaient contre cette coutume, notamment de la part d'une femme, aussi Rhoese se contenta-t-elle d'incliner la tête et de sourire. Le frère Gerard mesura l'effort que ce sourire lui demandait.

Il était aussi grand que Jude, et aussi large d'épaules, mais il paraissait plus petit du fait d'une boiterie prononcée, et parce qu'il se tenait voûté. Ses traits étaient forts et bien dessinés, ses yeux sombres et perçants sous des sourcils froncés au-dessus de son nez. Autour de sa tonsure, ses cheveux étaient noirs et trop longs ; ils tombaient sur son col.

Dans l'espoir de ramener un peu d'éclat dans les beaux yeux bruns de la jeune femme, le frère Gerard continua à parler en anglais, comme il l'avait fait avec le chapelain. Les longs cils sombres de Rhoese s'écarquillèrent, et il se sentit satisfait du résultat obtenu.

— Je suis fort honoré, ma dame, dit-il. Puis-je vous souhaiter la bienvenue à Durham ? Frère Alaric m'a dit que vous saviez lire et écrire. J'aimerais que l'on pût en dire autant de tous les moines qui sont ici, cela nous rendrait la vie plus aisée.

— Mon père a insisté pour que je sois instruite, répondit Rhoese. Frère Alaric et moi étions capables de tenir nos propres comptes. Puis-je vous présenter ma nourrice, Hilda ? Elle est avec moi depuis ma naissance.

Ils s'assirent les uns en face des autres dans la petite alcôve ensoleillée, dont les treillis étaient recouverts de prunes de Damas. Des abeilles bourdonnaient autour des fruits, et des toiles d'araignées étaient tendues de branche en branche.

L'arrestation solennelle de l'évêque venait de commencer, rapportèrent les deux hommes, et il allait être confiné dans ses appartements sous bonne garde. Il parut troublant à Rhoese de le remercier ainsi de son hospitalité, mais c'était ainsi que les choses se passaient, à moitié civilisées et à moitié barbares. Jude mettait sur pied l'administration de la cathédrale par le prieur Turgot, et ils le verraient peu durant le reste de la journée, dit le frère Gerard.

— Vous parlez bien notre langue, observa Rhoese. Si vous jugez peu courant qu'une femme lise et écrive, nous jugeons encore moins courant qu'un Normand s'exprime en anglais. Pourquoi avez-vous appris ce langage, mon frère ?

Le frère Gerard étendit les deux mains et considéra les taches d'encre qui les souillaient.

— Eh bien, ma dame, il me serait difficile de surveiller les scribes d'un scriptorium anglais si je ne parlais que ma langue. Si je veux que le travail soit effectué proprement, je dois faire le même effort qu'eux, au départ.

— Vous êtes en Angleterre depuis quelque temps, n'est-ce pas ?

— J'y suis venu avec Jude il y a huit ans. Je suis un peu plus âgé que lui, mais j'ai vécu dans sa famille après la mort de mes parents. L'évêque Odon était mon patron, mais il a subi le même sort que notre bon évêque, parce qu'il eût préféré comme lui que le frère aîné de William Rufus montât sur le trône d'Angleterre. Je crains qu'ils ne se retrouvent tous les deux exilés, très bientôt.

— Je pense que nous aurions préféré voir un *Anglais* monter sur ce trône, observa Rhoese.

— Nous vivons dans un monde qui change, ma dame, dit doucement le frère Gerard.

— Oui, mon frère, dit la jeune femme qui commençait à être lasse de tous ces discours sur des changements inéluctables. Cependant, il apparaît que ces changements nous visent beaucoup plus souvent que d'autres, et qu'ils ne sont pas souvent au profit des Anglais. Avez-vous l'état des villages, entre York et ici ? Essayez de dire à ces pauvres hères que nous vivons dans un monde qui change, et vous verrez si cela suffira à les réconforter. Dans quelle mesure avez-vous changé, *vous*, en ces huit ans ?

Frère Alaric s'était déjà résigné à ne pouvoir la faire taire par ses froncements de sourcils au milieu de cette tirade inattendue. Maintenant, il contemplait ses genoux, en jetant de temps en temps une œillade embarrassée aux deux querelleurs.

— Ma dame, fit-il enfin, le frère Gerard disait simplement…

Le moine l'interrompit d'un signe de la main.

— Puisque vous me le demandez, ma dame, je vais vous le dire. Ce n'est pas un secret. Il y a dix ans, j'ai eu un accident de chasse qui m'a paralysé. J'étais totalement incapable de marcher et à peine capable de m'occuper de moi-même. En sa qualité de fils aîné, Jude s'est mis en devoir de me soigner nuit et jour. Rien n'était trop rebutant pour lui. Il m'a fait faire des exercices, m'a réappris à marcher, m'a trouvé des livres pour que je puisse lire, m'a redonné goût à la vie et a été mon compagnon de tous les instants. J'ai appris l'art de la copie dans un monastère local, où j'ai été remarqué par l'évêque Odon de Bayeux. C'est un grand mécène, savez-vous ? Avec le comte Alan, il voulait que Jude vienne s'installer en Angleterre, mais mon gentil cousin ne souhaitait pas me quitter. Alors, il y a huit ans, il m'a amené ici, auprès de l'évêque William de St Calais, et je me suis fait moine. Ces huit dernières années, grâce à Jude, j'ai entamé une nouvelle vie. Je suis devenu bibliothécaire de la cathédrale, je puis marcher, louer Dieu et faire une foule de choses par moi-même. Aussi, après avoir frôlé la mort d'aussi près, je crois avoir subi les plus grands changements possibles, ma dame. Puis le père de Jude est mort et il a hérité de tous ses biens, avec les responsabilités qui vont avec.

— Il est mort ? Je croyais…

— Il est passé il y a deux ans. Jude est fort riche, à présent, mais il n'a jamais laissé sa fortune régenter sa vie comme d'autres le font. On lui a aussi donné des terres dans ce pays, et…

— Oui, je le sais, coupa Rhoese.

Quelque chose dans son ton fit que le frère Gerard la regarda avec attention, en se disant que la racine du problème était peut-être là.

— Mais il ne se serait pas marié pour accroître ses possessions, ma dame, reprit-il. Pas Jude. S'il avait été dans cet état d'esprit, il aurait pu épouser depuis longtemps la moitié des héritières de Normandie. Mon cher cousin a la tête sur les épaules. C'est peut-être un idéaliste, d'un certain côté, mais pour ce qui est du mariage il a pris son temps, malgré l'insistance de son père pour qu'il s'établisse. Et maintenant je puis constater ce qu'il cherchait : une femme qui ait plus pour elle que sa fortune et sa santé. Une femme de caractère.

— Quoi qu'il en soit, mon frère, la quête de Jude est devenue un passe-temps pour ses hommes. Ils se sont accoutumés à parier sur son succès.

Le frère Gerard ne sourit pas à cette remarque, comme elle s'y serait attendue.

— Tout personnage fortuné et de belle allure incite à la spéculation et aux paris, ma dame. Jude est un homme comme un autre, qui aime les belles choses surtout quand elles ne lui coûtent rien. Mais il n'est point d'être qui soit plus fidèle que lui aux siens, ni plus protecteur. Je le connais mieux que personne, et je puis m'en porter garant. Je lui dois la vie, et je suis ravi qu'il vous ait amenée ici pour que je puisse vous rencontrer, avant que vous redescendiez dans le sud.

Rhoese écarta quelque chose de sa joue d'un doigt léger, avant de répondre :

— J'ai apporté un livre à vous montrer, mon frère. Il a besoin d'être réparé.

Le frère Alaric jeta un coup d'œil à Hilda, puis il s'adossa au mur et poussa un soupir de soulagement.

— Un remède contre la constipation ? répéta Hilda. Qui souffre de constipation ?

— Personne, répondit Rhoese qui défaisait sa natte.

— Dans ce cas, pourquoi avez-vous besoin…

— Je vous demande juste de m'indiquer un remède, Hilda. Je n'ai plus mon livre de recettes, vous le savez bien…

— Eh bien, des racines de chardon, pour commencer.

— Je ne vais pas ramasser des chardons. Quoi d'autre ?

Hilda s'assit sur le coffre à vêtements, le menton appuyé sur une brassée de robes et de cottes. Ses bajoues s'étalèrent sur l'étoffe comme de la gelée.

— Voyons voir… On peut utiliser aussi du jus de poireau ou de l'écorce de sureau. Le frère Alaric doit connaître d'autres remèdes.

— Je ne veux pas le lui demander.

— Pourquoi ?

— Parce qu'il va se douter de quelque chose.
— Se douter de quoi ?
— Oh, pour l'amour du ciel, Hilda !
Rhoese rabattit ses mèches défaites dans son dos.
— Il va se douter que je manigance un nouveau forfait, voilà.
— Un forfait ?
— Hilda, si vous continuez à répéter tout ce que je dis, je vais vous baptiser Echo. Il voudra savoir pourquoi je veux me procurer un tel remède. Et pour qui, et comment, et tout ce qui s'ensuit.
— Et pour qui est-il, ce remède ?
— Pour elle. Cette femme.
— Est-elle constipée ?
Rhoese relâcha longuement son souffle.
— Non, elle n'est pas constipée. Que je sache, en tout cas. Mais qu'arrive-t-il à quelqu'un à qui l'on administre un fort laxatif quand il n'en a pas besoin, hein ?
Elle regarda Hilda, qui avait ouvert des yeux ronds.
— Un fort laxatif ?
— Un *très fort*, oui.
— Oh, mon Dieu.
— Exactement. Oh, mon Dieu ! Cette personne ne serait pas en état de voyager, n'est-ce pas ?
Hilda se mâchonna la lèvre inférieure, mais elle ne put empêcher sa bouche de se tordre, et bientôt elle laissa échapper un sourire aussi large qu'une faucille.
— Oh, mon Dieu, répéta-t-elle. C'est assez méchant. Mais si nous sommes dans les purges *très efficaces*, il y a l'iris puant.
— Je n'ai jamais entendu parler de cette chose-là.
— Bien sûr que si ! Ce sont ces petits iris jaunes qui poussent dans la mare du roi, à York. Nous les appelons des glaives, à cause de leurs feuilles en forme d'épée. Il n'y a rien de tel pour une bonne purge.

— Les fleurs seront fanées depuis longtemps.

— Ce ne sont pas les fleurs qui nous intéressent, mais les racines.

— Ah, bon. En avez-vous vu par ici ?

— Non, mais nous pourrions toujours essayer de voir.

C'est ce qu'elles firent. Et elles trouvèrent bien quelques iris puants, mais avant qu'elles aient pu rejoindre la cuisine de l'évêque avec leurs trouvailles, elles tombèrent sur le frère Alaric qui considéra d'un œil soupçonneux les plantes ramollies et leurs racines boueuses.

— Pour quoi est-ce faire ? demanda-t-il d'un ton qui laissait entendre qu'il avait compris.

— Pour la constipation, répondit Rhoese. J'ai besoin d'une purge.

Il tendit les bras.

— Je me charge de vous la préparer. Il vous faudra aussi un peu de bière rancie. Allez, faites-moi confiance. Les moines n'aiment guère avoir des femmes dans leurs cuisines.

Rhoese lui confia les plantes sans lui témoigner la moindre gratitude.

— J'en ai besoin rapidement, dit-elle. Et il faut que cette purge soit très forte.

— Vous l'aurez bientôt, et bien tassée. A propos d'autre chose, je crains que vous ne puissiez porter vous-même le livre dans le scriptorium : ils n'y acceptent pas non plus les femmes.

— *Où* sont-elles acceptées ?

Le moine sourit.

— Là où lady Anneys se rend, je suppose. Mais ne vous inquiétez point : je serai là et je vous dirai ce qui a été décidé.

— Je pense que je puis déjà le deviner. C'est la dernière fois que je le verrai, n'est-ce pas ?

— Je l'ignore, mais je plaiderai votre cause.

— Merci, mon frère. Nous allons prendre notre souper en privé, dans ma chambre. Voulez-vous vous joindre à nous ?

— Certainement, ma dame. J'en serai ravi.

Rhoese dut se contenter de cet état de choses, fort peu satisfaisant à ses yeux. Mais elle n'était pas décidée à se laisser faire. Tout alla beaucoup mieux, cependant, quand Jude entra doucement dans sa chambre cette nuit-là, sans la réveiller, et qu'il se coula entre les draps frais pour la prendre dans ses bras. Il s'introduisit ainsi dans ses rêves, et elle n'eut pas besoin de se réveiller pour se les rappeler.

Elle se tourna vers lui, l'accueillant comme s'il était son autre moitié avidement quêtée après une séparation de plusieurs années, et se pressa dans sa chaleur, tous ses ressentiments disparus dans l'intimité de l'obscurité. Seule la joie émergeait du noir sur ses lèvres qui le cherchaient.

S'il s'était attendu à un autre accueil, vu l'heure tardive, il n'en montra rien. Il s'immisça dans le demi-sommeil de sa femme avec une douceur infinie, sans essayer de la réveiller totalement.

Le corps et les membres de Rhoese s'ouvrirent à lui. Elle l'enveloppa de ses bras lorsqu'il pénétra en elle, comme elle l'avait fait dans le bosquet de sureaux, avec la même urgence mais sans l'usage des mots. Puis leur union rendit Rhoese au sommeil, les lèvres pressées sur la gorge de son mari, et ce fut seulement quand son pied effleura l'endroit encore chaud où il avait été allongé qu'elle se souvint de ses griefs de la veille, et du fait qu'elle aurait dû les lui exprimer.

Mais l'aube était déjà là, et il était reparti pour une nouvelle journée.

Chapitre 20

Juste après les matines, Jude, portant le livre sous le bras, traversa les jardins désertés en direction du scriptorium de la cathédrale, en compagnie de Ranulf Flambard et de frère Alaric. Un épais brouillard d'octobre ceignait les tours et les arbres jaunis, et l'air vif qui leur piquait les narines changeait leur souffle en une buée blanche.

Si le frère Alaric n'avait pas été là, Jude aurait parlé à Flambard de ce qu'il avait vu la nuit précédente, alors qu'il se rendait dans la chambre de Rhoese. Ne pouvant le faire, il se contenta de revivre la scène dans sa mémoire.

Dans le corridor faiblement éclairé qui partait de la grand-salle, une silhouette se mouvait dans l'ombre, pensant qu'elle n'était pas vue. Se dissimulant dans un recoin obscur, Jude l'avait observée ; elle avait frappé doucement à la porte de Flambard, qui s'était juste entrebâillée de façon à la laisser entrer, pour se refermer aussitôt. La dame n'avait pas perdu de temps à suivre son conseil, avait-il pensé. Et le chapelain du roi n'était pas homme à refuser une chance pareille, qui se présentait à lui sans qu'il ait à faire d'effort pour la choper au vol. Mais il avait dû renvoyer Anneys de bonne heure, au matin, pour ne pas manquer de voir le livre qui le rongeait de curiosité.

Bien, pensa Jude. Une fois qu'ils auraient réglé cette affaire, ils pourraient vaquer à leurs occupations de la journée et préparer enfin leur départ.

Le scriptorium était déjà occupé par des scribes assis à leurs tables de travail tels des pies perchées sur de hauts tabourets, la tête penchée sur des feuilles de vélin. Des plumes grinçaient ou étaient plongées dans des encriers, les flammes des chandelles vacillaient dans les courants d'air et des ombres dansaient doucement sur les plis des tentures qui séparaient chaque alcôve de celle qui la jouxtait. Aucune tête ne se leva quand les trois hommes furent invités à entrer par frère Gerard, et pas un mot ne fut prononcé de manière à ne pas rompre le silence de la salle. Le bénédictin ne prit la parole qu'une fois la porte de la bibliothèque refermée sur eux.

— Le prieur Turgot viendra bientôt nous rejoindre, annonça-t-il. Il se prépare pour le chapitre. Ah, est-ce donc le livre, Jude ? Viens, pose-le sur la table.

Son visage exprimait l'inquiétude d'une mère pour un enfant malade.

— Ainsi, c'est ici que vous travaillez, dit le frère Alaric en regardant autour de lui.

Des piles de livres chargeaient les étagères, reliés de cuir et apparemment fort lourds. D'autres volumes étaient posés sur la table, leur précieuse couverture enveloppée dans de l'étoffe. L'un d'eux était ouvert, ses pages marquées par une lanière de cuir que prolongeait un poids triangulaire. La pièce était fort fraîche et loin d'être confortable, et elle avait une curieuse odeur de renfermé. Elle était meublée de bancs sur lesquels le moine et les trois hommes prirent place, sans s'attendre à être assis commodément.

Flambard s'était installé à côté de Gerard. Il attira l'unique chandelle vers le livre quand ce dernier le défit de son enveloppe, et Jude constata qu'il frémissait d'excitation, le cou tendu en avant.

— D'où vient-il, déjà ? Rafraîchissez-moi la mémoire, Jude.

A eux deux, Jude et le frère Alaric dirent tout ce qu'ils savaient, mais il fallait régler les questions concernant les dommages causés par l'eau et le retour de l'ouvrage à l'abbaye de Barking. Ils se le passèrent de main en main, tels des pères portant un nouveau-né. Puis, à la demande du frère

Alaric, Gerard passa aux dernières pages où la minuscule écriture à l'encre rouge, entre les lignes, semblait indiquer une connexion quelconque.

— Vous n'avez pas lu ce texte, mon frère ? demanda Gerard au chapelain.

— Il est trop menu pour mes yeux. Ils ne sont plus ce qu'ils étaient, je le crains.

Gerard se pencha, plissant les paupières.

— Oui, il est vraiment écrit très petit. Plus petit que d'ordinaire, même pour un glossaire. Le scribe pensait peut-être que tout le monde avait une vue aussi bonne que la sienne, qu'il se soit agi d'un homme ou d'une femme. A présent, il ne nous reste qu'à le traduire. Donnez-moi un peu de temps, je m'en occuperai.

La porte s'ouvrit, laissant entrer un courant d'air froid et le prieur Turgot.

— Ah ! dit-il sans préambule. Ma parole, quelle petite merveille !

Ses yeux brillèrent d'intérêt, tels ceux d'un oiseau de proie interceptant une victime juteuse.

— La reine Margaret possède un volume très semblable à celui-ci, déclara-t-il.

Les quatre hommes s'étaient levés à son entrée, mais il les fit se rasseoir, impatient de se joindre à leur conversation.

— Nous discutions de la provenance de cet évangile, mon père, dit Gerard. L'abbaye de Barking semble être le lieu le plus probable, ainsi que le disait lady Rhoese. Et regardez ceci.

Il passa le livre au prieur, en lui indiquant les mots écrits en rouge.

Celui-ci étudia la page de près, en hochant la tête.

— Vous savez, bien entendu, que la nouvelle abbesse de Barking n'est pas anglaise, n'est-ce pas ?

Il abaissa le livre et releva la tête, fixant Jude.

— Elle vient du couvent de Saint-Léger de Prieux, près de Lisieux. C'est une Normande.

C'était exactement ce que Jude avait redouté. Après vingt-deux ans, il eût été étonnant que la même abbesse fût encore en poste, et attendît le retour de son évangile. Comment Rhoese réagirait-elle à cette nouvelle ? se demanda-t-il.

Quelle que soit la nature de ce qui avait contribué à l'entrain de Rhoese, ce matin-là, elle prit cette nouvelle journée à bras-le-corps, comme si elle avait bu une potion revigorante au lieu du vin clairet qu'Els lui avait monté de la cuisine. Sa jeune chambrière paraissait pâle et maussade, et Rhoese pensa qu'elle semblait avoir eu une nausée. Mais non, se dit-elle. Pas Els. Elle était trop maligne pour se faire avoir de cette façon-là.

En d'autres circonstances, elle aurait approfondi la chose. Mais ce jour-là elle était possédée par un feu ardent qui demandait à être canalisé et les problèmes d'Els, quels qu'ils soient, devraient attendre.

Si cette femme, Anneys d'Abbeville, pensait qu'elle n'avait qu'à demander pour avoir Jude, elle se trompait fortement. Et que son propre cœur ait commencé ou non à fondre, personne, *personne* n'allait lui prendre son mari sous le nez sans mener un féroce combat.

Cependant, les avertissements que le frère Alaric lui avait fait valoir la veille portaient leurs fruits. Elle devait utiliser ses pouvoirs pour faire le bien, non le mal, et l'idée qu'elle avait eue lui écornait sérieusement la conscience. L'effet nocif d'une purge, avec tous les dangers que cela pouvait comporter, commençait à perdre de son attirance à ses yeux. Elle décida donc de se mettre en quête de son chapelain pour lui en parler, mais ce fut Ranulf Flambard et son mari qu'elle trouva, alors qu'ils se préparaient à se séparer au sortir de la cathédrale.

Rhoese ne changea rien à ses salutations, qui furent aussi froides que de coutume. Le besoin physique qu'ils avaient l'un de l'autre, l'indéniable alchimie qui les unissait de nuit comme de jour et la passion qui s'ensuivait étaient une chose, mais reconnaître un changement de son cœur si ardemment voué à la vengeance en était une autre, et Rhoese n'avait pas encore trouvé le moyen de convoyer à son époux ce qu'elle savait être vrai.

Ayant joué sur cette corde si longtemps, elle avait le plus grand mal à reculer. En outre, elle n'avait nulle assurance que sa première opinion de Jude n'était pas fondée ; certes, elle devait prendre en compte ce que son cousin avait dit de lui et de sa loyauté envers les siens, même si c'était biaisé par les liens de famille. Mais, sur le fond, le fait que cette femme le réclame encore après des années semblait prouver sa sécheresse de cœur, et requérait des explications.

Comme s'il savait à quoi s'attendre, Jude se contenta de lui prendre la main pour la baiser, et fit savoir clairement qu'il n'avait pas l'intention de s'attarder.

— Vous portez-vous bien, ma dame ?

Ce fut une demande de pure forme, car il ajouta aussitôt :

— Bien. Alors je vais vous laisser ensemble. Voulez-vous m'excuser ?

Là-dessus, il s'éclipsa avec un sourire mystérieux que Rhoese n'avait pas encore réussi à interpréter.

Elle ne put s'empêcher de le suivre des yeux, d'admirer le balancement de ses bras et les longues enjambées qu'il faisait, tandis que ses cheveux noirs se soulevaient dans la brise qui dispersait le brouillard. Un pâle soleil filtrait à travers les nuages et dorait ses larges épaules vêtues de drap clair. Son regard n'échappa pas à maître Flambard, et quand elle lui refit face elle s'aperçut qu'elle ne pouvait lui cacher ce qu'elle avait dans le cœur.

— Le mariage commence à vous convenir, ma dame, dit-il.

La jeune femme ne sut que répondre à cela, aussi resta-t-elle silencieuse pendant qu'ils s'éloignaient lentement dans la cour pavée, où deux moines ramassaient des feuilles mortes et les jetaient dans un feu dont s'échappait une fumée bleutée.

Lorsqu'ils furent hors de portée d'oreilles indiscrètes, elle trouva le courage de dire ce qu'elle avait avant tout à l'esprit.

— Cette femme… Vous disiez qu'elle est probablement la concubine de l'évêque. Mais saviez-vous qu'elle est aussi l'une des anciennes maîtresses de Jude ? Est-ce ce que vous me laissiez entendre, hier ?

La réserve de Ranulf Flambard découlait de maintes années d'expérience. Il ne s'en départit point, et ne lui demanda pas d'où elle tenait cette information.

— Eh bien, ma dame, répondit-il prudemment, il y a une différence entre ce que je soupçonne et ce que je sais avec certitude. Disons qu'il y a une apparence, mais point de preuve. Je puis me tromper, et j'ai beaucoup trop de respect pour vous et pour Jude pour vous mentir sur quelque chose d'aussi important, mais je sais qu'ils sont restés ensemble dans la grand-salle assez tard, hier soir. Puis-je vous demander à quelle heure votre mari vous a rejointe dans votre chambre, hier soir ?

— Je n'en sais rien, je dormais.

— Ah.

Rhoese s'arrêta et le regarda dans les yeux.

— Pourquoi ? Suggérez-vous que… *Que* suggérez-vous au juste ?

Ranulf lui tendit la main pour la guider vers un banc situé de l'autre côté du mur. Il souleva le rideau de lierre qui tombait de l'arche, pour la laisser passer, et enchaîna de manière si fluide sur sa prochaine phrase que Rhoese en oublia sa question.

— Ma dame, vous souvenez-vous de notre conversation dans le jardin de Catterick ? A propos de certaines réputations ?

— Oui, je m'en souviens. Vous m'avez dit que je devrais utiliser la mienne à mon avantage.

— Exactement. Et maintenant, je pense que le temps est venu que vous passiez à l'action. Entendez-moi bien : je n'ai pas dit que la dame en question s'est rendue coupable de relations licencieuses avec Jude hier soir. Ce que je dis, en revanche, c'est que je l'ai entendue raconter ce matin, distinctement, ses expériences de la nuit avec un homme doté d'une singulière vigueur et d'une grande imagination. Et puisque notre évêque est sous clé, et que la dame était en notre compagnie jusqu'à ce que je les laisse tous les deux dans la grand-salle, je ne vois vraiment pas qui d'autre…

— Oui. Merci. Je pense que vous m'en avez dit assez, maître Flambard.

Ce fut tout ce que Rhoese put dire d'un seul souffle, alors que ses poumons s'étaient brusquement vidés de tout l'air qu'ils contenaient. Elle jugea plus facile de haleter, mais c'était tout de même douloureux, et elle avait une boule dure dans la gorge. Quand elle put enfin recouvrer sa voix, elle fut ennuyée de voir qu'elle était étranglée.

— Elle n'ira point… hu-hum… jusqu'à York et Londres avec nous. Pour le moins, je ne pense pas qu'elle nous accompagnera. Mais j'ai eu des doutes, dernièrement, et je n'en suis pas encore très sûre.

Flambard la dévisagea, l'air sincèrement intrigué.

— Des doutes à propos de quoi ?

— Des doutes moraux. Sur le bien-fondé d'utiliser mes…

— Vos pouvoirs ?

— Oui. J'avais pensé qu'une forte purge pourrait aboutir au résultat que je souhaite.

Rhoese contemplait une flopée de corneilles qui croassaient au sommet d'une tour, aussi ne vit-elle pas l'expression jubilatoire qui passa brièvement sur le visage du chapelain, avant de disparaître aussi vite qu'elle était venue.

— Euh…, fit-il, avec une hésitation qui ne lui ressemblait guère. Eh bien, oui, elle le pourrait sans doute, mais il n'est pas toujours nécessaire d'occire un adversaire, et je vous recommanderais de n'en rien faire. En outre, cela n'aiderait pas vraiment votre cause et n'arrangerait pas votre réputation, n'est-il point vrai ? Qui était chargé de préparer cette purge ? Hilda ?

— Le frère Alaric.

— Par le ciel ! A-t-il été informé du but recherché ?

— Il croit qu'elle m'est destinée.

Ranulf se racla discrètement la gorge.

— Peut-être que quelque chose d'un peu moins agressif ferait l'affaire. Vous ne rechignez point à dire ce que vous avez dans la tête, en règle générale. Aller trouver Anneys et lui tenir un discours calme et posé vaudrait probablement beaucoup mieux que l'action décalée d'une potion. Après tout, vous ne tenez pas à lui donner le temps de raconter ses satisfactions de la nuit, n'est-ce pas ?

A dessein, il ne mentionna pas le nom de Jude.

Rhoese se leva, brûlant déjà de passer à l'action tant que sa douloureuse blessure et sa fureur étaient à leur summum.

— Je vais d'abord trouver Jude et lui donner la semonce que j'ai en réserve pour lui.

Le chapelain fut sur ses pieds avant qu'elle ait achevé sa phrase.

— Non ! s'exclama-t-il avec quelque emphase. Non, c'est *elle* que vous devez prendre pour cible, ma dame. Semoncez-la sur-le-champ, avant qu'elle ait l'occasion de se vanter derechef de ce qu'elle a fait cette nuit. Et vous n'avez nul besoin de lui dire comment vous avez eu ces informations. Gardez à la mémoire que ceux qui détiennent l'autorité n'ont nul besoin de citer leurs sources ; ils laissent la partie adverse chercher comment ils ont été mis au courant, ce qui leur donne l'avantage.

— Oui. Merci, maître Flambard. Je ne sais ce que je ferais sans votre aide. Elle est toujours si directe…

— Votre bonheur est mon seul souci, ma dame, dit Ranulf en s'inclinant tandis qu'elle passait devant lui pour rejoindre le palais.

Il resta sur place un petit moment, baissant les yeux sur

le chat des cuisines qui venait renifler le banc où ils s'étaient assis.

— La manipulation, lui murmura-t-il. Tout tourne autour de cela, mon ami. La manipulation…

Il resserra son col doublé de martre autour de son cou et reporta ses pensées sur l'évangile, dont il était sûr qu'il n'était pas seulement ce qu'il semblait être. Mais les choses n'étaient pas souvent ce qu'elles semblaient être, songea-t-il encore.

Chapitre 21

Les trois moines restés dans la bibliothèque, un Normand et deux Anglais, se redressèrent avec des visages qui n'étaient pas franchement souriants, mais qui reflétaient une intense satisfaction.

Le texte anglais inscrit entre les lignes en latin les avait tenus occupés une dizaine de minutes, et maintenant ils en comprenaient le sens.

— Voyons voir ce que nous avons là, dit le frère Gerard en levant la feuille de vélin sur laquelle il avait écrit à vive allure.

Il se mit à lire :

— D'Aaeldgyth — il prononça Aeldith —, abbesse de Barking, ses salutations dans le Christ à notre sœur Christina. Sachez qu'en ces temps troublés il y a un frère qui est prêt à nous conduire à la victoire et qui, faute de ressources, a été forcé de fuir une fois de plus devant les envahisseurs. Je vous prie donc de lui faire savoir que nous sommes les gardiennes du trésor qui nous a été confié dans les jours précédant l'invasion. Bien que nos ennemis aient fouillé tous les monastères, nous avons été épargnées. Comme moult des propriétaires de cette fortune ont été assassinés, leurs épouses et leurs proches qui sont venus se réfugier chez nous ont accepté que nous l'utilisions pour le bien de nos compatriotes. C'est une fortune immense. Qu'elle serve à notre libération.

— Eh bien, fit Gerard en transmettant le message au frère Alaric, c'est le glossaire le plus intéressant que j'aie jamais lu. Qu'en dites-vous, mon frère ? Pouvez-vous en dégager le sens ?

Le frère Alaric fit une grimace.

— Je pense que ces mots se réfèrent presque certainement au trésor que les plus riches de nos thègnes ont déposé dans nos monastères avant l'invasion de 1066, pour le mettre en sûreté. Quatre années après cela, je crois que le roi normand en a entendu parler et a ordonné la fouille de tous les monastères, mais il semble que ses hommes n'aient pas inclus certains couvents de femmes dans cette recherche.

— Ils ont largement compensé cet oubli, dit le prieur Turgot d'un ton sec. J'ai ouï dire que ces chercheurs de butin ont pris bien plus que ce qui appartenait aux thègnes et à leurs familles. De saintes reliques, de la vaisselle en or, des livres, des objets constellés de pierreries…

— Hu-um ! l'interrompit doucement le frère Alaric, en jetant une œillade à Gerard. Notre frère normand est certainement au courant de tout cela, mon père. Mais qu'en est-il de ce « frère » prêt à les conduire à la victoire ? Peut-il s'agir de l'*aethling*, à votre avis ?

— Oui, répondit le prieur. Il semble que l'ancienne abbesse de Barking ait destiné ce message à l'abbesse Christina de Romsey, dans le comté d'Hampshire. C'est la jeune sœur de la reine Margaret d'Ecosse, savez-vous ? Vous vous souvenez peut-être que Margaret et Christina, ainsi que leur frère le prince Edgar, que nous appelons l'*aethling*, ont dû fuir la cour anglaise en 1068 parce que certains voulaient encore le mettre sur le trône à la place de William. Ces trois jeunes gens ont cherché de l'aide en Ecosse, car le navire qui les conduisait dans les Flandres a été déporté de sa route par un mauvais vent, et Margaret a épousé Malcolm, roi des Ecossais. Malcolm n'est pas un ami des Anglais, mais il est assez sensé pour voir les avantages qu'il avait à s'unir à la maison royale.

— Je vois, dit Gerard. Etant normand, je ne suis pas aussi familier de ces événements que vous l'êtes.

Par discrétion, il omit de mentionner l'autre facteur de son ignorance, son jeune âge qui le démarquait de ses compagnons.

Le prieur Turgot poursuivit :

— L'*aethling* Edgar espérait toujours conduire une armée anglaise contre le roi William. Il a atteint York et a été proclamé roi par les gens du nord, mais William a fait marcher son armée sur la ville et l'a repoussé en Ecosse, en mettant la cité à sac une fois de plus. Par la suite Edgar a encore fait une futile tentative de soulèvement, puis il est allé rejoindre en Normandie Robert, le frère de William Rufus, et l'on n'a plus entendu parler de lui depuis des années. A une certaine époque je pense qu'il eût été heureux d'avoir des fonds pour lever une armée, mais maintenant cela arrive trop tard, je le crains.

— Je vois, répéta le frère Gerard. Ainsi, ce message devait être transmis de l'abbesse de Barking à Christina, la sœur d'Edgar, qui devait à son tour…

— Le transmettre à la reine Margaret d'Ecosse, l'autre sœur, laquelle devait le faire parvenir à Edgar, coupa le frère Alaric. Et s'il l'avait reçu, le roi William aurait pu avoir à faire face à une forte opposition de la part de l'Angleterre et de l'Ecosse en même temps, car Malcolm aurait probablement sauté sur l'occasion de se joindre à une rébellion.

— Ne devrions-nous point informer notre nouveau roi, William Rufus, de l'existence de ce trésor ? reprit le frère Gerard. L'abbaye de Barking le possède toujours, je suppose ?

Frère Alaric secoua la tête et tapota le texte de son index.

— Ceci a été écrit il y a plus de vingt ans. Edgar n'est plus une menace. Il n'est plus jeune, et William Rufus semble avoir le complet contrôle de son opposition. Regardez comment il se comporte avec l'évêque William et comment il s'est comporté avec son oncle, l'évêque Odon de Bayeux, ainsi qu'avec tous ceux qui le suivaient. Non, ce message a perdu de sa valeur, mon frère. Et David, le plus jeune frère de la reine Margaret, est otage à la cour de Londres. Il serait en danger mortel au moindre signe de trouble.

— Mais le trésor est toujours là, vraisemblablement, dit Gerard. Et il pourrait encore être utilisé, une fois que l'actuelle abbesse comprendra ce qu'il fait chez elle. Vous dites qu'elle est normande, mon père. Que se passera-t-il si ses sympathies vont à Robert de Normandie plutôt qu'à son frère le roi ? Elle pourrait mettre ces fonds à la disposition des ennemis de William Rufus, s'il lui en prenait envie. Et ils sont fort importants, à ce que j'ai compris.

— Elle *sera* encline à le faire, dit le prieur Turgot.

Il marqua une pause, et les deux autres moines attendirent qu'il continue.

— Je l'ai rencontrée pendant que j'étais otage à la cour, et je sais ce que je dis. Et je ne voudrais point que vous répétiez ce que je vous confie là. L'évêque William est peut-être le seul d'entre nous à être arrêté pour le soutien qu'il a apporté à Robert de Normandie, mais il n'est pas le seul de cette opinion, loin de là. Si ses manigances pour renverser William Rufus avaient abouti, il y a peu de moines par ici, normands ou anglais, qui ne se seraient placés de son côté. Nous perdons un bon homme. Nous voulons qu'il revienne.

— Rien de tout ceci n'aurait pu être dit pendant que maître Flambard était avec nous, observa Gerard. Il aurait insisté pour que ce livre soit sur-le-champ remis au roi. Et l'abbesse de Barking aurait perdu tout aussi vite le trésor qu'elle conserve depuis toutes ses années, après le trépas de l'abbesse précédente.

— Cela vaut aussi pour l'abbesse Christina de Romsey, dit le prieur Turgot d'un ton concerné. Elle est certainement impliquée dans cette affaire. Le roi peut se montrer fort vindicatif à son égard.

— Nous devons donc tenir ceci ignoré du chapelain du roi et également de Jude, qui est loyal envers son souverain.

S'il découvrait cette histoire, il insisterait lui aussi pour que le roi en soit averti. Il n'aurait d'autre option que celle-là.

Le frère Alaric soupira. Le livre avait naguère appartenu à Rhoese, et elle s'était toujours montrée intraitable sur le fait qu'il devait être rendu à l'abbaye d'où il avait été volé. Il pouvait aisément s'imaginer comment cette affaire envenimerait les relations entre les jeunes époux, si, au lieu d'accéder à son désir, Jude décidait d'informer le roi de ce message. Cela aboutirait au pillage des couvents de Barking et de Romsey, l'un pour remettre la main sur un trésor qui appartenait de droit à la couronne, l'autre pour s'assurer que rien d'illégal ne se passait entre ses murs. Le bon moine n'osait songer à l'effet que ces nouveaux méfaits auraient sur la jeune femme, alors qu'elle était déjà taraudée de remords pour les crimes ou les morts qui s'étaient produits en son nom.

— En théorie, dit-il, il n'y a rien qui empêcherait messire Jude ou maître Flambard de découvrir que ce livre contient un message secret, surtout si nous devons le transporter d'un bout à l'autre du pays. La seule réponse possible est donc…

Il s'interrompit un instant, conscient du vif intérêt que suscitait ses mots.

—… d'effacer ce texte de cette page et de le remplacer par autre chose.

— L'*effacer ?* se récria le prieur Turgot.

Le bois du banc grinça sous son poids, tandis qu'il changeait de position.

— Vous voulez dire modifier des écrits portés sur un recueil qui a plus de cent ans d'âge ? Ce serait hautement immoral, frère Alaric.

— Ce message l'est déjà, mon père, rétorqua le moine. Il s'agit d'un ajout bien plus récent, qui avait des visées étrangères à la paix et contraires à l'esprit du texte latin. Je suis ébahi que la défunte abbesse de Barking ait osé faire une chose pareille.

— Elle avait probablement ses raisons, dit Gerard. Et je ne

vois pas ce qu'il y aurait de mal à restaurer ce chef-d'œuvre dans sa beauté initiale. Je puis gratter ces mots offensants comme nous le faisons quand nous voulons réutiliser une page de vélin, et les remplacer par une vraie traduction du texte latin. C'est parfaitement faisable, mon père.

— Oui, admit le prieur. Vous avez raison, c'est faisable.

— Mais n'oublions-nous pas quelque chose ? glissa le frère Alaric en songeant à la promesse qu'il avait faite à Rhoese. Ne devrions-nous point consulter le présent propriétaire du livre, avant d'en modifier le contenu ?

Il y eut trois soupirs concomitants, et durant quelques instants les saints hommes réfléchirent au meilleur moyen d'inverser le cours de la justice. Finalement, ce fut le frère Gerard qui rompit le silence.

— Il faudra en avertir Jude, dit-il.

— Pas lady Rhoese ? se récria le frère Alaric, alarmé.

— Non. Le livre appartient légalement à son époux, désormais.

— Mais dans ce cas nous en revenons au point de départ, mon frère. Messire Jude n'acceptera nulle altération de ce message, et voudra en informer le roi. Nous avons déjà débattu de cette question, non ?

— Nous sommes dans une impasse, dit le prieur. Comment la contourner ?

Cette fois, ce fut le frère Alaric qui poussa la discussion en avant.

— Laissez-moi faire, dit-il en fronçant les sourcils. Il y a quelques affaires en suspens à régler avant que nous repartions pour York et Londres. Peut-être pourriez-vous commencer par réparer les dégâts causés par l'eau, mon frère ?

A ce point, il n'avait pas encore réfléchi à autre chose qu'à la décision formelle qu'il avait prise : mettre un terme au conflit inutile et douloureux qui opposait la noble dame dont il avait la charge et l'homme qui avait fait d'elle son épouse réticente. Ces scènes déchirantes ne pouvaient continuer, mais trouver le moyen de les annihiler était une autre paire de manches. Quoi qu'il en soit, il y parviendrait, se jura-t-il. Même s'il devait les secouer tous les deux comme des pruniers.

La suggestion de Ranulf Flambard, un entretien « calme et posé » avec la femme qui était en voie de lui voler son mari, ne convenait absolument pas à Rhoese. Elle la remplaça par l'idée d'une confrontation ouverte et brutale.

Pour elle, révéler autre chose que sa fureur — et sa jalousie, elle devait l'admettre — ne parviendrait pas à arrêter Anneys d'Abbeville en si bon chemin. Et, ce jour-là, elle n'était pas décidée à se montrer raisonnable. Cette affaire n'avait rien de raisonnable.

Il était vrai que Jude avait aussi beaucoup à répondre de son côté, mais comme c'était le genre de chose qu'elle s'était préparée à assumer, d'une manière ou d'une autre, elle jugeait plus sensé de lui montrer indirectement qu'il était encore trop tôt pour commencer à lui briser le cœur. Quant à lui briser le sien, elle y avait renoncé. Cela ne se produirait jamais.

Toujours frémissante d'indignation, et taraudée par la crainte douloureuse de ce qu'elle avait à perdre, elle pénétra à grands pas dans le palais de l'évêque, doublant des gardes, des prêtres et des chapelains, des messagers et des hommes d'armes. Elle se dirigeait vers la pièce d'où venait le son d'une harpe celtique, qui se répandait dans la grand-salle par une porte ouverte.

Rhoese s'arrêta sur le seuil pour se reprendre et juger de la compétition qui l'attendait, car Anneys d'Abbeville était entourée d'un groupe de jeunes gens richement vêtus, dont les rires répondant à des ragots montraient bien de quel genre de ragots il était question.

Leur hilarité était telle qu'ils embellissaient les faits de détails croustillants de leur choix, couvrant le son de la musique et n'y accordant aucune attention lorsqu'elle cessa, le harpiste reposant son instrument.

La femme qui était au centre de leurs attentions était assise sur le bord de son lit, ses cheveux défaits déferlant en vagues noires et lustrées sur ses épaules, dont l'une était nue. Sa chambrière tenait dans ses bras un amas de soie, de linon, de drap souple et de fourrure, et laissait pendre au bout de ses doigts une paire de fins brodequins verts taillés dans du cuir de Cordoue.

Anneys aperçut Rhoese, et sa soudaine immobilité se communiqua au groupe qui se tut aussitôt. Elle jeta un coup d'œil par-dessus son épaule, montrant un bref instant de confusion avant de le dissimuler de manière experte sous un masque d'indifférence.

— Oui ? fit-elle.

Rhoese pénétra dans la chambre avec une assurance qui prit le petit groupe par surprise, car devant son regard d'acier les jeunes gens parurent se ramollir aux entournures.

— Oui, répéta-t-elle, en laissant courir ses yeux sur eux comme s'ils n'étaient que des serfs. Vous allez sortir, messires. Sur-le-champ. Allez, ouste ! Sortez, tous autant que vous êtes !

Son ton était plein d'autorité, mais les admirateurs d'Anneys ne bougèrent pas assez vite à son gré.

— Décampez ! leur cria-t-elle.

En clignant des paupières, ils s'éparpillèrent tandis que la concubine de l'évêque se mettait à protester.

— Vous n'avez nul droit de…

Dès que la porte se fut refermée sur la chambrière, Rhoese pivota sur elle-même pour faire face à son ennemie, tout en mettant au point l'argument voulu pour la faire taire.

— Ne songez point à me parler de mes droits, femme ! lança-t-elle d'un ton vindicatif. Je sais exactement quels ils sont et je suis venue vous les rappeler, puisque vous semblez les avoir oubliés.

Anneys s'était levée, et Rhoese put voir combien sa silhouette était séduisante dans sa simple chemise de linon rose. Elle était dotée de courbes délicieuses, pleines d'allure, et ses yeux aux paupières lourdes étaient légèrement étirés sur ses tempes sous ses sourcils épilés. Elle s'était fait épiler le front de la même façon, et les cascades de boucles en or qui ornaient ses oreilles ajoutaient encore à son charme. Tout homme aurait dû être de pierre, pensa Rhoese, pour ne pas succomber à sa séduction.

— De quoi parlez-vous ? lança-t-elle d'un ton courroucé.

— Je vais vous le dire, répondit Rhoese, pour ne point vous laisser dans le doute. Je parle de *mon époux*, Judhael de Brionne, l'homme que vous avez connu autrefois et que vous pensez pouvoir me prendre parce que votre actuel protecteur a des ennuis. L'homme qui ne me manquera nullement, d'après vous, s'il se glisse dans *votre* lit à la place du mien. Vous voyez de qui je veux parler, je suppose ?

— Vous vous trompez. Nous n'avons pas… Je n'ai pas…

— Non, oh non ! Je ne me trompe jamais quand ma propriété est menacée, coupa Rhoese, ses paroles tombant comme autant de morceaux de glace, et je n'ai nulle charité pour les femmes comme vous. J'en ai déjà rencontré auparavant. J'ai tout entendu, voyez-vous ?

Elle désigna la croisée.

— Hier, dans le jardin. J'ai entendu chaque mot que vous avez prononcé. Oui, vous pouvez me regarder ainsi, femme. A présent, dites-moi encore, si vous l'osez, que je me trompe ! Je vous traiterai de menteuse et je vous arracherai les yeux dans le même temps.

S'avançant d'un pas à chaque menace, Rhoese fut bientôt toute proche de son adversaire. Anneys recula, alarmée, manquant tomber assise sur le lit qui lui bloquait l'arrière des genoux.

Pour Rhoese, c'était un nouveau rôle qu'elle n'avait encore jamais endossé. Mais la jalousie qui la dévorait était comme une fournaise qui lui rongeait sauvagement les tripes, et qui ressemblait étrangement à une peur panique. La seule idée de

Jude enlacé avec cette ravissante créature l'emplissait d'une fureur incandescente, et faisait sortir de sa bouche une grêle de mots incendiaires qui firent tressaillir la dame d'Abbeville.

Celle-ci esquissa une tentative pour se défendre.

— Non, je crois que je devrais vous expliquer..., commença-t-elle en ramenant sur son épaule sa chemise qui avait glissé de nouveau.

— Non ! cria Rhoese à son tour. Je ne veux point d'explications ! Je sais ce que j'ai entendu, et je vous dis une fois pour toutes que si je vous reprends ne fût-ce qu'à regarder mon époux, je vous lancerai un maléfice qui vous changera en une vieille chenue sans dents ni cheveux, et avec des cailloux à la place des yeux. Vous avez entendu parler de mes pouvoirs, à ce que je vois, ajouta-t-elle, comblée par l'expression de terreur pure qui avait envahi le visage d'Anneys. C'est bon. Vous êtes prévenue.

Elle dressa un doigt et l'agita de façon menaçante.

— Jude est à moi. Il a toujours été mien, et je ne renoncerai point à lui. Me comprenez-vous bien ?

— Oui, oui... Je vous entends, mais...

— Me *comprenez-vous ?*

— Oui.

— Alors laissez-le *tranquille !*

Ces paroles avaient une force intrinsèque. Elles jaillirent de la gorge de Rhoese, sourdes et rauques, comme un grondement animal.

— Oui.

Le claquement de la lourde porte de chêne résonnant encore à ses oreilles, la jeune femme arpenta le corridor dans l'autre sens et sortit dans le clair soleil d'octobre. Ses pieds avançaient de leur propre chef, sans qu'elle ait à les commander. Sous sa cotte de drap rose et sa robe couleur de mûre, son cœur tambourinait à se rompre, tel le marteau d'un forgeron. Elle en percevait les battements sonores dans sa gorge et jusque dans ses genoux.

Il lui était souvent arrivé de semoncer des serviteurs, et de les bousculer physiquement une fois ou deux, mais jamais elle n'avait menacé une femme de son rang, et jamais elle n'avait été envahie par une telle émotion alors qu'elle se battait pour conserver Jude.

Etaient-ce là les effets du véritable amour ? se demanda-t-elle. Etaient-ce les effets du philtre, et l'avait-elle préparé deux fois plus fort qu'il n'aurait dû l'être ?

Une fois encore, maître Flambard avait eu raison. Une semonce était plus immédiate qu'une purge, même si elle était aussi épuisante pour l'administrateur que pour l'administré.

Elle se retrouva dans le jardin, en compagnie de geais et d'un roitelet. La cloche de la cathédrale, dont le son retentissait à travers le cloître, appelait une file de moines vers la maison du Chapitre et l'angélus de midi. Ce qu'elle ne vit pas, c'est que l'une des silhouettes brunes sortit des rangs pour s'approcher d'elle, puis hésita, et finalement se hâta vers les écuries où elle était sûre de trouver l'homme qu'elle souhaitait voir.

— Qu'y a-t-il, mon frère ? demanda Jude.

Il était fort surpris de voir le chapelain de Rhoese dans les écuries.

— Si c'est à propos du livre, vous pouvez...

— Non, messire. Ce n'est pas le livre. Voulez-vous vous approcher, de grâce ?

Frère Alaric se tenait près de la demi-porte, attendant que le jeune homme le rejoigne.

Intrigué, Jude donna une brève instruction à un palefrenier et suivit le moine aussi loin que l'arche qui trouait le mur et donnait sur le jardin. Ils s'arrêtèrent là.

— Dites-moi ce qui se passe, dit Jude.

— Messire, répondit le chapelain, il y a quelque chose que vous devez entendre. Voulez-vous me faire confiance ?

L'expression de profonde sincérité qui se lisait sur les

traits du frère Alaric ne pouvait être ignorée. Jude lui faisait confiance et le respectait de surcroît. S'il disait qu'il avait quelque chose d'important à entendre, cela *devait* être important.

— Bien sûr. Qu'avez-vous à me dire ?

— Ce n'est pas moi que vous devez écouter, messire. C'est lady Rhoese. Voulez-vous me suivre ? Vous devrez rester hors de vue, et silencieux.

Ne comprenant toujours pas ce que l'on attendait de lui, Jude fut conduit le long de l'allée, jusqu'à l'endroit où Anneys et lui avaient cru parler en privé la veille. Là, par le langage des signes, il fut invité à se taire et à ne plus bouger, tandis que frère Alaric s'occupait du reste.

Ce fut seulement à ce moment-là que Jude s'avisa qu'il avait conversé en anglais avec le moine. Pour la première fois, il avait oublié de parler français.

— Ma dame ? dit une voix douce, s'approchant sur le côté de Rhoese.

La jeune femme soupira, combattant l'envie de repousser l'intrus. Mais si elle devait souffrir la présence de quelqu'un, autant que ce soit celle de son chapelain, se dit-elle. Même ainsi, elle n'eut pas la force de lui adresser ses salutations.

Comme d'habitude, il lui parla en anglais.

— Quelque chose s'est-il passé ? demanda-t-il. Cela vous aiderait-il d'en parler ?

Rhoese secoua la tête, encore trop tendue pour mettre ses émotions en mots, même dans sa langue maternelle.

Le chapelain ne se découragea pas. Avec une familiarité peu coutumière, il lui toucha le coude et l'invita à marcher avec lui jusqu'au banc adossé au treillis qui supportait le poirier, là où elle avait entendu Jude la veille.

Ils s'assirent côte à côte, la dame troublée et l'homme d'Eglise qui était déterminé à rompre le secret de la confession au profit d'un amour vrai. L'impasse dans laquelle se trouvaient les deux tourtereaux, pensait-il, ne se résoudrait jamais autrement, et mieux valait une entorse à la morale qu'un mariage brisé.

Il en avait déjà vu les signes auparavant, maintes fois : les yeux étincelants de rancœur, les joues en feu, les poings serrés et l'échine droite comme une épée. C'était le spectacle que lui offrait Rhoese ; même la natte qui lui pendait dans le dos semblait avoir été taillée dans une planche.

Il se jeta à l'eau, certain qu'elle allait le contredire.

— Vous vous êtes querellée, dit-il. Est-ce avec Jude ?

— Tss ! fit la jeune femme en détournant les yeux. C'est avec cette maudite femme. C'est à elle que j'en voulais, plus qu'à Jude.

— Et je suppose que vous avez gagné ?

— Naturellement, répondit Rhoese d'une voix que le mépris assourdissait. Elle n'a pas levé le petit doigt pour s'opposer à moi. Elle me *l'aurait pris*, ajouta-t-elle d'un ton cinglant, encore sous le coup de l'outrage qu'elle avait ressenti. Je les ai entendus. En cet endroit précis.

Elle désigna le sol de son index.

— Qu'avez-vous entendu, ma dame ?

— C'était hier.

Il ne fallut pas longtemps à Rhoese pour relater l'histoire, mais son récit lui-même ne fit rien pour réduire sa colère, et encore moins sa douleur.

— Cela est fort sérieux, dit frère Alaric quand elle eut terminé. Je puis voir pourquoi vous êtes si grandement troublée, mais, d'après ce que vous dites, il semble que la dame ait été plus encline que votre mari à renouer cette relation. Et qu'est-ce qui vous fait penser qu'elle va se développer ? Est-ce à cause du voyage à venir, et des journées passées à chevaucher de concert ? Peut-être ne viendra-t-elle point avec nous, vous savez.

— Elle s'y attend de toute évidence, pour rester près de Jude. Et les choses se sont *déjà* développées.

— En êtes-vous certaine ?

— Oui, je le tiens d'une bouche fiable. Non, ce n'est pas elle qui me l'a dit. Elle a tout nié, bien sûr. Mais je ne vais pas laisser cette harpie normande s'infiltrer dans mon mariage.

Sa voix se mit à trembler de passion.

— Jude est à moi. Je sais qu'il me brisera le cœur un jour ou l'autre, mais pas tout de suite. Pas encore.

Le moine avait eu ses soupçons dès le début, mais maintenant il était sûr de ne pas s'être trompé.

— Ainsi, la purge était destinée à Anneys, pour l'obliger à rester à Durham ?

— Oui, elle l'était. Mais je n'aurais pas fait en sorte qu'elle la boive, mon frère, après ce que vous m'avez dit. Même si je serais heureuse de la tuer en ce moment même. Est-ce que tous les crimes sont illégaux ?

Le chapelain réprima un sourire.

— Je ne puis songer à des exceptions dans l'instant où nous sommes, ma dame, répondit-il gravement. Mais vous n'avez jamais éprouvé ce genre de sentiment auparavant, n'est-ce pas ? Même pas lorsque…

Il se tut habilement, pour lui donner le temps de réagir.

— Je sais ce que vous alliez dire, mon frère, mais vous n'avez point à réserver vos paroles pour me ménager. Mes nerfs sont déjà tendus à craquer, et tout cela est du passé. Non. Je croyais à l'époque savoir ce qu'était l'amour, mais je sais à présent que ce n'était que l'idée d'être aimée et convoitée par un homme. Ce que j'éprouvais pour Warin était très loin de ce que j'éprouve aujourd'hui. Récemment, j'ai songé combien le destin est étrange : si je l'avais épousé, je n'aurais pas rencontré Jude, ni connu la douleur de l'aimer. Il semble que quoi que je fasse, je sois condamnée à subir des pertes sous toutes leurs formes. Mon père, mon amant, mes biens et maintenant mon mari. Que me reste-t-il encore à perdre, alors que mon cœur lui-même refuse de m'obéir ? Pouvez-vous vous étonner que je me batte pour retarder l'inévitable ?

Sa voix tremblait dangereusement.

— Rien n'est inévitable, trancha son chapelain, et il est bon que vous repreniez le contrôle de votre vie, même s'il apparaît que d'autres vous contrôlent. Les problèmes surgissent parce que de tels événements surviennent quand on s'y attend le moins, Rhoese. Ils ne nous laissent pas le temps de nous accoutumer à leur survenance. Et parfois ils arrivent par paquets, juste au moment où nous sommes le plus vulnérable. D'abord vous avez perdu votre père, puis Warin, et il y a eu toute la détresse causée par Ketti, qui a détruit vos rêves. Mais à présent le bonheur est à votre portée, ma dame, et vous n'aurez aucune chance avec Jude si vous ne lui dites pas ce que vous éprouvez pour lui.

— Un jour, peut-être, murmura Rhoese. A quoi bon le lui dire maintenant, alors que je viens juste de semoncer la femme avec qui il entame une liaison ? Il ne sera pas content de ma démarche. Si seulement il pouvait…

Là, la voix de la jeune femme se brisa.

— S'il pouvait… m'aimer, aussi fort que je l'aime ! reprit-elle dans un souffle.

Et comme elle ne voulait pas montrer au frère Alaric toute l'étendue de sa détresse, elle ramassa ses jupes et s'en alla en courant.

Elle courut à travers les corridors du palais de l'évêque et ressortit de l'autre côté, dans les bois qui s'étendaient en pente douce au bas du bâtiment. Elle courut encore jusqu'à la rivière qui coulait en contrebas. Trébuchant sur ses jupes, effrayant des écureuils, des moutons et des chèvres, réveillant des chouettes perchées sur des branches, elle courut jusqu'à en perdre haleine, puis elle se mit à marcher, puis elle recommença à courir.

La réaction immédiate de Jude fut de s'élancer derrière elle, mais frère Alaric l'en dissuada.

— Accordez-lui un moment, messire, c'est mon conseil. Elle aura sûrement regagné sa chambre.

Les yeux de Jude reflétaient toutes les émotions qu'il avait ressenties en épiant cette conversation, et la plus douloureuse était de ne s'être rendu compte de rien.

— Pourquoi ? demanda-t-il, les mains sur les hanches. Pourquoi ne m'a-t-elle rien dit ? Elle a fait fausse route. Il n'y a jamais rien eu entre cette femme d'Abbeville et moi-même.

— Ce n'est pas l'impression qu'elle a eue, messire. Vous allez devoir lui fournir des explications, et fournir de gros efforts pour restaurer sa confiance. J'ai pensé que vous deviez savoir ce qu'elle éprouve pour vous.

— Oui, vous avez eu raison. Il fallait que je le sache.

Jude secoua sa tête brune.

— Je dois aller la trouver. Mais comment avez-vous deviné que je parle votre langue ? demanda-t-il en se détournant à moitié.

— Je le sais depuis le tout début, messire. Le jour où Rhoese comptait ses recettes dans sa cour, à York. Vous avez dit quelque chose à un garde en anglais, et il vous a répondu de la même façon. Il me l'a dit. J'ai toujours su que vous compreniez tout ce que nous disions.

— Ah ! Et Rhoese est-elle au courant ?

— Non, messire.

Il y avait quantité d'autres choses qu'ils ne savaient ni l'un, ni l'autre.

— A propos du livre, messire. Nous avons découvert…

Jude se préparait déjà à partir.

— Oh, maudit soit ce livre, mon frère. Faites-en ce qu'il vous plaît ! lança-t-il d'un ton impatient. Il faut qu'il soit remis sans faute à l'abbaye de Barking, c'est tout. Pour le reste, que mon cousin le restaure du mieux qu'il le pourra.

— Voulez-vous dire que nous pouvons vraiment…

Il eut quelque chose dans cette question inachevée qui fit revenir Jude en arrière, comme s'il comprenait qu'il devait en dire plus. Il se tint comme un jeune lad à qui l'on demandait une explication de sa conduite, et qui ne savait par où commencer.

— Ecoutez, fit-il d'un ton d'excuse. Je crois qu'il vaut mieux que je n'en sache pas davantage.

— Messire ?

Jude étudia le visage ébahi du chapelain.

— Il y a quelque chose à propos de ce livre. J'en ai conscience. Il ne serait pas entouré de tant de secrets, s'il en était autrement. Rhoese est convaincue qu'il va lui être enlevé, après tout ce que son père et elle ont fait pour le garder et empêcher l'archevêque Thomas de mettre la main dessus. Alors ne me dites pas ce qu'il a de si particulier, voulez-vous ? C'est elle qui en est la gardienne temporaire, pas moi, et ce qu'elle veut pour ce livre doit être fait, quoi que ce soit. Je ne veux pas avoir de récriminations pour des promesses non tenues. Nous avons assez de choses à démêler entre nous sans y ajouter ce diable d'évangile.

Il prononça ces derniers mots par-dessus son épaule, alors qu'il franchissait déjà l'arche de verdure pour rentrer au palais.

Chapitre 22

Ayant rapidement constaté que Rhoese ne se trouvait point dans sa chambre, ni dans aucune autre pièce, Jude suivit son instinct et alla la chercher à l'extérieur. Il lui fallut néanmoins une bonne demi-heure avant d'être sûr d'être sur la bonne piste, après avoir suivi la large boucle décrite par la rivière.

Il arriva enfin dans une petite clairière cernée par des arbres, sur le versant sud d'une butte où le soleil jetait des taches de lumière sur le tapis de feuilles mortes. Comme ces feuilles étaient sèches et craquantes, il se dit qu'il ne pourrait pas atteindre en silence la petite silhouette solitaire qu'il apercevait de loin.

Se tenant droite au bord du cours d'eau, et immobile, Rhoese se confondait presque avec le paysage, du fait de sa robe violine et de ses cheveux d'or. Elle attendait que sa respiration redevienne normale.

Sans réfléchir, elle avait défait sa natte et laissé sa longue chevelure s'épandre dans son dos, jusqu'à ses reins. Le spectacle qu'elle offrait, avec une épaule dénudée, était en parfaite contradiction avec ses moroses pensées.

Elle avait gagné cette manche, se disait-elle, mais à moins de gagner Jude et de le garder cette victoire serait de courte durée. Elle devait maintenant décider de la marche à suivre pour le reste, soit prétendre qu'elle ne savait rien de ses activités de la veille, soit le confronter lui aussi avec la réalité.

Cette idée ne l'inspirait guère, car la façon dont Jude l'avait aimée au cours de la nuit n'avait pas été modifiée par ce qu'il avait fait avec cette femme auparavant. Les choses avaient-elles été aussi douces pour elle ? se demanda-t-elle.

Tristement, elle chercha des yeux un rocher sur lequel s'asseoir, et c'est alors qu'elle vit Jude. Il était adossé à un tronc, les bras croisés, et l'observait tranquillement. Dans l'idéal, Rhoese aurait souhaité que son indécision se résolve sur-le-champ, mais ce ne fut pas le cas. La possibilité qui se détachait de toutes les autres était que Jude avait eu vent de son altercation avec Anneys, et qu'il était venu lui demander une explication. Et alors qu'elle avait été prête à tout expliquer à son chapelain, l'expérience qu'elle avait de son époux ne pouvait point lui garantir une issue aussi aisée.

Telle une biche effarouchée, elle s'élança pour s'échapper, choisissant de courir le long de la rivière plutôt que de remonter la pente par laquelle elle était arrivée. Mais elle n'eut aucune chance devant l'agilité de Jude, sa vitesse et ses longs bras. Et après quelques yards parcourus dans les feuilles sèches qui volaient autour de lui, il lui enlaça la taille tel un lutteur et la jeta sur le tapis odorant, la recouvrant d'une pluie de feuilles mortes tandis qu'ils roulaient sur le sol, emmêlés l'un à l'autre.

Au désespoir de se libérer, Rhoese lui frappa les épaules de ses poings, rendue furieuse par tout ce qui les avait conduits là, par son impuissance, alors qu'elle venait juste d'apprendre à se défendre, et par toutes les souffrances de l'amour, qu'elle s'était juré de ne plus jamais connaître.

— Non, non ! s'écria-t-elle, hors d'haleine. Je ne vous expliquerai rien du tout ! Allez-vous-en, et pensez ce que vous voudrez ! Peu m'importe. Lâchez-moi donc, à la fin !

Ses efforts pour se débattre ne la menèrent à rien. Ses poignets étaient prisonniers et Jude était sur elle, la maintenant de son corps dur auquel elle n'avait pas assez de force pour s'opposer.

Elle pouvait voir à son visage qu'il prenait la chose au sérieux, et elle songea qu'il devait être fort courroucé lui aussi. Ses yeux noirs plongeaient dans les siens, cernés de cils sombres, aussi intransigeants qu'ils l'avaient été lors de leur première rencontre. Sa bouche ferme laissait voir des dents parfaites et il murmurait quelque chose. En anglais.

Incrédule, la jeune femme le dévisagea, écoutant sa prononciation parfaite de sons pourtant difficiles pour les Normands. Mais elle écoutait aussi ce qu'il disait, et avec la fluidité des mots qui coulaient de ses lèvres elle était pantoise de l'entendre répéter des mots qu'elle avait utilisés à son encontre, ainsi qu'une multitude d'autres, tout aussi tendres.

Des mots d'amour et de nostalgie, d'incertitude, d'espoir et de loyauté, qu'elle ne lui avait jamais entendu prononcer qu'à l'égard du roi.

— Je dois rêver, chuchota-t-elle. Est-ce que je rêve, Jude ?

— Non, répondit-il gravement. Non, ma bien-aimée. Vous ne rêvez pas. Nous savons si peu de chose l'un sur l'autre. Il faut que nous redressions ce qui nous sépare. Nous ne pouvons continuer ainsi, n'est-ce pas ?

Rhoese avait toujours peine à croire ce qu'elle entendait.

— Mais… mais vous avez dû entendre des choses qui ne vous étaient pas destinées, balbutia-t-elle. Vous *saviez*, et pendant tout ce temps vous ne m'avez rien dit. Pourquoi ?

— J'avais plusieurs raisons, ma beauté. Et vous avez gardé par-devers vous des choses plus importantes encore, non ? Il est temps que nous remettions de l'ordre dans tout cela. Pour commencer, vous devez vous débarrasser de l'idée qu'il y a quelque chose entre Anneys d'Abbeville et moi. C'est faux.

Rhoese tressaillit à cette affirmation, atteignant déjà la limite de la confiance qu'elle lui accordait.

— Il y *a eu* quelque chose, par le passé. Vous ne pouvez le nier.

— Par le passé, ma douce, elle était la concubine de mon père, et non ma maîtresse. Oui, toutes ces années avant que Gerard et moi ne quittions la Normandie. Elle est beaucoup plus âgée que vous ne pouvez le penser. Vous voyez ?

Le soulagement de Rhoese dut se lire dans ses yeux agrandis par la surprise, mais elle n'avait pas de mots pour exprimer la façon dont le tableau avait si subitement changé, débarrassé de toute menace.

Elle regarda la bouche de Jude qui s'approchait de la sienne, puis sentit la douce chaleur sensuelle qui l'enveloppait, telle une couverture de laine repoussant les frimas de l'hiver. Une chaleur qui la réconfortait, qui se jouait d'elle comme Jude savait si bien le faire, et qui la submergeait d'une tendre excitation.

— Jude, dit-elle quand il interrompit son baiser. Saviez-vous que je vous aimais ? Le saviez-vous ?

— Non, je n'en avais aucune idée, répondit-il en espérant qu'elle lui pardonnerait ce mensonge. Redites-le-moi, femme. Dites-moi ce que j'ai attendu pendant si longtemps. Je veux votre amour, Rhoese d'York. J'en ai besoin. Parlez-moi de ce que vous éprouvez pour moi.

Ce ne fut pas aussi difficile que Rhoese s'y attendait.

— Je vous aime, Judhael de Brionne. Je ne sais pas pourquoi, ni comment, ni exactement quand cela a commencé, mais je crois que c'était quand vous êtes entré dans ma cour le premier jour. Et par la suite je me suis rendu compte que mon cœur ne voulait plus m'obéir, qu'il renâclait à toutes mes commandes. Je vous veux, Jude. J'étais prête à tuer cette femme pour vous. Je ne peux plus vous perdre maintenant. Je vous supplie de ne pas…

— Chut, lass, fit-il d'une voix douce. Vous n'avez pas à me supplier. Il n'y a rien à craindre.

Il relâcha ses poignets pour écarter les cheveux qui lui tombaient dans la figure et cueillit une feuille qui s'y était accrochée.

— Je vous ai aimée dès que je vous ai vue, moi aussi. Alors que vous riviez sur moi vos yeux magnifiques, et que vous me cingliez de votre langue acérée. Dès ce moment, j'ai décidé que je vous aurais, que cette idée vous plût ou non. Ce ne sont pas vos possessions que je convoitais, ma beauté. J'ai largement ce qu'il me faut, ici et en Normandie. C'est toujours vous que j'ai voulue, même quand vous me combattiez et tentiez contre moi tout ce qui était en votre pouvoir, pour me blesser. Ne vous doutiez-vous point que je vous en aimais plus encore ?

— Vous m'aimez vraiment, Jude, en êtes-vous sûr ? Vous avez déjà eu des expériences similaires, je le sais.

— Non, répondit-il en riant.

Il la dégagea de son poids et la prit dans ses bras, l'immobilisant de ses longues jambes.

— Non, je n'ai rien connu de pareil à ce que je vis avec vous. Ce n'était pas de l'amour, ma douce. Il y a une différence. Mais je ne sais rien de ce qui s'est passé entre vous et Warin. Voulez-vous me conter toute l'histoire, à présent ?

— Non, Jude, je ne le puis. Pas toute l'histoire.

— Si, vous le pouvez. Je ne veux plus qu'il y ait de secrets entre nous.

— C'est douloureux.

Il l'étudia en silence un moment, puis posa doucement la main sur son ventre, afin qu'elle en sente la chaleur.

— Ici ? demanda-t-il. Est-ce ici, que la vérité vous fait mal ? Et ici, aussi ?

Il fit remonter sa main et lui caressa tendrement la poitrine.

— Est-ce ici, qu'une petite tête aurait dû s'appuyer ? Soutenue par votre bras ?

Avec un sanglot déchirant, Rhoese détourna la tête et enfouit son visage dans son épaule, faisant signe qu'il avait deviné juste.

— Il n'a jamais rien su, dit-elle. Je n'ai pas vu l'utilité de l'informer.

— Je vois. Ainsi, vous attendiez bien un enfant. Et vous l'avez perdu ?

— Oui. A la suite du choc causé par la mort de mon père, je crois. J'ai juré de me venger de la douleur que j'en ai éprouvée. C'était presque trop dur à supporter toute seule, Jude. C'était une blessure qui attentait à ma propre vie.

Il la berça tendrement dans ses bras, et posa un baiser sur ses cheveux.

— Que faisiez-vous dehors, dans votre enclos, la veille de notre départ d'York ? Etaient-ce des adieux ?

— Oui. J'en avais besoin. Mais je n'ai jamais souhaité que Warin souffre comme il souffre maintenant, Jude. C'est quelque chose que je n'aurais jamais désiré. Et je ne puis défaire ce qui a été fait, maintenant. Jamais je n'aurais voulu prendre ma revanche d'une manière aussi sauvage.

Les pensées de Jude, en ce domaine, étaient moins compatissantes.

— Et vous avez gardé tous ces drames pour vous, ma pauvre petite lass.

— Ce ne fut pas une expérience agréable. Seuls mes plus proches sont au courant : Hilda et Els, qui m'ont aidée et soutenue, mon frère et frère Alaric. Vous n'allez pas m'aimer moins pour cela, n'est-ce pas, Jude ?

— Si je pouvais vous aimer davantage, ma mie, je le ferais pour votre courage. Mais vous pouvez oublier tout cela, à présent. Placez le passé derrière vous, mon aimée. Mettez un terme à votre mélancolie. Je vous donnerai tous les enfants que vous pourrez souhaiter, et je ne vous laisserai jamais seule.

— Comment avez-vous deviné ?

Un rire sourd monta dans la poitrine de Jude. Quand il répondit, il y avait un sourire dans sa voix.

— J'apprends à vous connaître, chuchota-t-il. Je pense que j'ai une bonne idée, maintenant, de ce qui vous fait souffrir et de ce qui cause votre courroux, ma mie.

— « Ma mie », répéta Rhoese. Vous avez appelé Anneys ainsi, Jude, je vous ai entendu.

Il ne parut pas surpris par cette révélation, et ne lui demanda pas comment elle avait entendu cela.

— Pour elle, c'était un sarcasme, mon adorée. Juste un sarcasme. Elle m'a convoité dès l'instant où elle est venue vivre sous notre toit. Elle convoitait Gerard, aussi, mais a cessé le faire quand il a été blessé. Les concubines n'étaient pas chose rare, à l'époque, et ma mère n'a pas eu grand-chose à dire dans cette affaire, Dieu ait son âme. Le plus Anneys essayait de me séduire, le moins j'étais intéressé. Je n'ai jamais partagé sa couche, Rhoese. Même pas à moitié.

— Et la nuit dernière ?

— Je l'ai passée avec vous. L'auriez-vous déjà oublié ?

— Non, mais maître Flambard m'a dit…

— Quoi ? Que j'ai couché avec elle ?

— Non, pas exactement. Et cela n'a plus d'importance. J'ai pris les choses à l'envers depuis le début, je crois.

« Brillant, manipulateur Ranulf Flambard », songea-t-elle en elle-même. Il n'avait excité sa jalousie que pour la mettre au pied du mur, et l'obliger à découvrir les sentiments qu'elle portait à son époux. Il avait pleinement réussi.

— Depuis le début, en effet, acquiesça Jude.

— Mais ce n'est pas étonnant. Vous m'aviez dit que je n'atteindrais jamais votre cœur, brute que vous êtes.

Nul signe de contrition ne se lut sur le visage de Jude.

— Mon cœur était déjà perdu pour moi, à cette époque, mais je n'ai pas jugé utile de vous le faire savoir, puisque vous gardiez si précieusement le vôtre. On ne gagne pas un combat en trahissant ses plans à son adversaire. Et j'étais déterminé à ce que vous ne trouviez en moi aucune mollesse que vous auriez pu retourner contre moi. Je connais l'usage de la patience, femme.

— C'était injuste, Jude, murmura-t-elle. Je n'avais nul avantage contre vous, après l'embarrassante charade de notre mariage à York. Comment avez-vous pu vous montrer si méchant ?

Il la serra davantage contre lui, attirant sa tête au creux de son coude.

— Etait-ce de la gentillesse que vous attendiez de moi, lass ? Je ne le crois pas, grommela-t-il. La gentillesse n'aurait servi à rien, quand je devais attaquer à la pioche la glace dont vous aviez entouré votre cœur. Pour cela, il fallait de la force, et je crois que j'y ai réussi, pas vrai ? Je me suis glissé dessous et je l'ai taillée petit à petit. Et maintenant je vous ai toute à moi, et j'aime votre côté farouche et votre indépendance d'esprit, et je veux la femme que vous êtes pour être la mère de mes enfants et la gardienne de mon cœur. Une femme qui m'aime assez pour combattre des taureaux pour moi. C'est vous et vous seule que je veux, ma beauté.

— Vous m'avez effrayée, Jude, avec votre façon de vous immiscer dans mes rêves. Mais maintenant j'en suis heureuse, et je vous adore.

— Si je vous ai paru brutal, j'en suis marri, mais je ne le regrette nullement. C'était la seule façon de vous gagner sans que cela prenne une éternité. Voulez-vous de moi tout entier, avec ma dureté et tout le reste ?

— Oui, mille fois oui, mon bien-aimé.

Il la rabattit de nouveau sur le lit de feuilles mortes, brûlant déjà de désir, enfin soulagé du poids des malentendus qui les avaient séparés et qui auraient pu les priver à jamais du bonheur d'être ensemble.

Les baisers de Jude enflammèrent Rhoese autant que les mots par lesquels il lui avait avoué son amour. Elle était emplie d'une joie débordante, qui la fit frémir lorsqu'il dénuda une épaule et un sein pour s'en emparer.

— Superbe créature, chuchota-t-il en soupesant la blanche rondeur dans sa main. Ma magnifique femme. Je ne me lasserai jamais de vous, Rhoese. Soyez-en assurée.

Il avait eu l'intention de la taquiner un moment, de la faire attendre et d'obtenir qu'elle le supplie de la prendre, mais dès qu'il toucha la pointe d'un sein de sa bouche la passion s'empara d'eux et ils s'unirent tels deux aimants, avec une force et une turbulence qui les ébranlèrent de leur intensité.

S'appuyant sur ses bras tendus, Jude pénétra en elle et la soumit à des assauts enfiévrés, jusqu'à ce qu'elle pousse un cri de ravissement qui se perdit dans les frondaisons au-dessus d'eux. Il la rejoignit avec un autre cri d'extase qui fit taire la forêt autour d'eux. Puis ils s'enlacèrent avec des rires de bonheur, habité chacun par une paix merveilleuse qu'ils n'avaient encore jamais connue et qui leur parut d'une infinie douceur, après tous les doutes qui les avaient taraudés jusqu'ici.

Enfin, Rhoese tourna la tête vers son époux.

— Jude, dit-elle, il y a autre chose que vous devez savoir.

Il lui caressa tendrement la cuisse sous sa robe.

— Oui, mon cœur, j'ai aussi entendu parler de cela. Je suppose que c'est la première querelle qu'Anneys a perdu depuis longtemps.

— Vous saviez cela, aussi ? Comment l'avez-vous appris ?

— Oh, les nouvelles vont vite, dans un endroit comme celui-ci.

— Cette querelle ne m'a guère demandé d'efforts. Je m'attendais à plus d'opposition.

— Quels que soient les malentendus qui l'ont causée, ma douce, je suis heureux de vous avoir de mon côté. Si Anneys a un peu de bon sens, elle se tiendra loin de nous, à l'avenir.

— Vous vous êtes battu pour moi en maintes occasions, Jude. Je ne l'ai point oublié. Viendra-t-elle avec nous ?

Rhoese avait essayé d'affecter un ton léger, mais son angoisse perçait dans sa voix.

Jude s'assit et se pencha sur elle, observant ses beaux yeux qui passaient du brun chaud de l'automne au noir glacé de l'hiver.

— Ainsi, c'est ce qui vous préoccupe, pas vrai ? Qu'Anneys soit avec nous jusqu'à Londres ? Ne vous tourmentez point à ce sujet. Faites-moi confiance.

— Je vous fais confiance, Jude. Mais il y a encore autre chose.

— Quoi donc, lass ? Dites-moi.

— Que se passera-t-il quand je serai grosse ? Chercherez-vous la compagnie d'autres femmes ?

Les doigts de Jude repoussèrent tendrement les cheveux collés à son front, et les remirent en place.

— Non, dit-il d'une voix douce. Il faudrait que je sois un goujat pour aller avec une autre femme pendant que vous me donnerez une famille, et je ne suis pas sans cœur à ce point, mon aimée. Vraiment pas. Je vous ai asséné quelques provocations que je ne pensais pas, et que je n'aurais jamais exprimées si j'avais connu la vérité. Vous avez traversé des expériences difficiles, je le sais, mais maintenant vous êtes mienne, et vous me comblez suffisamment pour que je n'aille pas chercher d'autres distractions ailleurs. Je n'ai jamais eu à me battre de la sorte pour une femme, Rhoese d'York, et nulle femme ne s'est battue pour moi comme vous l'avez fait. Je suis si fier de vous. Vous valiez hautement toute la peine que je me suis donnée pour vous gagner.

Malgré son désir de sincérité, Rhoese ne lui parla pas du philtre d'amour, car elle avait honte des mesures désespérées qu'elle avait tentées pour l'atteindre, comme de la réputation qui semblait lui coller à la peau et s'étendre chaque jour un peu plus.

— Ferons-nous un jour l'amour dans un lit couvert de pétales de roses, avec des draps parfumés et des guirlandes de fleurs pour enjoliver nos nuits ? demanda-t-elle en soupirant — et en fermant les yeux pour dissimuler la malice que Jude aurait pu y lire.

— Hum, non, probablement pas avant un bon moment, mon adorée. Pas avant, en tout cas, que vous ne deveniez pour moi une femme obéissante et soumise. Est-ce quelque chose que je puis espérer ?

— Hum, je crains que non, Jude, pas avant un bon moment, chuchota Rhoese sur le même ton que lui.

A travers ses paupières closes, elle sentit la chaleur de

son visage qui s'approchait du sien, tandis qu'il inclinait de nouveau ses lèvres vers les siennes.

— Mais je n'ai rien contre le fait que vous essayiez de me convaincre, maintenant que mon cœur est à vous.

Épilogue

Ils avaient été absents d'York durant deux semaines, un laps de temps au bout duquel Rhoese ne s'attendait pas à trouver de grands changements à Toft Green. Le plus grand changement possible, elle le savait, était celui qui s'était produit entre elle et Jude. Délié de la tension qu'il avait connue en s'efforçant de ne pas montrer qu'il l'aimait, son époux était de bien meilleure humeur, ce que semblaient apprécier leurs serviteurs et leurs amis les plus proches, ainsi que les deux chapelains.

Ni Ranulf Flambard ni le frère Alaric ne s'aventurèrent à dire à la jeune femme qu'ils avaient gagné le pari qu'ils avaient passé avec des incrédules. Un pari qui expliquait grandement leur détermination à faire triompher l'amour entre les jeunes époux, par des moyens licites ou illicites, et leur ardeur à le faire triompher le plus rapidement possible, quelles qu'en soient les conséquences.

Semblable à lui-même, maître Flambard profita amplement des bontés d'Anneys d'Abbeville en l'acceptant dans son lit toutes les nuits qui précédèrent leur départ de Durham. Après quoi il lui révéla, avec tout le regret qu'il fut capable d'exprimer, qu'elle ne viendrait pas avec eux à York et à Londres. C'était la décision de Jude, lui dit-il comme s'il venait juste de l'apprendre.

Quand Anneys posa la question à Jude, dans un état proche de la panique, ce dernier lui assura que c'était la décision du chapelain, une décision qu'il avait prise depuis plusieurs jours. Elle fut loin d'en être heureuse, même quand Jude lui dit que si elle attendait assez longtemps à Durham le jour arriverait où Flambard y reviendrait en évêque, et qu'elle retrouverait son rang. Cette prédiction faite d'un ton léger s'avéra correcte, même si aucun d'eux ne pouvait le savoir à cette époque.

Le cousin de Jude, le frère Gerard, rendit à l'évangile sa beauté d'origine sous l'œil attentif du prieur Turgot et du frère Alaric. Ce dernier avait promptement donné son accord pour que le message en anglais destiné à l'abbesse Christina fût gratté et remplacé par une traduction correcte des dernières pages. Et Gerard fit si bien son travail que ni Jude, ni Flambard, ni Rhoese ne se rendirent compte de quoi que ce soit. Mais la jeune femme vit dans le geste de son époux, quand il lui promit que le livre serait retourné à l'abbaye de Barking, une nouvelle preuve de son amour pour elle.

Le changement auquel nul ne pouvait s'attendre concerna Els, qui finalement était enceinte. Il fallut un certain temps à la jeune écervelée pour révéler que le père de son enfant était Warin, qu'elle avait rencontré en secret durant les mois d'été chaque fois qu'elle pouvait s'échapper. Aussi, l'une des premières choses dont Rhoese s'occupa une fois de retour à York fut d'accompagner sa chambrière auprès de Warin, pour qu'elle le mette au courant du problème. Il ne pouvait esquiver ses responsabilités, lui dit-elle fermement, pour la seule raison qu'il ne pouvait les voir.

Mais un changement plus grand encore s'était produit à Toft Green, car Ketti avait été victime d'un accident dans les rues encombrées de la ville. Elle avait été renversée par un chariot à bœufs, un véhicule fort lent à arrêter quand il le fallait, et on l'avait enterrée une semaine auparavant. Warin était déjà assis devant la chaumine, dans le soleil d'octobre, et le vannier local, aveugle comme lui, lui apprenait à confectionner des paniers d'osier. Rhoese avait jugé bon de laisser Els avec lui pour qu'ils discutent de leur avenir, et comme la jeune chambrière souhaitait rester à York, la chose fut aisément arrangée.

En dépit de ses infirmités, il semblait que Warin serait père, finalement, et Rhoese ne jugea pas utile de lui parler de sa fausse couche de l'hiver dernier.

Durant leur absence, Eric avait présenté Neal à plusieurs beautés locales qui n'avaient pas perdu de temps à le détourner de la frivole Els pour l'intéresser à elles. Quant au fidèle Eric, il s'était confié aux soins attentionnés d'une charmante et capable jeune femme, la fille d'un marchand de Londres, qui ne partageait pas les vues de Rhoese sur les hommes. Le jeune homme fut ravi et soulagé de voir que sa sœur et Jude s'étaient enfin accordés, même s'ils continuaient à se quereller bruyamment pour un rien. Il était sûr que Jude aurait toujours le dernier mot, de toute manière.

Et Jude avait bien le dernier mot, car se comporter autrement dans ce genre de relation eût été désastreux pour les deux époux. Avec un succès limité, Rhoese faisait mine d'être piquée par ses manières autoritaires, mais elle comprit qu'elle n'était pas la seule à essuyer ses rebuffades quand Ranulf Flambard s'aventura à demander à son mari comment il avait su qu'Anneys d'Abbeville avait passé quelques nuits avec lui. La réponse de Jude ne fut pas des plus subtiles :

— Vous êtes peut-être le chapelain du roi, mon garçon, mais moi je suis son capitaine, et il ne m'emploie point pour que je reste assis à rien faire, les yeux fermés, je puis vous le dire.

Flambard dut se contenter de cette explication.

La nuit, bien sûr, et en privé, Jude employait des manières bien différentes avec sa femme. Des manières qui faisaient penser à la jeune femme que le roi, en dépit de ses défauts, savait bien choisir ses capitaines.

Et une année plus tard, dans leur grande demeure de pierre bâtie dans les faubourgs de Londres, Rhoese donna naissance au premier de leurs trois garçons — et il ne fut plus jamais question d'une portée d'enfants.

À découvrir ce mois-ci

6 nouveaux romans dans la collection

Les Historiques

LE MAÎTRE DE HOLLOWHURST CASTLE
de Elizabeth Beacon - n°590

Angleterre, 1865. L'amiral Charles Afford ! Ici, à Hollowhurst Castle ? Roxanne sent son cœur s'emballer tandis que lui revient en mémoire la toute première fois où elle a vu Charles Afford. C'était dix ans plus tôt. Son grand-oncle avait convié à Hollowhurst Castle quelques amis de son neveu David. Roxanne n'avait alors que quatorze ans, mais ce qu'elle avait ressenti pour le jeune officier était si fort qu'elle s'était juré qu'il serait un jour son mari. Le coup de foudre, hélas, n'avait pas été réciproque et Roxanne avait fini par renoncer à capturer le cœur volage de Charles Afford. Mais voilà celui-ci de retour, et ce qu'il lui annonce est en passe de lui déchirer une nouvelle fois le cœur : non content de se marier sans la prévenir, David, son frère vient et de vendre Hollowhurst Castle à Charles Afford.

MARIÉE AU NOM DU ROI
de Denise Lynn - n°591

Angleterre, 1140. Depuis la mort de son mari, le puissant seigneur de Thornson, Marguerite vit dans la crainte. Car son fils Marcus n'a que cinq ans et elle sait que le roi ordonnera bientôt que le fief ait un nouveau maître. Un ordre auquel, malgré sa répugnance, elle ne pourra qu'obéir si elle veut protéger son fils. Mais lorsque les troupes du roi arrivent et qu'elle voit flotter la bannière du chevalier qui les conduit, sa crainte se mue en véritable angoisse. Car l'homme qui vient prendre possession des lieux au nom du roi est loin d'être un inconnu pour elle. Et elle doute que leur ancienne passion le rende plus clément à son égard lorsqu'il découvrira la vérité. Une vérité soigneusement cachée et qui le frappera de plein fouet lorsqu'on lui présentera le petit Marcus… qui lui ressemble trait pour trait.

CAPTIVE DU HAREM

de Marguerite Kaye - n°592

Egypte, 1818. Le palais d'A'Qadiz… En entendant ce nom dans la bouche du consul d'Egypte, Celia retient son souffle, l'esprit soudain assailli par de somptueuses visions de cours intérieures, de soieries précieuses, de parfums capiteux. La nouvelle mission de son époux lui permettra, au moins, d'échapper à la vie ennuyeuse où celui-ci la cantonne depuis leur récent mariage. Mais alors qu'ils approchent de la principauté, leur convoi est attaqué par des troupes rebelles. Son mari est tué et Celia ne doit la vie qu'à l'intervention d'un mystérieux cavalier. Un homme au regard sombre en qui elle découvre qu'il est en réalité le prince d'A'Qadiz en personne. D'abord rassurée, Celia sent sa peur resurgir quand elle entend son hôte donner l'ordre de la conduire au harem. Certes, son statut de veuve la protège, elle le sait, mais pour combien de temps ?

LES PROMESSES DE TIERRA DEL VERDE

de Kate Welsh - n°593

New York, 1878. Veuve après des années passées auprès d'un mari cruel, Patience est horrifiée lorsqu'elle découvre que son père a décidé de la remarier à un homme à la sinistre réputation. Prête à tout pour échapper à son sort, elle court se réfugier chez son amie Amber. Mais Amber vient de déménager et Patience se voit contrainte d'accepter l'hospitalité d'Alex Reynolds, le cousin de cette dernière qui, touché par son récit, lui propose d'aller se réfugier dans sa propriété de Tierra del Verde. Un répit de courte durée, hélas, car les hommes lancés par le futur époux à leur poursuite ne tardent pas à retrouver leur trace. Le temps presse. Alex a alors une idée. Une idée ingénieuse mais assez effrayante pour Patience : son père, lui explique-t-il, ne pourra plus la marier si elle a déjà épousé un autre homme. Pourquoi ne l'épouserait-elle pas, lui ?

UNE PROPOSITION INCONVENANTE

de Louise Allen - n°594

Hertfordshire, septembre 1809. Quand Sophia apprend que son fiancé Daniel vient de périr dans un naufrage, à son retour des Indes, le monde s'écroule autour d'elle... Comment pourra-t-elle subvenir aux besoins de sa famille ruinée ? A vingt-six ans et sans dot, comment espérer se marier un jour ? Certes, neuf ans de séparation ont eu raison de son amour de jeunesse pour Daniel, mais qu'importe l'amour dans une telle situation ? Oui, l'amour n'est pas ce qui préoccupe le plus Sophia dans l'immédiat. Pourtant, quand Callum, le frère jumeau de Daniel, lui propose de l'épouser à la place de son frère pour régler ses problèmes financiers, Sophia hésite. Car non seulement cette proposition lui paraît aussi prosaïque qu'inconvenante, mais tout en elle se révolte à l'idée de s'offrir à cet homme qui s'est toujours montré à son égard d'une indifférence insultante.

BRIANA LA REBELLE

de Ruth Langan - n°595

Angleterre, 1140. Comme ses frères aînés, Briana rêve de libérer l'Irlande du joug de l'oppresseur anglais. Secrètement, elle apprend le maniement des armes et attend son heure... qui se présente le jour où, humiliée par des soldats anglais, elle dégaine un poignard et mène un héroïque combat dont elle sort grièvement blessée. Furieux de cette incartade qui aurait pu lui coûter la vie, son père la fait alors enfermer dans un couvent. Un couvent d'où elle ne tarde pas à s'évader.

LES FIANCÉS DE LA COURONNE

de Juliet Landon - n°596

Angleterre, 1088. Fille d'un riche marchand proche de la Couronne, lady Rhoese d'York voit sa vie basculer quand Guillaume le Conquérant envahit l'Angleterre et détrône le roi saxon Harold pour imposer le joug normand. Très vite, en effet, afin d'avoir la mainmise sur les terres et la fortune de la jeune femme, Guillaume la fiance d'autorité à l'un de ses chevaliers, Judhaekl de Brionne, « en récompense de ses loyaux services ». Une récompense, se jure Rhoese furieuse, que l'intéressé regrettera très vite d'avoir reçue.

A paraître le 1er août 2013

UNE REBELLE À LA COUR

de Meriel Fuller - n°597

Angleterre, 1453. Rebelle dans l'âme, Alice Matravers refuse les riches prétendants qu'on lui présente, tous trop vieux et peu attirants pour elle qui rêve d'amour en secret. Elle n'envie guère le sort de sa mère, dame d'honneur de la reine : fuyant les intrigues de la cour, elle aime s'échapper avec son père, le médecin du roi, lorsqu'il va soigner les paysans des campagnes alentour. Un jour, alors qu'elle est déguisée en garçon pour ne pas attirer l'attention, tous deux tombent dans une embuscade et sont capturés par les hommes du duc d'York, les ennemis du roi. Le chevalier qui les conduit, Bastien de la Roche, découvre très vite l'identité d'Alice et décide de se servir d'elle : elle est le pion dont il a besoin pour s'introduire à la cour...

LA SOEUR DE LA MARIÉE

de Julia Justiss - n°598

Londres, 1813. Aux noces de son ami Nicholas, Hal Waterman a le coup de foudre pour Elizabeth, sœur de la mariée. Mais échaudé par les femmes trop séduisantes, il s'éloigne, laissant Elizabeth se marier avec un autre. Or voilà que, sept ans plus tard, la jeune femme perd son époux. Celui-ci la laisse criblée de dettes avec un enfant à élever. En l'absence de sa sœur, partie à l'étranger, Elizabeth ne sait que faire, d'autant qu'elle se refuse à accepter la protection de sir Gregory, le meilleur ami de son époux, qui lui fait une cour assidue. C'est alors qu'envoyé par Nicholas, Hal sonne à sa porte. D'abord soulagée, Elizabeth ne sait si elle doit se réjouir, car, contrairement à sir Gregory, Hal ne lui témoigne que du mépris.

LE PRINCE DU DÉSERT

de Marguerite Kaye - n°599

Egypte, 1820. Après une rupture de fiançailles, lady Cassandra s'exile au fin fond du désert afin de servir de gouvernante à la petite Linah, orpheline de mère et fille unique du prince de Daar-el-Abbah. Désireux d'apprendre les bonnes manières à sa fille, enfant capricieuse et trop gâtée, le prince Jamil al-Nazarri compte sur la jeune Anglaise qu'on lui a recommandée. Mais la fille de lord Armstrong n'a pas du tout le profil de la préceptrice collet monté qu'il attendait. Rebelle et passionnée, elle dégage même une sensualité des plus troublantes, au point qu'il l'imagine plus volontiers dans un harem que dans une salle de classe. Un désir que n'est pas loin de partager Cassandra, mais auquel elle ne peut sacrifier, elle le sait. Car le prince Jamil est déjà fiancé.

LA ROSE DE BOSTON
de Carol Finch - n°600

Amérique, 1878. Après la mort de ses parents, Quin Cahill s'est juré de préserve l'héritage familial, et il gère seul le domaine où il a passé son enfance, rachetan peu à peu les propriétés environnantes. L'une d'elles, cependant, lui échapp Apprenant qu'elle vient d'être rachetée par un certain McKnight, originaire d Boston, et convaincu que ce citadin ne s'adaptera pas à la vie du Texas, Quin s rend chez lui afin de lui faire une offre d'achat. Quelle n'est pas sa surprise, alor de découvrir que le McKnight en question est en réalité Adrianna McKnight, un riche héritière qui a décidé de fuir la vie mondaine afin de découvrir la vraie vi Irrité par ce qu'il prend pour un caprice, Quin la met au défi, mais Adrianna v vite lui montrer que les roses de Boston ont aussi des épines.

PRISONNIÈRE DU CAPITAINE
de Louise Allen - n°601

Iles Scilly, 1809. Lorsqu'elle reprend conscience, après le naufrage du navir qui la ramène des Indes en Angleterre, Avril est terrifiée. Car l'homme qui l' sauvée après l'avoir trouvée à demi morte sur la plage ne ressemble guère au gentilshommes qu'elle a coutume de rencontrer. Et encore moins la horde d marins qui l'entoure, une bande de vauriens dont il est apparemment le che Des hommes qui se seraient déjà jetés sur elle s'il n'avait déclaré sa volonté d faire d'elle sa maîtresse. Certes, elle sait qu'ils ne tenteront rien tant qu'ell restera la femme du capitaine. Mais pour combien de temps ? Et ce qu'il leur dit est-il vrai ? Comment peut-il imaginer qu'elle acceptera de partager son lit D'autant qu'il n'ignore pas qu'elle est une lady et qu'il peut obtenir de sa famill une énorme rançon.

SUR ORDRE DE LA REINE
de Terri Brisbin - n°602

Angleterre, 1194. Fils maudit de la reine Aliénor d'Aquitaine, le prince Jea voit d'un mauvais œil l'affection que porte la souveraine à sa jeune pupille, lad Emalie, dont il convoite secrètement le château et les biens. Après avoir tenté e vain de séduire la jeune fille, il intrigue pour qu'elle soit déshonorée par l'un d ses sbires, sir William, et contrainte de l'épouser. Mais Aliénor contrecarre se plans en mariant sa protégée à Christian Dumont, un comte français. Cette unio hâtive n'est toutefois pas consommée immédiatement car Dumont, quoique trè attiré par sa jeune épouse, met un point d'honneur à ne pas la brusquer. Auss est-il fou de rage quand, à la faveur d'une indiscrétion, il apprend qu'Emalie es enceinte de sir William…

BestSellers

A paraître le 1er juillet

Best-Sellers n°574 • historique

La maîtresse de l'Irlandais - Nicola Cornick

Londres, 1813.

Autrefois reine de la haute société londonienne, Charlotte Cummings a vu son existence voler en éclats lorsque son époux – las de ses frasques – a mis fin à leur mariage du jour au lendemain. Brusquement exclue des soirées mondaines, ruinée et endettée, Charlotte n'a eu d'autre choix que de renoncer à son honneur en vendant ses charmes chez la cruelle Mme Tong. Jusqu'à ce qu'un jour un troublant gentleman ne lui redonne espoir en lui proposant un pacte aussi tentant que surprenant. Si elle accepte de devenir sa maîtresse, elle retrouvera son statut de lady et les privilèges qui vont avec. D'abord hésitante, Charlotte finit par se soumettre à ce scandaleux marché, même si elle pressent que cet homme mystérieux lui cache quelque chose…

Best-Sellers n°575 • historique

Un secret aux Caraïbes - Shannon Drake

Mer des Caraïbes, 1716.

Roberta Cuthbert ne vit que pour se venger du cruel pirate qui a tué ses parents et anéanti le village de ses ancêtres, en Irlande. Pour cela, elle a tout abandonné, allant jusqu'à se faire passer pour un homme et entrer dans la piraterie, afin de parcourir les mers à la recherche de son ennemi. Pourtant, le jour où elle fait prisonnier le capitaine Logan Haggerty, elle comprend que son déguisement ne sera d'aucune protection contre les sentiments troublants que cet homme éveille en elle. Comment pourrait-elle maintenir son image de pirate impitoyable quand elle ne s'est jamais sentie aussi féminine que sous son regard doré ? Bouleversée, Roberta n'en est pas moins déterminée à ignorer la tentation, coûte que coûte. Jusqu'à ce que le capitaine la sauve de la noyade lors d'une violente tempête, et qu'ils ne s'échouent tous deux sur une île déserte…

Composé et édité par les

éditions HARLEQUIN

Achevé d'imprimer en France (Malesherbes)
par Maury-Imprimeur
en mai 2013

Dépôt légal en juin 2013
N° d'imprimeur : 181073